KB064896

《 국문시가의 생산적 논의를 위한 새로운 시각 》

이수곤 지음

보고사

서문

예술 창작과 감상은 상식에 기초할 필요가 있다. 예술은 되도록 더 많은 수, 더 넓은 지역의 독자와 공감대를 형성해야 한다. 시대와 공간 등 여건에 따른 특수성은 보편성과 함께할 때 빛을 발한다. 보편성 없는 특수성은 이해 불가의 대상일 뿐이다. 보편성은 "모든 것에 두루 통하는 성질"로 '자연'스럽지 않고서는 얻기 어려운 특성이다. 나는 '보편성', '자연스러움'에 기초한 문학 해석이어야만 타당하다고 생각했고, 또 그렇게 해오려고 노력했다.

고려속요에 대한 기존 논의는 민요기원을 전제로 한다. 〈청산별곡〉, 〈가시리〉, 〈동동〉 등을 보면 타당성 높은 시각이다. 이들 작품은 작가가 제시되어 있지 않을 뿐 아니라, 시의 구조나 정서적인 면에서 민요적 성격이 농후하다. 〈정과정〉의 경우, "넉시라도 님은 ᄒᆞᆫ듸 녀져라 벼기더시니 뉘러시니잇가"가 〈만전춘별사〉에서 동일하게 보이고, 당시 민요를 한시화(漢詩化)했던 『익재소악부』에 〈정과정〉의 앞부분이 있어 민요기원설에 무게를 더하고 있다.

그런데 〈정과정〉에는 개인 작가로 정서(鄭敍)가 분명히 제시되어 있다. 기존 논의는 개인 작가가 존재하는 데도 민요에 기원을 두고 있다는 견해를 내놓았다. 나는 「〈정과정〉의 창작 성격」을 썼다. 〈정과정〉은 개인 창작품이고, 전파·향유되는 과정에서 민요화되었다고 봄이 자연스러운 추리라고 생각했다. 민요화와 민요기원은 다르다. 이에

〈정과정〉에 한해서, 민요기원설은 재고의 대상이라 판단했다.

한국문학이론과 비평학회의 편집자는 말했다. “학문의 발전은 기존의 이론과 가설을 뒤집는 전복적 사고가 가능할 때에 이루어진다는 점에서 뜻깊은 논문으로 생각된다.” 나의 상식이 편집자에게는 “전복적 사고”였던 셈이다. “학문의 발전”과 “전복적 사고”를 긍정적 평가로 여기고, 이를 연결하여 앞으로 해야 할 연구의 기폭제로 삼을 만큼 나는 순진하지 않지만, 본의 아니게 ‘전복적 사고’(?)를 여러 번 하게 되었다.

예를 들어, ‘〈진달래꽃〉은 전통적 성격이 강한 시(詩)이지만, 이 평가는 시적 화자의 성격과는 무관하다. 즉 전통적인 여인이라 단정할 수 없다. 사설시조가 근대적 성격을 지녔지만, 유교 이데올로기에 대한 반기를 들었기 때문이 아니라, 유흥적이고 소비적인 통속문학으로서의 성격이 농후한 장르였기 때문이다.’ 등의 견해를 「〈진달래꽃〉의 전통성 교육에 대한 반성적 검토」와 「‘샛서방’ 등장 사설시조의 문학사적 의의」에서 펼쳤다.

상식선에서 이루어진 연구라 여겼지만 우연히 ‘전복적 사고’가 되었듯, 뜻하지 않게 “학문의 발전”에 도움을 줄 수 있는 ‘생산적 논의’이길 기원하는 마음에서 이 책의 제목을 “국문시가의 생산적 논의를 위한 새로운 시각”이라 정했다. 나의 새로운 시각이 생산적 논의에 이바지할 것이라는 자만이 아닌, 바람의 표현임을 알아주었으면 한다. 이 책에 실린 논문들은 ‘새로운 시각’이란 공통점이 있을 뿐, 주제적 연관성은 없다.

1996년 석사과정에 입학했으니, 공부를 업으로 여긴 지 20년이 흘렀다. 세상이 수상하니 진득하니 앉아 공부할 수 있는 시간이 얼마나 더 있을지 장담할 수 없다. 부끄럽기 짝이 없지만, 이 책의 발간을 서두른 이유다. 부끄럽고 쫓기듯 낸 책이지만, 내고 보니 고마운 분들의 이름이 내 곁을 스친다. 고맙다는 생각을 놓지 않겠다는 다짐을 해본다. 그리고 후의를 베풀어 주신 김홍국 사장님과 편집 일을 맡아 주신 이유나, 김하늘 선생님께 감사드린다.

2017년 2월 28일 이수곤

차례

〈진달래꽃〉의 전통성 교육에 대한 반성적 검토

사설시조 속 '노년'의 형상화 양상

'불륜담'의 시대적 변전 양상

사설시조의 거리두기 양상

사설시조의 미적 기반

'섯서방' 등장 사설시조의 특성

'섯서방' 등장 사설시조의 문학사적 의의

16세기 사대부의 자연 인식 양상

1. 본고의 방향 및 고찰 범위

본고는 16세기 자연 소재 시조를 분석하여, 그 당시 사대부가 지니고 있던 자연 인식의 양상을 살피는 데에 목적이 있다. 잇따른 사화와 붕쟁이라는 정치 현실과 사림파들의 삶의 역정을 감안한다면, 16세기 사림파 시조에서 '자연'은 특별한 의미를 지닌 공간이다. 한편 이러한 자연의 의미를 표현하는 데 국문시가는 유용한 수단이었던 것으로 짐작된다. "聾巖 俛仰亭 兩翁은 확실히 그[江湖] 歌道의 先唱者요 또 樹立者이라 할 수 있다."[1]는 조윤제의 의견은 16세기 국문시가의 의미를 가늠케 하는 방증이라 여겨진다. '자연미의 발견'이라는 이른바 '강호가도'의 수립이 농암과 면앙정에 이르러 이루어졌다는 것은 국문시가 장르인 시조와 가사의 성행과 맞물렸기에 가능했었다고 볼 수 있기 때문이다. 즉, 양옹에 의해 인식된 자연미가 국문시가라는 형식을 확립될 수 있었던 것이라 볼 수 있다. 따라서 자연 소재 국문시가만을

---

1) 조윤제, 『조선시가사강』, 동광당서점, 1937, 261면.

대상으로 하더라도 사대부의 자연 인식 양상을 어느 정도 왜곡됨 없이 살필 수 있으리라 판단하였다.

그리고 자연이 가지고 있는 공간적 의미는 시조의 사적(史的) 전개를 살피는 데에도 유용하다. 자연에 대한 인식, 그것이 곧 '문화'임과 동시에 자연은 조선 전기와 중기에 걸쳐 끊임없이 등장하는 문학의 소재이기 때문이다.

> 국문학에 있어서 自然이 가장 문제시 된 것은 李朝文學이고, 그 중에서도 특히 詩歌가 그렇다. 李朝詩歌의 내용은 반 이상이 自然이고, 그 自然의 지나칠 정도의 풍부함이 우리로 하여금 때로는 이상한 감까지 느끼게 한다.[2)]

이렇게 볼 때, 시조에 소재로 채택된 자연이 지닌 공간적 의미의 변화를 시대적 상황과 견주어 살펴보는 것은 시조의 사적 전개를 살피고자 하는 본고에서는 의미 있는 작업이 될 것이다.

이와 같은 관점과 목적을 지니고, 먼저 실제 작품 분석을 통해 사대부의 자연 공간 인식 양상을 살펴보고, 그러고 나서 시가사적으로 16세기 사대부가 지니고 있던 자연관이 어떠한 의미를 지니고 있는지를 밝혀보고자 한다.

이러한 방향의 논의는 기존 여러 선학들에 의해 여러 번 다루어진 바 있다. 김홍규·신영명·우응순 등에 의해 심화 내지는 확대된 일련의 논문이 그것이다.[3)] 이들의 논의에 관하여 상당 부분 수긍하며 인

---

2) 최진원, 『국문학과 자연』, 성균관대학교 출판부, 1986, 7면.

3) 김홍규, 「강호자연과 정치 현실」, 김학성·권두환 편, 『고전시가론』, 새문사,

정한다. 본고는 이들의 연구 업적을 등에 업고 이루어진 것임을 밝혀둔다. 그러면서도 동시에 기존 선학의 연구에는 수긍하기 힘든 점 또한 있음을 지적하지 않을 수 없다. 따라서 본고는 기존 선학들의 논에 대한 반성적 검토에서 비롯된 것임을 아울러 밝혀둔다. 기존 논자들과 필자 사이에 생기는 시각적 차이 혹은 견해의 차이는 논의의 3장에서 구체적으로 논의하겠다.

본고에서는 생몰 연대가 16세기 안에 온전히 들어오면서 이력이 비교적 자세히 밝혀진 사대부의 시가로 분석 범위를 한정하고자 한다. 구체적으로 이황(李滉, 1501~1570)·권호문(權好文, 1532~1587)·이이(李珥, 1536~1584)·정철(鄭澈, 1536~1593)의 시조가 그것이다. 그리고 논의의 필요에 따라 16~17세기에 걸쳐 있는 상촌 신흠(申欽, 1566~1628)의 시조를 거론하고자 한다.

2. 시조에 나타난 '자연' 공간의 성격

1) 이황의 「도산십이곡(陶山十二曲)」

「도산십이곡」은 이황이 65세 때인 1565년에 지은 시조이다. 자연으로 삶의 방향을 돌리는 데에 따른 심리적 추이를 말한 '언지'와 자연에 거처한 후 구체적 삶의 방향을 제시한 '언학'으로 구분된다. '언지'와 '언학' 속 자연의 공간적 의미를 살펴보자. '언지'는 "도산을 절대로

1984; 김흥규, 「〈어부사시사〉에서의 '興'의 성격」, 『한국고전시가작품론2』, 집문당, 1992; 신영명, 「16세기 강호시조의 연구」, 고려대학교 박사학위논문, 1990; 우응순, 「16세기 정치 현실과 시가문학」, 『민족문학사강좌 상』, 창작과비평사, 1995.

떠나지 않고 자연과 더불어 끝까지 살겠다는 의지의 표명"이다.[4)]

幽蘭이 在谷ᄒᆞ니 自然이 듣디 됴해
白雲이 在山ᄒᆞ니 自然이 보디 됴해
이 듕에 彼美一人이 더욱 닛디 몯ᄒᆞ얘 (4曲)

山前에 有臺ᄒᆞ고 臺下에 流水ㅣ로다
ᄣᅦ만ᄒᆞᆫ ᄀᆞᆯ며기ᄂᆞᆫ 오명가명 ᄒᆞ거든
엇더타 皎皎白駒ᄂᆞᆫ 머리 ᄆᆞ슴 ᄒᆞᄂᆞᆫ고 (5曲)

春風이 花滿山ᄒᆞ고 秋夜에 月滿臺라
四時佳興이 사ᄅᆞᆷ과 ᄒᆞᆫ가지라
ᄒᆞ믈며 魚躍鳶飛 雲影天光이야 어ᄂᆡ 그지 이슬고 (6曲)

언지 6곡의 중장을 보면 자연의 4계절 아름다운 흥취가 사람과 동일하다고 하였다. 이런 후 물고기가 뛰고 소리개가 나는 것[魚躍鳶飛]에서 천지조화의 묘를 찾아내고, 이것이 끝이 없음을 말하는 데에까지 다다른다. 즉 자연과 인간의 합일 의식을 나타냄과 동시에 자연은 도량이 된 것이다. 이것은 '언지' 전체의 주제이기도 하다.

그러나 이러한 결론에 도달하는 과정에서 빚어진 시적 화자의 심적 갈등 또한 무시할 수는 없다. 듣기도 좋고 보기도 좋은 자연 속에서 한 미인을 잊지 못하는 시적 화자의 갈등이 4곡에 나와 있다. 이러한 갈등은 5곡에도 계속된다. 뒤에는 산이 있고 앞에는 물이 흐르는 곳

---

4) 최신호, 「〈도산십이곡〉에 있어서의 '언지'의 성격」, 『한국고전시가작품론 2』, 집문당, 1992, 515면.

에 위치한 누대, 갈매기가 오고가는 자연 속에서 현자가 탄다는 망아지[皎皎白駒]는 멀리 세상을 바라보고 있다. 자연 속에서 시적 화자는 '미인'과 '멀리 세상'으로 표현된 임금과 정치 현실을 잊지 못하고 있는 것이다.

이렇듯 「도산십이곡」의 자연은 천지조화의 묘를 찾는 도량으로서의 공간임과 동시에 임금과 정치 현실을 연상시키는 공간이다. 즉 관념적인 성격을 지니게 된다.[5] 이러한 자연의 역할 내지 기능은 '언학'에서 더욱 분명하게 드러난다.

> 天雲臺 도라드러 玩樂齋 瀟灑흔듸
> 萬卷 生涯로 樂事 無窮ᄒᆞ애라
> 이 듕에 往來 風流를 닐러 므슴 홀고 (1曲)

천운대를 돌아 들어간 완악재는 맑고 깨끗한 기운이 감도는 곳이다. 이러한 상황 속에서 시적 화자는 한없는 즐거움을 만 권의 서책을 쌓아두고 독서하는 데에서 찾고 있다. 종장에 나오는 풍류의 구체적인 내용 역시 여기에 있다. 자연은 그 자체로 즐거움의 대상이기보다는 책을 읽으며 천인합일의 경지를 궁구하는 장소로서의 공간적 의미를 좀 더 강하게 지니게 된다.

---

5) 종장의 내용 여하에 따라 자연의 성격을 규정한 데에는, 시조 종장은 의미론적으로나 율격·통사적으로 완결성을 지니고 있다는 김흥규의 논의를 바탕으로 한 것이다. 종장에서 다소 추상적이고 관념적인 의식이 표출될 경우, 초·중장에서 형상화된 자연의 구체성이 약화된다(김흥규, 「평시조 종장의 율격·통사적 정형과 그 기능」, 『어문논집』 19·20합집, 1977. 참조)

2) 권호문의 「한거십팔곡(閑居十八曲)」

「한거십팔곡」은 송암의 이력서이다. 송암의 삶의 이력과 「한거십팔곡」의 전개 양상이 동일하기 때문이다.6)

江胡에 노쟈ᄒᆞ니 聖主를 ᄇᆞ리례고
聖主를 셤기쟈ᄒᆞ니 所樂애 어긔예라
호온자 岐路애 셔셔 갈ᄃᆡ몰라 ᄒᆞ노라 (4曲)

江千에 누어셔 江水보ᄂᆞᆫ 쁘든
逝者如斯ᄒᆞ니 百歲ㅣᆫ들 멷든이료
十年前 塵世一念이 어롬 녹듯 ᄒᆞᆫ다 (19曲)

19곡을 보면, 자연에 묻혀 도를 구하려는 것은 세월의 흐름이 빨라 백 년도 잠깐이다. 생각이 이에 다다르니 속세에 대한 생각이 얼음 녹듯이 없어져 버렸다. 속세에 대한 생각이란 "負芨東南 [여기저기 타향에 공부하러 감] ᄒᆞ야 如恐不及 [시키는 대로 실행하지 못할까 두려워함] ᄒᆞᄂᆞᆫ 쁟"(2곡)을 가리킨다. 아마도 부귀공명을 누릴 수 있는 과거 공부를 의미할 것이다. 그러나 얼음 녹는 듯한 塵世一念이 아무런 갈등 없이 단숨에 얻어진 것은 아니다. 속세와 자연 사이에서 빚어진 갈등은 4곡에서 드러난다. '강호'와 '성주 섬김' 중 어느 것도 택할 수 없는 시적 화자의 심정이 종장의 '기로'를 통하여 분명하게 표출되기 때문

---

6) 김문기, 「권호문의 시가 연구」, 『한국의 철학』 제14호, 경북대학교 퇴계연구소, 1986, 75면.
김명희, 「권호문론」, 『고시조작가론』, 백산출판사, 1986, 113면.

이다.

권호문은 「한거록(閑居錄)」에서 "懷寶迷和이 어찌 고인의 바라는 바이리요 … 산림을 獨善하는 일 같은 것은, 비록 성현의 일에 어긋나는 듯도 하지마는, 또한 스스로의 은구(隱求)의 樂을 얻는 것이 된다."라고 하였다.[7] 이러한 기록을 보건대 「한거십팔곡」의 주제는 은구의 즐거움일 것이다.[8] 그러나 은구의 즐거움을 택한 것이 처음부터라기보다는 정치 현실에 들어가지 못한 것에서 비롯된 차선책이었을 가능성 또한 배제할 수 없다. 母夫人에 대한 효를 이유로 들었지만 33세까지 과거를 보기 위해 수학에 전념하였으며 과거에 세 번이나 낙방하였다는 권호문의 이력이 이를 뒷받침해줄 뿐만 아니라, 「한거십팔곡」의 전개 양상에서도 드러나기 때문이다.

生平에 願ᄒᆞᄂᆞ니 다ᄆᆞᆫ 忠孝 ᄲᅮᆫ이로다
이 두일 말면 禽獸ㅣ나 다라리야
ᄆᆞᄋᆞᆷ에 ᄒᆞ고져 ᄒᆞ야 十載遑遑 ᄒᆞ노라 (1曲)

어지게 이러그러 이몸이 엇디홀고
行道도 어렵고 隱處도 定티 아냣다
언제야 이 ᄠᅳᆮ 決斷ᄒᆞ야 從我所樂 ᄒᆞ려뇨 (5曲)

충효를 이루려고 십 년을 허둥지둥 지냈던 시적 화자는 행도와 은처

---

7) 『松巖集』, 卷之五, 「閑居錄」, "懷寶迷邦 豈古人之所欲哉…獨善山林者 雖似異於聖賢之事 亦自得其隱求之樂也." 참조.

8) 최진원, 「독락팔곡·한거십팔곡과 은구」, 『한국고전시가의 형상성』, 성균관대학교 대동문화연구원, 1996, 113~133면.

중 어느 것도 정하지 못한 채 갈등하고 있다. 이러한 갈등은 "貧賤居를 ᄒᆞ오리라"(8曲)로 결정되면서 일단락 맺게 된다. 그러나 완전한 해결을 보았다고 하기에는 미진한 느낌이 든다. "세사에 쓰글 ᄆᆞ음이 一毫末도 업다"(13曲)·"뉘라셔 懷寶迷邦ᄒᆞ니 오라말라 ᄒᆞᄂᆞ뇨"(16曲) 등에서 현실 지향이라고 단정하기는 힘들지만, 적어도 현실을 향하여 곁눈질을 하고 있음을 확인할 수 있기 때문이다. 이러한 의미에서 "당시 사대부들이 누렸던 생활의 양면성과 그들이 지녔던 의식세계가 복합되어 잘 나타나 있다."라는 최동원의 지적은 적확한 것이다.[9)]

본고에서 지적하고 싶은 것은, 최동원의 지적에서 드러난 것과 같이, 사대부 시조에 나타난 자연은 그 당시 지녔던 복잡한 의식 세계를 드러내는 공간으로서의 의미 내지 역할·기능을 보다 강하게 지니고 있다는 점이다.

3) 정철의 시조

정철은 당시 열세에 있었던 서인 계열의 사림으로서 순탄한 삶을 살았다고는 볼 수 없다. 27세 때 벼슬길에 오른 후 네 번에 걸친 낙향과 한 번의 유배 생활 등을 하였다는 사실이 증명해준다. 더욱이 정철을 향하여 인격적인 모함에서부터 사직 내지는 파직을 요구하는 소가 끊임없이 올려진다는 대목에서도 그의 지난한 삶을 확인할 수가 있다. 다음은 『조선왕조실록』의 한 대목이다.

---

9) 최동원, 「조선 전기(15C~17C) 시조문학의 특성과 시대적 전개」, 『인문논총』 21, 부산대학교, 1982, 17~19면.

도승지 鄭澈은 술주정이 심하고 광망하니 체직시키소서.[10]

鄭澈 등이 자기들과 의견이 다른 사람을 모조리 죽이기 위하여 사주하고 있다.[11]

영돈령 鄭澈이 조정의 기강을 마음대로 하여 그 위세가 세상을 뒤덮었으니 파직시키소서.[12]

이러한 상황에서도 정철은 끊임없이 관리의 길에 나아간 인물이다. 정철은 넓게 보면 이황·권호문, 좁게 보면 권호문과 동시대를 살았던 인물이면서 정치적 면에서의 이력은 정반대의 길을 걸었던 인물이라 할 수 있다. 정철은 자연을 어떻게 인식하고 있는가를 살펴보자.

쁜 ᄂᆞ믈 데온 믈이 고기도곤 마시이셰
草屋 조븐 줄이 긔더옥 내분이라
다만당 님그린 타ᄉᆞ로 시름계워 ᄒᆞ노라 (1)

머귀닙 디거야 알외다 ᄀᆞ올힌 줄을
細雨淸江이 서ᄂᆞ럽다 밤긔운이야
천리의 님니별 ᄒᆞ고 좀못드러 ᄒᆞ노라 (2)

松林의 눈이오니 가지마다 곶치로다

10) 『선조실록』 15년 9월 13일. 번역은 서울시스템의 증보판 CD-ROM 『국역조선왕조실록』을 따랐다.
11) 『선조실록』 22년 10월 28일.
12) 『선조실록』 24년 3월 14일.

ᄒᆞᆫ가지 것거내여 님겨신듸 보내고져
님이 보신후제야 노가디다 엇더리 (3)

江湖의 긔약두고 십년을 분듀ᄒᆞ니
그 모ᄅᆞ는 백구더ᄅᆞᆫ 더듸온다 ᄒᆞ것마ᄂᆞᆫ
셩은이 지듕 ᄒᆞ기로 갑고 가려 ᄒᆞ노라 (4)

초가집이 적지만 내 분수에 알맞음, 가랑비 내려고 맑은 강이 있어 서늘한 밤, 소나무 숲에 내린 눈, 이 모든 것은 임금을 떠올리기 위한 수단이다. 임금으로 대표되는 정치 현실이 바로 정철의 자연 소재 시조의 지향점이다. 정철의 시조에 있어서 자연 자체는 정치 현실보다 뒤의 일이다. 강호에서의 삶은 이 당시를 사는 사림파 사대부들에게는 마음의 고향이다. 따라서 강호의 삶을 동경하는 것은 당연한 귀결일 것이다.

그러나 정철의 시조에 있어서는 임금의 은혜가 지극히 중하기에 강호에서의 삶을 자꾸 뒤로 미루고 있는 것이다. 이 점을 다시 한 번 생각해보면, (4)의 시조에서 강호에서의 삶은 애초에 염두에 두지 않았다고 할 수 있다. 즉 정철의 시조에 있어서 자연은 철저히 임금 내지는 정치 현실을 끌어내기 위한 연상 장치의 역할 내지는 기능을 하고 있는 것이다.

4) 이이의 「고산구곡가(高山九曲歌)」

이이의 「고산구곡가」는 위 절에서 분석한 시조와는 다소 다른 양상을 보이고 있다. 「고산구곡가」에서는 적극적 현실 인식이나 현실에 대한 단절 의식이 보이지 않고, "무미건조하다 하리만큼, 그저 담박함"만을 보이고 있기 때문이다.[13)]

高山 九曲潭을 사름이 모로더니
誅茅 卜居ᄒᆞ니 벗님ᄂᆡ 다 오신다
어즈버 武夷를 想像ᄒᆞ고 學朱子를 ᄒᆞ리라 (序曲)

五曲은 어드ᄆᆡ오 隱屛이 보기 죠히
水邊 精舍는 瀟灑홈도 ᄀᆞ이 업다
이 중에 講學도 ᄒᆞ려니와 咏月吟風 ᄒᆞ리라 (五曲)

위에 제시한 서곡과 오곡은 「고산구곡가」 전체의 핵심 생각이 드러난 곳이다. 고산에 지어놓은 은병정사에서 학주자하고 영월음풍하며 살겠다는 시적 화자의 생각이 단적으로 드러나고 있기 때문이다. 그렇다면 서곡과 오곡을 제외한 나머지 곡에서는 시적 화자의 어떠한 생각이 표출되어있는가를 각 곡의 종장을 대상으로 살펴보자.[14)]

(一曲) 松間에 綠樽 노코 벗오는 양 보노라
(二曲) 사람이 승지를 모로니 알게 흔들 엇더리
(三曲) 盤松이 바름을 바드니 녀름 景이 업세라
(사曲) 林川이 깁도록 됴흐니 興을 계워 ᄒᆞ노라
(六曲) 黃昏에 낙ᄃᆡ를 메고 帶月歸를 ᄒᆞ노라

13) 최진원, 「고산구곡가와 담박」, 앞의 책, 59면.
14) 시조의 형식적 특성상 종장은 강한 정서적 중량을 내포하기 쉽기 때문이다(김흥규, 「평시조 종장의 율격·통사적 정형과 그 기능」, 111면 참조).

(七曲) 寒巖에 혼자 안자셔 집을 잇고 잇노라
(八曲) 古調를 알 이 업스니 혼자 즐겨 ᄒᆞ노라
(九曲) 遊人은 오지 아니ᄒᆞ고 볼 곳 업다 ᄒᆞ더라

옛 시가의 선경후정(先景後情)이라는 일반적 전개방식과 시조의 형식상 특징을 고려할 때, 일반적으로 시조의 종장에서는 시적 화자의 감정이나 느낌이 집약되어 나타나기 마련이다. 이러한 점을 염두에 둘 때, 위에 열거한 각 曲의 종장들이 지니고 있는 특정을 알 수 있다. 그 특징이란 주관적 감정의 표출이 아니라 객관적인 행동 묘사나 차분한 생각으로 일관한다는 점이다. 일곡의 경우 해가 빛나고 있는 관암, 안개 걷힌 평무에서 멀리 보이는 산이 그림과 같다고 말하고 있다. 참으로 아름다운 경치가 시적 화자 앞에 펼쳐져 있는 것이다.

승경(勝景) 앞에서 시적 화자는 감정의 최고조에 도달했음 직하련만 덤덤하게 술잔을 앞에 놓고 벗 오는 모양을 본다고만 하고 있다.[15] 이렇듯 「고산구곡가」는 주관적 묘사라기보다는 객관적 서술이라 할 수 있으며,[16] 어떻게 보면 다소 싱거운 일반적 진술의 나열에 그치고 있다.[17] 좀 더 구체적 설명을 위해 3곡과 4곡을 들어보자.

15) "벗오는 양 보노라"는 의미에 있어서 다소 애매하다. '양'을 '~하는 듯'으로 해석하느냐 아니면 '模樣'으로 보느냐에 따라 의미하는 바가 정반대일 수 있기 때문이다. 이 문제는 본고에서 중요한 것이 아니기에 자세히 살피지 않기로 하고 다만 송시열의 한역시에 의지하여 '벗오는 모습'으로 보고자 한다. 『해동가요』(주씨본)에 있는 송시열의 한역시는 '廷佇友人來'로 되어 있다.

16) 김혜숙, 「〈고산구곡가〉와 정신의 높이」, 『한국고전시가작품론 2』, 525면.

17) 최진원, 앞의 논문, 59면.

三曲은 어드믜오 翠屛에 닙 퍼졋다
綠樹에 山鳥는 下上其音ᄒᆞ는 적에
盤松이 바롬을 바드니 녀름 景이 업세라 (3곡)

四曲은 어드믜오 松崖에 히 넘거다
潭心 巖影은 온갓 빗치 줌겨세라
林川이 깁도록 됴흐니 興을 계워 ᄒᆞ노라 (4곡)

3곡 초장은 취병에 잎이 퍼진 상태를, 중장은 푸른 나무에서 산새들이 지저귀는 상황을 읊고 있다. 이러한 배경을 바탕으로 시적 화자의 감정이 응집되어 나타나야 할 종장에서 “소나무 그루터기에 앉아 바람을 쏘이고 있으니 더위 걱정이 가시는 것”만을 말함으로써 덤덤하게 표현하고 있다.[18] 이러한 「고산구곡가」의 양상은, 예외적으로 감정의 표출이 보이고 있다는 4곡에 있어서도 마찬가지이다.

4곡의 종장은 위에 제시한 바와 같이 “임천이 깁도록 됴흐니 흥을 계워 ᄒᆞ노라”라고 하여 감정의 노출이 나타난 것처럼 이해된다. 그러나 4곡 전체 속에서 종장의 의미를 살펴보거나 송시열이 한역한 시를 대비하여 살펴보면,[19] 4곡 역시 담담하면서도 차분한 표현이며 감정의 절제가 이루어진 것임을 알 수 있다. 4곡의 시간적 배경은 해가 넘어간 저녁이다. 중장에서 언급되었듯이 온갖 색이 어둠 속에 묻혀

---

18) 『해동가요』(주씨본), “頓無憂炎熱” 송시열 한역시 참조.

19) 이이의 「고산구곡가」와 송시열이 한역한 한시와의 관계를 살펴보는 것이 필요하다. 즉 한역시가 의역인지 직역인지가 우선 문제 될 것이다. 그러나 이러한 문제를 본고에서 살피는 것은 본고의 목적에서 벗어날 뿐만 아니라, 상당히 장황한 문제이기에 다루지 않기로 한다. 다만 박을수의 견해에 그대로 직역이라는 관점을 본고는 따른다(박을수, 『한국시조대사전』 하권, 아세아문화사, 1992, 1537면).

빛깔을 잃었다. 이에 임천에서 느끼는 시적 화자의 감정은 관념적인 성격을 띠기 십상이다. 따라서 종장에서 보이는 '흥'은 유흥(遊興)이 아닌 유흥(幽興)으로서의 성격을 강하게 내비치고 있는 것이다.[20] 즉 감정이입이 억제된 흥이며,[21] 정감은 충만하지만 감정표현은 지극히 절제되어 있는 흥이다.[22]

이상의 논의를 바탕으로 이이는 자연을 어떻게 인식하고 있는가를 살펴보자 우선 「고산구곡가」의 자연은 구체화되어 있다. 관념 속의 자연이 아니라 실제로 생활하는 터전으로서 자연이 그려지고 있는 듯하다. 그런데 여기서 필자가 주목하는 것은 구체적인 자연에 대한 시적 화자의 태도이다. 감정의 표출이 전혀 없다 하여도 과언은 아니며, 자연 속의 시적 화자의 행동도 객관화하고 있다고 보아야 온당하다. 「고산구곡가」의 핵심은 서곡과 오곡에 있음을 앞서 언급하였다. 그런데 나머지 곡에 나타난 화자의 태도는 답답하기만 하다. 그렇다면 자연은 강학하기에 매우 좋은 공간으로서의 의미를 가지고 있다고 볼 수도 있다. 즉 "나는 이렇게 좋은 자연 속에서 강학을 하면서 살련다."라는 시적 화자의 생각을 표현한 것이 「고산구곡가」일 수 있는 것이다. 각 수는 구체적인 자연 공간의 설정으로 인하여 독립성이 확보되지만 전체적인 연계성을 고려하게 되면 각 수의 독립성은 강학의 뒷배경이라는 추상적인 성격으로 녹아들게 된다. 이것은 김혜숙이 지적한 대로 「고산구곡가」 속에서의 자연은 "유람적 승경 혹은 흥취

---

20) 『해동가요』(주씨본), "四曲何處是 松崖日西沈 潭心巖影倒 色色皆醮之 林泉深更好 幽興自難勝" 송시열 한역시.

21) 최진원, 앞의 논문, 64면.

22) 김혜숙, 앞의 논문, 528면.

의 대상으로서의 승경이 아니라 이상적 삶의 터전을 의미"하며,[23] 조선 성리학의 보편적 정서의 표출이 된다. 단적으로 말해서 「고산구곡가」의 자연은 구체적인 성격을 띠고 있는 듯이 보이지만 사실은 16세기 시조의 특정인 관념적 자연이라는 한계를 벗어나지는 못한다.

5) 16세기 사대부 자연 인식의 양상

앞 절에서 자연을 소재로 한 이황·권호문·정철·이이의 시조를 대상으로 이들이 지니고 있었던 자연 인식을 살펴보았다. 이 절에서는 이상의 논의를 정리하고 보충하면서 이들의 자연 인식에 드러난 공통점을 밝혀보고자 한다.

이황과 권호문은 「도산십이곡」과 「한거십팔곡」을 통하여 천지조화의 묘(妙)와 은구의 낙(樂)을 추구하고 있음을 보여주고 있다. 이이는 고산구곡 속에서 학주자(學朱子)와 영월음풍을 하겠다고 말하고 있다. 정철은 자연 소재 시조에서 정치 지향적 성향을 보였다. 이러한 양상들은 상대적으로 양극처럼 보일 수 있지만, 사림파 사대부의 삶을 살펴보면 동전의 양면과 같은 관계로 이해 가능하다.

16세기 시조에서 나타난 사대부 자연관의 양면성은 그들의 정치적 입장과 무관하지 않다. 사림파 사대부는 번번이 훈구파에 의해 중앙 정계로의 진출이 좌절된다. 훈구파에 의해 중앙 정계로부터 밀려난 사림파들이 근거지를 삼았던 곳은 향촌이었다. 향촌에서 사림파가 행했던 것은 농장(農莊)을 통한 경제적 기반 닦기와 서원을 통한 경학

---

23) 위의 논문, 530~531면.

연구였다. 사림파는 유교적 이상국가 건설을 목표로 중앙 정계로의 진출을 끊임없이 모색하였다.[24] 수기(修己)로서의 경학 연구와 치인(治人)으로서의 이상국가 건설이라는 정치 욕구가 동시에 형성될 수밖에 없는 것이 사림파의 실정이었다.

이러한 사림파의 특성이 자연을 소재로 한 시조를 통하여 온전히 드러난 것이다. 강호 속의 은구이든 노골적인 정치 지향이든 간에 어느 하나가 다른 하나를 완전히 배제할 수 없었던 것이 사림파 사대부의 실상이다. 이황과 권호문이 은구지락을 즐기면서도 현실을 향하여 곁눈질하는 것은 사림파의 입장과 부합되는 것이며 자연스러운 의식의 표출이라 할 수 있다.

본고에서는 16세기 자연 소재 사대부의 시조를 통하여 자연 인식의 양상을 살펴보고자 하는 데에 목표가 있음을 서두에서 말하였다. 위에 분석한 시조를 대상으로 결론 맺자면, 16세기 사대부 시조 속의 자연은 은구지락 혹은 정치 현실을 생각나게 하는 공간으로서의 의미를 지닌다는 것이다. 사대부는 수기 차원에서 혹은 치인 차원에서 자연을 보고 느꼈다. 이것은 자연이 그 자체로 목적이 될 수 없음을 의미한다. 자연은 그 자체로 즐거움의 대상이 되지 못하고 관념화된다. 극단적으로 말해 자연은 목적이 되지 못하고 수단으로서의 가치를 더욱 강하게 지니고 있는 것이다.

이 견해와 김홍규·우응순의 논의는 입장이 다르다. 견해상의 차이는 크게 두 가지이다. 정철과 이이의 시조를 어떻게 해석하느냐가 하나이며, 자연 그 자체를 즐김의 대상으로 인식하는 시기를 언제로 잡

---

24) 이기백, 『한국사신론』, 일조각, 1990, 272~277면.

아야 할 것이냐의 문제가 또 다른 하나이다. 이것에 대한 구체적인 논의는 장을 달리하여 살펴보고자 한다.

3. 16세기 사대부 자연 인식이 갖는 시조사적(時調史的) 의의

15세기는 조선 건국에 공이 있는 훈구파 사대부들이 중앙 정계를 장악하고 있던 때였다. 최초의 사화인 무오사화가 1498년(연산군 4년)에 일어났으니, 그 이전은 훈구파가 안전하게 기득권을 누리던 시대였다. 그리고 이 시기는 국가의 체제 정비 기간으로서, 모든 것이 조선의 정당성 세우기 혹은 조선적인 것의 창출을 위하여 노력하던 때였다.

시대적 상황은 시가(詩歌)에 영향을 미쳤다. 목적문학으로서 악장(樂章)의 출현이 대표적인 예일 것이다. 이 시기 사대부 시조 속에서 자연이 갖는 공간적 의미는 김홍규에 의해 밝혀진 바 있다. 정치 참여를 긍정적으로 받아들여 관료로서 오랜 생애를 성공적으로 마친 맹사성(孟思誠, 1360~1438) 「강호사시가(江湖四時歌)」의 분석을 통하여 "조화·안정의 감각은 폐쇄된 강호만의 것이 아니라 정치 현실에서의 삶도 굳이 배제하지 않는 총체적 합일·긍정을 포함하는 것"이라고 하였다.[25] 이것이 바로 15세기 자연이 갖는 특징이라 할 수 있겠다. 즉 15세기는 자연과 정치 현실 사이에 어떠한 거리도 존재하지 않는 "자연 = 정치 현실"의 가치관이 지배한 시기였던 것이다.

16세기에 들어와서 시대적 상황이 변화한다. 마지막 사화인 을사사

25) 김홍규, 「강호자연과 정치 현실」, 395~399면.

화(1545년, 명종 즉위년)를 거치면서 훈구파를 몰아내고 사림파들이 중앙에 대거 진입하게 되었다. 사림파들이 향촌에 머물면서 갈고 닦았던 유교적 이상국가 건설이라는 정치적 포부를 펼쳐 보일 수 있는 기회가 온 것이다. 그러나 사림파들의 이러한 포부가 곧바로 실현될 수 있는 것은 아니었다. 붕당이라는 정치적 분파가 형성되었기 때문이다.

이러한 정치적 상황은 사대부로 하여금 두 가지의 사고·행동방식을 가지게 하였다. 즉 자기 자신 안으로 침장해 들어가는 것과 정치에 대한 포부를 포기하지 않는 것이 그것이다. 즉 수기와 치인이 16세기를 사는 사대부들의 선택항이었다. 이황과 권호문은 수기의 길을, 정철은 치인의 길을, 이이는 중간에 입지를 두고 있는 인물이었다. 이러한 입장은 앞서 구체적인 작품을 통하여 밝혔듯이, 자연을 소재로 하고 있는 시조들에서 분명히 드러난다. 이때 자연은 관념성을 짙게 띠고 있는 공간적 의미를 지닌다.

그런데 시조에 나타난 자연의 공간적 의미에 있어서 15·16세기는 공통점을 지니고 있다. 자연과 정치 현실 사이에 거리가 존재하든 존재하지 않든 간에, 자연은 그 자체로 즐김의 대상이 되기보다는 무엇인가를 떠올리는 공간으로서의 의미를 지니게 된다는 점에서 그렇다.

> 강호에 ᄀᆞ올이 드니 고기마다 술져잇다
> 小艇에 그믈 시러 흘리ᄣᅴ여 더뎌두고
> 이 몸이 消日 ᄒᆡ옴도 亦君恩이샷다. (「江湖四時歌」 3수)

위의 시조는 15세기 작품인 맹사성의 「강호사시가」 중 한 수이다. 고기가 살쪄 있는 가을 강에 그물을 던져 놓는 시적 화자의 행위는 보기에 따라서 자연 속에서 낚시하는 구체적인 즐거움을 표현하고 있다고 생각해 볼 수 있다. 그러나 종장에서 이 모든 것을 "또한 임금의 은혜"라는 관념성으로 방향을 돌릴 때, 초·중장에 나타난 구체성은 관념적인 것으로 성격이 바뀌어 버린다. 즉 초·중장에서 구체적으로 읊조려진 것을 종장에 와서 그것을 묶어 자신의 삶에 대한 인식으로 집약함으로써 초·중장에 형상화된 자연의 구체성은 약화된다.[26] 이렇게 15세기와 16세기는 정치적 상황의 다름으로 해서 사대부들의 지향점이 시조 속에서 다르게 형상화되었으나, 자연이 지니고 있는 공간적 성격에 있어서는 동일한 성격을 지니고 있는 것이다.

그런데 이러한 시각과 차이를 보이는 의견이 김홍규와 우응순에 의해 논의된 바 있다.

> 16세기 전반까지의 강호시가에 보이던 초극적 긴장감과 도학적 자긍, 절제된 미의식은 이 시기 鄭澈·申欽에 이르면 현저하게 약화된다. 그 대신 자연 경관에 대한 심미적·즉물적 인식이 확대되며 호방한 홍취가 고양되어 나타난다.[27]

> 李滉에게서 전형적으로 나타나듯 이 도학적 시 의식에 투영된 자연은 우주 만물과 인간에 내재된 이법의 현현이요 거대한 조화의 형상이었다. 반면에 鄭澈과 申欽의 작품에서는 그러한 형이상학적 의미가 거의 눈에 띄지 않는다. 그 대신에 감각적, 즉물적인 자연의 모습이 뚜렷하게 부각된다.[28]

---

26) 같은 곳.

27) 우응순, 앞의 논문, 169면.

28) 김홍규, 「16·17세기 강호시조의 변모와 전가시조의 형성」, 『욕망과 형식의 시학』,

위의 논의에서는, 맹사성의 시조에서 보이는 강호자연과 정치 현실 사이의 일치 의식은 16세기에 와서 달라진다고 보았다. 이현보(李賢輔, 1467~1555)에 이르러 강호자연과 정치 현실 사이에는 일정한 거리가 존재할 뿐만 아니라 단절의식을 보인다. 이현보의 경향을 이어받은 이는 이황과 권호문이다.

이들은 정치 현실과 강호 간의 단절의식을 기반으로, 자연은 도학적 근본주의를 현현시키는 공간으로 여겼다. 그러나 이러한 경향은 16세기 중반, 이이에 의해 변화의 조짐을 보인다. 즉 이이의 「고산구곡가」에서는 '강호-속세'의 이분법적 세계상이 약화되는 대신에 낙천적 정서가 고양되고, 시름 같은 것은 사라진 모습을 보인다는 것이다. 이러한 변화는 정철·신흠에 이르러서 명확하게 드러나, 강호 한정의 드높은 감흥과 풍류적 즐거움을 적극적으로 표출한다는 것이다.

김홍규와 우응순의 논의를 간추리면, 16세기의 강호시가의 변모양상은 강호와 정치 현실과의 격절을 거쳐 초기에는 도학적 자연관을 특징으로 하고 중기에서 말기로 가면서 풍류적 자연관으로 변화한다는 것이다. 즉 자연의 공간적 의미가 관념에서 구체로 변모된다는 것이다. 여기서 문제 삼고자 하는 것은 풍류적 자연관의 출현 시기이다. 16세기 중반과 말엽에 풍류적 자연관이 출현하였다고 보기는 힘들다는 것이 본고의 입장이다. 적어도 16세기의 사대부 시조에 나타난 자연은 관념적 공간으로서 존재할 수밖에 없다고 생각된다. 이러한 견해 차이를 이이와 정철의 시조를 살펴보면서 좀 더 구체화하면 다음과 같다.

태학사, 1999, 188면.

첫째, 이이의 「고산구곡가」를 두고 다채로운 경물을 보여줌으로써 감흥의 고양을 보이고 있고, 흥취와 일락의 절제가 비교적 낮은 표현 수준을 보여준다고 하였다.[29] 그러나 앞서 보았듯이, 「고산구곡가」 전체의 정조는 담박에 있다. 들뜸이 아니라 차분함에 있다. 다채로운 경물을 보여주는 것은 사실이지만 이것이 감흥의 고양으로 연결되지는 않는다. 가장 문제가 되는 것은 1곡과 4곡일 것이다. "벗오는 양 보노라"(1곡)와 "흥에 계워 ᄒᆞ노라"(4곡)를 어떻게 보느냐는 상당히 중요한 문제이다. 왜냐하면 이것의 해석을 어떻게 하느냐에 따라 자연이 지니고 있는 성격이 구체적인 것이냐 관념적인 것이냐로 나눠지기 때문이다.

2장 4절에서 살펴보았듯이, 1곡의 "벗오는 양 보노라"는 벗 오는 모습을 기다리는 것으로, "흥에 계워 ᄒᆞ노라"에 나타난 흥은 유흥('遊興')이 아니라 유흥('幽興')으로 해석하여야 할 것이다. 이렇게 되면 두 곡을 감흥의 고양이라고 보기는 어렵다는 것이 본고의 견해이다. 1곡의 경우 초장과 중장에서는 자연의 승경을 읊고 있으나 종장은 승경에서 느낀 시적 화자의 고양된 감정을 내용으로 하기보다는 술잔을 앞에 놓고 친구 오는 것을 기다리는 것으로 시상을 전환하고 있기 때문이다.

둘째, 권호문과 정철은 불과 4년의 나이 차이를 보이고 있으며, 이이와 정철은 동갑이다. 따라서 강호-속세의 단절의식과 현실 지향은 동시대에 일어난 현상이다. 앞서 언급하였듯, 단절의식에서 비롯된 수기 지향과 현실 지향에서 비롯된 치인 지향은 동시대에 일어난 현상이다. 수기와 치인이라는 선택항은 '붕쟁'이라는 시대적 상황 속에

29) 위의 논문, 175~185면.

서 개인적 상황·가치관·지향점의 다름에서 비롯된 현상이다. 강호-속세의 이분법적 사고는 16세기를 사는 사대부들이 지니고 있던 보편적 사고방식이라 할 수 있다. 따라서 16세기 이후 사림의 강호시가는 초속적인 모습에도 불구하고 정치의식에 있어서 완전히 방관적인 것[30]이 아니었다. 그러므로 강호-속세의 이분법적 사고 자체가 도학적 근본주의를 보장해주지는 못한다. 즉 도학적 근본주의와 현실 지향 의식이 동시에 존재하고 있었던 것이 16세기 사림파 사대부들의 보편적인 인식이었다. 따라서 16세기 중엽부터 자연의 의미가 변하였다는 논의는 재고를 요한다고 생각한다.

셋째, 현실 지향(치인 지향)적 사고방식을 가진 정철과 신흠의 시조를 예로 하여 풍류적 자연관의 출현 근거로 삼는다는 데에 이의를 제기하고자 한다. 현실 지향 역시 강호-속세의 이분법적 사고방식에서 비롯된 것으로 본다면, 이황이나 권호문이 강호를 택했듯, 정철과 신흠은 정치 현실로 대표되는 속세를 선택했을 뿐이다. 김흥규가 들고 있는 예를 통해 좀 더 자세히 살펴보자.

일뎡 百年 산들 긔 아니 草草ᄒᆞᆫ가
草草ᄒᆞᆫ 浮生이 므ᄉᆞ 일을 ᄒᆞ랴 ᄒᆞ야
내 자바 권ᄒᆞ는 잔을 덜 먹으려 ᄒᆞ는다 (정철)

술 먹고 노는 일을 나도 왼 줄 알건마는
信陵君 무덤 우희 밧가는 줄 못보신가
百年이 亦草草ᄒᆞ니 아니 놀고 엇지ᄒᆞ리 (신흠)

---

30) 김흥규, 「강호자연과 정치 현실」, 409면.

김홍규는 두 시조를 통하여 "삶을 최대한으로 향유하겠노라는 선택"을 하였다고 언급하고 있다. 그러나 이러한 시조들이 과연 정철과 신흠의 가치관이나 자연관의 대표성을 띠는가에 문제는 있다. 정철과 신흠은 철저히 정치 현실에 가치관을 두고 있는 분들이다. 정철은 수많은 모함 속에서 있으면서도 생이 다할 때까지 정치에 헌신하신 분이고, 신흠은 유배 후 영의정까지 지냈던 분이다. 이런 분들이 타의든 자의든 찾게 된 자연 속에서 생각하는 것은 혼탁한 정치 현실과 정치로의 복귀일 것이다. 따라서 위의 시조는 정치 현실을 향한 그들의 마음을 반어적으로 표현한 것이라 할 수 있을 것이다. 즉 정철과 신흠의 시조에서 보이는 취락과 풍류는 그 자체에 몰입을 의미하기보다는 정치 현실에 대한 간절한 지향의 반어적 표현이라는 것이다.[31] 그리고 위에 든 시조를 과연 자연을 소재로 한 시조라고 볼 수 있는가에도 문제는 있다. 즉 위 시조의 배경을 자연이라고 확언할 수 없다. 두 시조 초장·중장에서 자연이라고 확신할 단서를 보이고 있지 않기 때문이다. 위 시조는 자연 속에서 유흥을 즐긴다고 보기보다는 혼탁한 정치 현실에 대한 반어적 표현이라 보는 것이 온당할 것이다. 따라서 김홍규가 평한 '풍류적 자연관'은 다시 한 번 살펴보아야 할 문제라고 생각한다.

넷째, 16세기 사대부가 지니고 있는 보편적 삶의 자세에 대한 것이

31) 김창원은 「신흠 시조의 특질과 그 의미」에서 "산촌에 눈이 오니~" 시조를 자연 자체의 순수한 감흥을 노래하고 있다고 보기보다는 오히려 세계와의 강한 대립과 긴장이 전체를 지배한다고 보았다. 이것은 본고의 의견과 일치한다고 생각한다(김창원, 「신흠 시조의 특질과 그 의미」, 『고전문학연구』 제16집, 한국고전문학회, 1999, 100쪽 참조).

다. 사대부는 어려서부터 배워서 세상에 도를 행하는 데 목표를 두고 있으며, 이것의 실행을 위해 용이한 길이 벼슬길에 나아가는 것이었다. 이렇듯 사대부는 숨어서 도를 구하는 것에 제일의 목표를 둘 수는 없는 것이다. 위정자가 세상을 밝히고자 하는 제 뜻을 써 준다면 언제든 도를 펴기 위해서 벼슬길에 나아갈 수 있는 것이 유교의 적극성이요 사대부의 기본 정신이다.[32] 이렇듯 사대부는 자연 속에 완전히 뜻을 두었다 할지라도 자연 그 자체에 몰입할 수는 없으며, 하물며 정치 현실에 뜻을 두고 있는 정철이 그럴 수 있겠는가 의문이 생긴다.

본고는 자연의 공간적 의미에 있어서 관념성이 약화되고 구체성이 강화되는 시기는 양반의 신분체제가 분화되기 시작하는 17세기 중반부터라고 생각한다. 벌열 정치가 행해지면서 그리고 중앙의 관리 등용이 지금의 수도권 지역에 거주하는 양반 중심으로 변화하면서 정권으로부터 소외된 양반들이 지방으로 낙향하게 된 시기에 자연의 공간이 구체성을 띠게 되는 것이다. 이들은 중앙 정치와는 단절된 삶을 살았다. 이로 인하여 소작농이 되는 양반도 생겨난다고 한다. 이러한 상황은 시조 속에 채택된 자연 공간의 의미를 변화시키기에 충분한 원인이 될 것이다. 이것은 김홍규가 17세기 새로운 유형 개념으로 설정한 전가시조(田家時調)와도 부합된다.[33]

이상에서 살펴본 바와 같이, 16세기 그것도 사대부의 시조 속에 나타난 자연은 구체적인 성격을 띠고 형상화되기보다는 정치 현실 혹

32) 정요일, 「선비정신과 선비정신의 문학관」, 『한문학의 연구와 해석』, 일조각, 2000, 49면.

33) 김홍규, 「16·17세기 강호시조의 변모와 전가시조의 형성」, 196면.

은 도학적 근본주의를 연상하게 해주는 공간으로서 관념적인 성격으로 형상화되어 있다고 보는 것이 온당할 것이다.

4. 맺음말

김흥규의 「강호자연과 정치 현실」이라는 논문이 촉발점이 되어 이른바 강호가도의 구체적 모습과 그것의 시대적 변화의 모습을 살펴보는 논의가 활발하게 진행되었다. 이러한 일련의 논의는 강호가도의 공통적 자질 내지는 성격에 초점을 맞추어 연구되어온 관행에 대한 반성에서 이루어진 것으로 큰 성과를 이루었다. 본고 또한 이에 힘입은 바 크다는 것을 부인할 수는 없다.

그러나 차이점에 초점을 맞추고 진행된 논의에 있어서도 재고의 문제점이 있다. 차이점에 지나친 초점을 맞추고 변화 추이를 밝히는 과정에서 그 당시의 실상을 오해할 소지 또한 담고 있다고 생각하였기 때문이다. 구체적으로 16세기 사대부의 가치관 혹은 자연관이 16세기 전 후반 즉 사화·붕쟁을 기점으로 하여 근본적으로 바뀌었다고 볼 수는 없다. 또 이현보·이황·권호문으로 이어지는 이른바 영남가단과 이이·정철·신흠으로 이어지는 이른바 기호가단이 실제 행동방식은 달랐지만 근본적인 가치관에서 다르다고 단정할 수 없다. 즉 사대부로서의 근본적 가치관 내지 자연관이 16, 17세기 전반까지는 변화하지 않았다고 생각한다. 사대부 자체의 위치나 성격이 변화하지 않았기 때문이다.

이러한 사대부의 근본 생각에 있어서 변화를 보이는 시기는 이른바 경화사족 및 잔반의 출현 기미를 보이고 있는 17세기 중엽으로 더 내려가야 한다고 생각한다. 이것의 단적인 예가 전가시조군의 형성에 있다. 본고의 논의가 좀 더 구체적인 모습으로 진전되기 위해서는 16세기에 약하게나마 비추어진 풍류적 자연의 모습과 17세기에 형성된 전가시조에서 형상화된 자연의 모습을 비교하는 작업이 뒷받침되어야 할 것이다.

〈정읍사〉의 여성 화자 태도

1. 서론

본고는 여성(적) 화자를 대상으로 이루어진 기존 논의를 재검토하고, 재검토를 통해 이루어진 비판적 시각을 가지고 〈정읍사〉를 살펴봄으로써, 새로운 단계의 여성(적) 화자 연구의 발판을 마련코자 하는 데에 목적을 두고 있다.

새로운 단계의 여성 화자 연구란 다양한 여성 화자의 모습을 찾아내고, 이를 주제 및 성격 등의 차원에서 체계화하고 아울러 통시적 고찰을 통해 시대적 흐름을 파악함으로써 온전한 시가사(詩歌史)를 회복하는 데에 기여할 수 있음을 의미한다. 기존의 시가사는 남성 문학 혹은 남성 목소리를 중심으로 정리되어 왔다. 예를 들어, 자연과 정치 현실로 대변되는 속세가 어떠한 관련 양상을 지니고 있는가를 통해 시가사의 흐름을 파악해온 것이 그것이다. 시가사적 흐름 속에 여성의 목소리는 배제되어 왔다. 이렇게 된 데에는 이제까지의 여성 화자에 대한 기존 논의가 다소 단일한-구체적으로 여성의 타자성이라는 치우친 결과를 도출해내고 있다는 데에 원인이 있었다고 판단된다. 자연관의 공시적·통시적 고찰을 통해 찾아낸 수많은 차이와 공통점이 시가사를 파악하는 중요한 잣대가 될 수 있었던 것과 마찬가지로 여성 화자의 다양한 목소리, 그의 시대적 변전 양상도 시가사를 구성하는 중요한 성분이라는 것이 본고의 입각점이다.

이러한 작업은 다양한 장르를 포괄하고 체계적인 단계를 설정함은 물론 여성관에 대한 새로운 시각 혹은 선험적 인식이 배제된 시각을 전제로 하며, 동시에 여성과 관련된 자료를 통해 파악된 그 시대의 특징과 관련하여 종합적이고 다각적인 고찰이 가능하게 될 때 온전히 이루어질 수 있다고 판단된다.

본고는 이러한 궁극적인 목적을 달성하기 위해서 우선 여성 화자에 대한 기존 논의를 비판적으로 성찰하는 것으로부터 시작하려고 한다. 기존 논의가 이루어낸 값진 성과를 확인함과 동시에 여성 화자의 다양한 목소리를 찾아내는 데에 상대적으로 소홀히 하였다는 점에서 문제점 또한 적지 않음을 살핌으로써 여성관을 이해하는 데 유익한 구도를 얻을 수 있다고 판단하였고, 이로 인해 앞으로 이루어져야 할 과제를 보다 분명히 설정할 수 있기 때문이다. 그러고 나서 〈정읍사〉의 분석을 통해 본고가 지니고 있는 입각점의 타당성을 검증해보고자 한다. 여성 화자의 목소리가 단일하게만 해석될 수 없음을 밝힘으로써 본고 이후에 이루어질 작업에 대한 발판을 마련하고자 한다. 그 다음에 결론으로 본고에서 이루어진 기존 논의에 대한 비판적 시각과 〈정읍사〉 분석 결과를 바탕으로 앞으로 이루어져야 할 과제를 제시하려고 한다.

2. 기존 여성 화자 논의에 대한 비판적 검토

고전 시가의 여성 화자를 연구하는 대개의 연구자들은 먼저 특정 작품의 화자를 여성으로 볼 수 있느냐의 여부를 거론하면서 입론을 펼치고 있다. 여성으로 명명할 만한 특정 징표가 없더라도, 시적 정황이나 어조·어휘·화자의 태도 등을 참조하여 시적 화자를 여성으로 규정하고 있다.[1] 그리고 이렇게 해서 선별된 작품의 분석을 통하여 얻어낸 여성 화자의 성격을 '수동적·의존적'인 것으로 규정하려는 성향을 보이고 있다. 가부장적 질서의 확립 유무를 떠나서 고대부터 지금까지 여성은 남성의 지배를 받아왔다는 점을 감안할 때 여성이 사회적 주체로서의 성 역할을 담당하기는 쉽지 않았을 것이며, 이것의 문학적 표출 양상 역시 수동적인 모습으로 형상화되었을 것으로 미루어 짐작하는 것은 그리 어렵지 않다. 고려가요인 〈동동〉이나 〈가시리〉를 보더라도 여성 화자의 태도는 주체로서의 모습을 보이기보다는 수동적이고 피동적이다. 자기 자신을 대상화시켜서 주체의 규정을 고스란히 받아들인다. 즉, 남성은 절대적이면서 독립적인 존재로, 여성은 열등하고 의존적인 존재로 형상화되고 있다.[2]

이러한 견해는 역사적 실체로서 존재했던 남성 중심, 여성 억압이라는 사회 구조 속에서 자유로울 수 있는 남성·여성이 과연 얼마나 있을까를 염두에 둔다면 타당한 시각이라고 할 수 있으며, 대부분 연구자들의 연구에 의해 설득력이 높아지면서 보편적인 인식으로 자리

---

1) 박혜숙, 「고려속요의 여성화자」, 한국고전여성학회 편, 『고전문학과 여성화자, 그 글쓰기의 전략』, 월인, 2003, 27면.

2) 위의 논문, 29~39면.

하게 되었다. 그런데 기존 연구자들에 의해 보고된 이른바 여성의 '타자화'가 모든 작품에 균일하게 적용 가능한 절대성을 지니고 있는가 하는 것은 다시 한 번 숙고해야 할 문제이다. 여성의 비주체적인 모습이 그 시대의 주된 패러다임이었다는 것을 인정하는 것과 그 시대의 문학을 포함한 모든 현상을 설명할 수 있다는 것과는 다른 차원이기 때문이다. 그래서 동일한 양상을 지니고 있는 작품을 두고 평가함에 있어서 주체와 타자라는 상반된 결과가 도출될 수도 있다. 그 시대의 주된 패러다임에 방점을 둔 연구에서는 여성의 타자화를 다시 한 번 확인하는 결과를 도출해낸 반면에, 작품 자체의 독립적 성격에 방점을 둔 연구에서는 여성의 주체성을 검출해내고 있는 것이 그것이다. 동일한 양상을 지니고 있는 작품에 대한 다른 견해라고 할 수 있다. 이를 각 연구자들의 논의를 통하여 구체적으로 살펴보자.

조선 후기 들어서 성행하게 된 사설시조를 대상으로 한 박애경의 논의는 여성의 타자성을 확인하는 작업이었다. 적극적이고 대담한 성담론(性談論)을 가감 없이 펼쳐내고 있는 사설시조를 분석하면서, 주체로서의 모습을 드러낸 여성이라기보다는 남성들의 관심과 욕망이 투사된 또 다른 형태의 타자성이 표출된 것이라고 논의하였다.[3] 즉 사설시조의 여성 화자는 남성이 가면을 쓰고 내는 목소리인 것이다.

이러한 입론의 연장선상에 있는 것이 김용찬의 논의이다. 김용찬은 평시조에서 타자성이 발현된 여성은 남성들의 희망을 제시하고 있을 따름이라고 하였다. 철저히 종속적인 위치에 존재하는 여성의 모습은 남성 중심적인 사회에서 여성들이 겪을 수밖에 없었던 세계 인식의

3) 박애경, 「사설시조의 여성화자와 여성 섹슈얼리티」, 한국고전여성학회 편, 위의 책, 233면.

한 측면이라는 것이다.4) 즉 여성 스스로가 타자화되었다기보다는 남성이라는 강력한 주체에 의해 타자로 규정되었다는 것을 말하고 있다.

이들의 견해는 사회 · 문화적 배경을 전제로 한 것이라 할 수 있는데, 박애경은 조선 후기 들어서 성행하게 된 기방문화 · 유흥문화 속에서 사설시조가 연행되었다는 사실에 주목하여, 김용찬은 남성 중심 사회라는 시대적 특징을 전제로 하여 작품을 해석한 것으로 판단된다. 즉 문화적 현상 속에서 보편적으로 통용되는 여성성을 드러내고자 했던 논의이다.5)

그런데 위와는 다른 견해도 있다. 동일한 양상을 보이고 있는 사설시조를 대상으로 하면서도 박애경과는 다른 결론을 내고 있다. 대담한 성담론을 언급하는 사설시조의 분석을 통해 타자성이 소거되고 새로운 주체로서 전환되는 것으로 여성성을 읽고 있는 것이 그것이다.6) 이형대의 논의는 리얼리즘적·반영론적 관점은 작품 자체가 표출하고 있는 진솔한 목소리를 간과할 수 있다는 비판적 안목에서 출발한 것이다.

그런데 위에서 거론한 두 견해는 무엇이 옳고 무엇이 그른지를 놓고 살펴볼 성질의 것이 아니다. 작품 자체가 내는 목소리에 충실하자는 견해와 어떠한 작품이든 진공상태에 있을 수는 없다는 견해 모두 입론으로서의 타당성은 충분히 있기 때문이다. 다만 본고에서 지적하고자 하는 것은 두 견해 모두 타당성이 있음에도 불구하고 기존의

4) 김용찬, 「시조에 구현된 여성적 목소리의 표출 양상」, 『한국고전여성문학연구』 4집, 2002, 86~89면.

5) 위의 논문, 90면.

6) 이형대, 「사설시조의 여성주의적 독법」, 『시조학논총』 16집, 한국시조학회, 2000, 423~425면.

논의는 후자의 견해에 다소 치우친 경향을 보인다는 사실에 있다.

사회·문화적 흐름에 의해 여성의 경험을 단일한 것으로 규정하려는 경향을 보이고 있다. 즉 여성의 타자성이라는 단일한 결과를 도출하는 것으로 거개의 연구가 진행되고 있다는 사실에 문제가 있는 것이다.[7] 이는 수십 세기를 살아온 수많은 여성들이 다단한 삶의 경험으로부터 빚어냈던 개성적 목소리를 가리고 있다는 데에 문제의 심각성이 있는 것이다.[8] 이러한 경향성은 작품의 해석에 있어서 또 다른 문제점을 야기하기도 한다. 다양한 해석의 가능성을 지닌 시구(詩句)임에도 불구하고 단일한 방향으로 해석되기 때문이다. 이는 연구자들의 선험적 인식의 작용이며, 선입견의 소산일 가능성 또한 배제할 수가 없다. 정리하면 사회·문화적 관점에서 여성성을 바라본 논의는 시대의 전체적 틀거리를 제공해준다는 면에서 소중한 성과를 이루어냈지만, 동시에 개성적 목소리를 모색하는 데에 인색했다는 것과 작품 해석에 있어서 선입견으로 작용했다는 부작용을 지니게 되었다.

한편, 기존 논의에 나타난 특징을 사랑의 속성 혹은 본질과 관련하여 비판적으로 살펴볼 수 있다. 여성 화자의 목소리는 사랑 혹은 이별의 상황에서 주로 나타난다. 그런데 특히 이별의 상황에서 보이는 여성 화자의 목소리 내지는 태도에 있어서 다분히 수동적 모습을 보이고 있다는 것이 기존의 견해이다. 떠나버린 임에 의해 버림받고 사물화된 존재로 형상화되어 있다는 것이다.[9] 임은 화자에 비해 절대

7) 신경숙, 「고전시가와 여성」, 『한국고전여성문학연구』 창간호, 한국고전여성문학회, 2000, 316면.

8) 위의 논문, 317면.

적으로 우월하며 자유롭고 독립적인 존재인 데 반해, 여성 화자는 그의 처분만을 기다리는 열등하고 의존적인 존재이며,[10] 철저히 종속적인 위치에 서 있다는 것이다.[11] 그래서 오지 않는 임을 그리는 슬픔의 정조가 지배적이며, 당대의 모순적인 사회 현실 속에서 여성은 타자로서 존재할 수밖에 없었던 고통이 짙게 배어있기 마련이다.[12] 그런데 사랑, 이별 그리고 기다림 속에서 보여주었던 여성의 태도를 과연 타자화로 규정하고 단정할 수 있느냐라는 문제는 다시 한 번 생각해보아야 할 것으로 여겨진다. 이러한 점에서 김대행의 논의는 시사하는 바가 크다.

김대행은 뚜렷한 징표가 없음에도 불구하고 시적 화자를 여성으로 보는 작품들의 특징으로 이별, 홀로 있음, 기다림 그리고 피동성을 거론하고 있다.[13] 이러한 표상들은 남녀의 구분을 넘어서서 개인적인 성향에 관련되는 문제임이 분명하다고 말한다.[14] 그런데도 사랑을 노래하는 화자가 여성인 것은 성향이 그러한 것이지 남녀로 양분되는 현실 속의 성별을 말하는 것이 아니라는 것이다.[15] 이것은 사랑의 본질 · 속성과 여성의 성향이 서로 맞닿아 있다는 것을 염두에 둔 논의로 이해된다. 사랑이 단독체였던 둘이 하나가 되는 것을 기본 전제로 하고 있다면, 사랑은 상호 의존성을 본질적 속성으로 지니기 마

9) 박혜숙, 앞의 논문, 30면.
10) 위의 논문, 39면.
11) 김용찬, 앞의 논문, 86면.
12) 이형대, 앞의 논문, 410면.
13) 김대행, 「문학의 화자와 여성」, 한국고전여성학회편, 앞의 책, 18면.
14) 위의 논문, 13면.
15) 위의 논문, 20면.

련이다. 이별의 상황이라면 기다림이란 사랑의 또 다른 속성이다. 그렇다면 사랑하는 사람을 기다린다는 것이 타자성을 의미하지는 않게 된다. 어떤 면에서 기다림이란 사랑의 본질적 속성이고 당연한 행동이자 사고일 수 있다. 그런데 이러한 기다림은 여성의 성향으로 충분히 발휘될 수 있는 속성을 지니고 있다. 여성의 가치 있는 덕목인 보살핌 · 자기희생과 사랑하는 사람에 대한 기다림은 동일한 성향의 행동 이자 인식이기 때문이다. 그렇다면 사랑에 있어서 여성만이 주체적인 행동과 인식을 하고 있다는 결론에 이를 수 있다. 이러한 의미에서 사랑 혹은 이별이라는 상황 속에서 주체와 타자에 대한 심도 있는 논의가 선행되어야 한다는 것이 본고의 기본 시각이다. 기다린다고 하여 수동적이거나 피동적이라고 판단할 수는 없으며 이것을 '타자화'라고 규정지을 수는 없기 때문이다.

이상 검토한 기존 논의에 대한 비판적 견해를 정리하면서 본고의 전개 방향을 제시하고자 한다. 첫째, 기존 논의는 여성 화자의 성격 및 태도에 대해 단일한 목소리를 내고 있다는 점을 지적하였다.[16] 이는 여성 화자 작품에 두루 존재하는 보편적 특질을 찾아내고 규정하였다는 점에서 의의 있는 성과임에 틀림없지만, 보편적 특징과 동시에 가지고 있는 개성적인 목소리에 대해서는 등한시했다는 점에서 충분한 논의가 되지 못했다. 이는 하나의 시가는 자족적이고 독립적인 세계를 구축하고 있다는 시각을 가지고 각 시가의 화자론 혹은 작품론을 고찰함으로써,[17] 다양한 여성 화자의 목소리를 찾아내어, 다양

16) 이미 학계에는 여성 화자의 다양한 목소리에 대한 연구가 많이 제출되어 있다. 본고에서 언급한 기존 논의는 사랑·이별이라는 상황을 배경으로 하고 있는 시가에 대한 연구만으로 한정한다.

하고 구체적인 여성적 경험에 대한 고찰을 새로운 과제로 요청한다고 할 수 있겠다.[18]

둘째, 첫째 논의와의 연장선상에서 지적할 수 있는 것은 구체적인 시가의 시구에 대한 해석과 관련된 것이다. 기존 논의가 여성 화자의 타자화라는 단일한 결과를 도출해냄으로써 다양하게 해석할 수 있는 시구의 의미를 단일한 방향으로 해석하려는 경향이 짙다는 것이다. 시구가 지니고 있는 어휘적 의미의 해석에 있어서 여성 화자의 타자화를 부각시키는 방향으로 이루어졌다는 것이다. 이는 연구자의 선입견 혹은 편견이 작용한 결과가 아닌가 하는 생각을 하게 된다. 이에 어학적 검토를 통한 시구의 객관적 의미 혹은 의미 범주를 찾아내고 다양한 해석의 가능성을 전제로 한 해석을 할 때, 다양한 여성 화자의 목소리를 찾을 수 있는 가능성을 열어 놓을 수 있을 것이다.

셋째, 기존 논의에서 임의 돌아옴을 기다리는 여성을 의존적인 그래서 수동적이고 피동적인 것으로 파악하였다. 그런데 사랑하는 임이 돌아오기를 기다리는 여인의 모습이 의존적이라고 해서 이것을 타자성으로 해석하는 것이 온당할까에 본고는 의문을 가지고 있다. 사랑에서 주체·타자가 의미하는 바는 무엇일까, 사랑 그리고 이별이라는 상황 속에서 주체적일 수 있다는 것은 무엇을 의미할까, 그리고 그것의 문학적 형상화는 어떠한 방식으로 이루어질까 등등에 대한 논의가 먼저 이루어져야 할 것으로 판단된다. 즉 사랑의 속성 및 본질에 대한 논의가 이루어져야 한다.

따라서 여성 화자 연구는 시어에 대한 어학적 검토와 독자성을 바

17) 위의 논문, 21면.

18) 신경숙, 앞의 논문, 321면.

탕으로 한 작품론 · 화자론이 이루어져야 할 것이며, 사랑의 속성에 대한 심도 있는 성찰을 전제로 하여 논의가 펼쳐져야 할 것이다. 본고는 이러한 시각의 타당성을 〈정읍사〉의 분석을 통하여 시론적으로 고찰해보고자 한다.

3. 〈정읍사〉에 나타난 여성 화자의 태도와 그 의미

이 장에서는 독립적인 실체로서의 〈정읍사〉를 전제로 시구에 대한 어학적 접근을 통해 의미를 살펴보고, 이를 바탕으로 여성 화자의 태도를 살펴봄으로써 〈정읍사〉에 형상화된 여성성의 성향을 알아보고자 한다.[19] 독립적인 실체로서의 〈정읍사〉를 대상으로 한다는 것은 궁중악으로 편입되었다는 사실 등 작품 주변 환경적 요소와 기존 논의에서 이루어진 여성의 타자성으로부터 독립하여 보겠다는 것을 의미한다. 예컨대 〈정읍사〉는 『악학궤범』에 실려 전하는 무고정재이다. 남성 중심의 온산지라 할 수 있는 궁중에서 불리어졌기에 여성의 타자성을 농후하게 띤 작품으로 해석해야 한다는 식의 논의로부터 자유롭고자 한다. 왜냐하면 궁중에서 불리어졌다는 사실과 여성의 타자성과는 밀접한 관련이 있다고 볼 수 없기 때문이다. 즉 궁중에서

19) 본고에서는 작품의 새로운 해석을 목표로 하지 않는다. 다만 어학적 검토를 통한 작품의 객관적 의미를 확정, 이를 통한 작품의 의미구조 분석, 이를 기반으로 한 여성 화자의 태도를 구명함으로써 여성 화자 연구의 새로운 가능성을 타진해보고자 하는 데에 본고의 목표를 두었다. 비록 본고의 주 고찰 대상인 〈정읍사〉는 어학적 검토에서 기존 논의와 그리 다른 점을 발견하지는 못했다. 그러나 지금까지 필자가 고찰한 바에 의하면 〈정과정〉·〈서경별곡〉 등의 작품에서는 어학적 검토 결과 기존 논의와는 다른 해석의 여지가 있다고 판단되었다. 이는 "「정과정」의 창작 성격"에서 구체적으로 다루었다.

불리어졌다는 사실이 작품 해석의 방향을 결정한다고 생각하지 않는다.[20] 궁중에서 연행됐음에도 불구하고 음란성 짙은 노래가 끊임없이 불리어졌다는 사실과 마찬가지 논리이다.

그러고 나서 〈정읍사〉에 형상화된 여성의 성향을 사랑의 속성과 관련하여 살펴봄으로써, 〈정읍사〉에 나타난 여성의 태도가 지니고 있는 의미를 고찰해보고자 한다. 〈정읍사〉의 여성이 수동화되었는가, 아니면 다른 의미의 주체적 모습을 보이고 있는가에 대하여 고찰함으로써 다양한 여성 목소리의 일단을 확인하고자 하는 것이다. 즉 '간절히 남편을 기다리는 처의 노래'라는 소박한 결론을 넘어 기다림 속에 내재하고 있는 여성의 개성적 심리를 밝혀내고자 한다.[21]

1) 〈정읍사〉에 대한 어학적 검토

〈정읍사〉 중에서 음악적 장치로 여겨지는 후렴구를 제외하고 실질적인 의미를 지니고 있는 부분만을 제시하면 다음과 같다.

〈1〉 ① ᄃᆞᆯ하 노피곰 도ᄃᆞ샤
② 어긔야 머리곰 비취오시라

〈2〉 ① 져재 녀러신고요

---

20) 이러한 본고의 입장을 '궁중악이었다는 사실은 무시해도 좋다.'는 식으로 이해해서는 곤란하다. 다만 본고에서는 궁중악으로 대표되는 작품 외적 상황에서 벗어나 작품의 여러 목소리의 가능성을 열어보자는 기본 입장을 갖고 있다. 그리고 궁극적으로는 작품 내적 질서와 작품 외적 질서를 함께 아우르는 방향으로 논의가 발전해야 한다는 생각을 가지고 있다. 따라서 이러한 궁극적 연구의 일환으로 본고에서는 작품 내적 질서에만 초점을 맞추어 살펴보자는 의미에서 분석의 범위를 한정한 것이다.

21) 이사라, 「정읍사의 정서 구조」, 김대행 외, 『고려시가의 정서』, 개문사, 1990, 93면.

② 어긔야 즌 ᄃᆡᄅᆞᆯ 드ᄃᆡ욜셰라

〈3〉 ① 어느이다 노코시라

② 어긔야 내 가논 ᄃᆡ 졈그ᄅᆞᆯ셰라

〈정읍사〉에는 각각 시구의 상징적 의미는 차치하더라도, 어학적 해명을 필요로 하는 시구가 남아있다. 어구 해석에 있어서, 아직도 어학자들마다 다소 다른 견해들이 제시되고 있기 때문이다. 그러나 본고는 어학자들마다의 견해를 일일이 거론하고 그 시비를 가리기보다는, 기존 해석들을 토대로 문학적 의미망을 설정하는 방향으로 논의를 전개하고자 한다. 이는 필자가 기존 어학적 해석에 대한 시비를 살필 만큼 어학적 교양이 마련되어 있지 못하기도 하거니와 본고의 목적과도 부합되지 않기 때문이다. 따라서 어학적인 난점은 되도록 언급하지 않기로 하겠다.

본고는 시적 화자의 태도와 관련된 시어들을 중심으로 어학자들의 견해를 참고하여, 각 행의 주체가 무엇을 누구에게 발화하고 있느냐의 문제를 살펴보고자 한다. 즉 각 행의 발화 주체는 시적 화자가 되겠는데, 시적 화자의 발화가 향하고 있는 발화 대상이 누구이며, 전달하고자 하는 내용(시적 대상)이 누구와 관련한 것인지를 중심으로 살펴보고자 한다. 위 제시한 〈정읍사〉에는 논의의 편의를 위해 번호를 붙여놓았는데, 차례대로 살펴보자.

〈1〉 돌하 노피곰 도드샤 / 어긔야 머리곰 비취오시라

'돌하'는 존칭 호격의 '하', '도드샤'와 '비취오시라'는 주체존대 선어말어미 '-시-'가 있어, 모두 존칭의 의미를 담고 있으며 존칭의 대상은 '달'이다. '달'이 존칭의 대상이 되는 이유는 '달'이 지니고 있는 밝음의 속성에 기인한다. 〈정읍사〉에서의 '달'은 부대설화와 관련하여 볼 때, 멀리 행상 나간 남편의 안전한 귀환을 가능케 해주는 역할을 한다. 달은 시적 화자인 부인의 불안함을 해소시켜 줄 수 있는 존재이다. 이에 존칭의 대상이 된 것이다. 남편에 대한 걱정에 의해 달을 불러오지 않을 수 없었는데, 이는 달의 밝음이라는 속성이 부정적 현실에 대한 위안이 될 수 있다는 시적 화자의 생각에 의한 것이다.[22)]

다시 말해서, '달'이 자연물 그대로를 표상하든, 의인화된 것으로 보든 간에 존경의 뜻을 함의하며, 이는 '달'을 갈등 해결의 매개체로 설정한 데에서 비롯된 것이다. 이에 〈1〉의 발화 주체는 갈등을 지니고 있는 시적 화자이며, 발화의 대상은 갈등을 해결할 수 있는 존재인 '달'이다.

〈2〉 져재 녀러신고요 / 어긔야 즌 디롤 드디욜셰라

〈2〉는 어학자마다 이견이 개진되고 있으나, 의미상의 문제는 아닌 듯하다. '녀러신고요'에서 어간이 '녀-'인지 '녈'인지, '-ㄴ고'는 의문사를 필요로 하는 의문형 어미임에도 불구하고 의문사가 보이지 않는다는 점, '요'는 무엇을 의미하는지 등에 관련된 것이다. 그런데 '녀'이든 '녈'이든 '가다'라는 의미이며, '-ㄴ고'에는 의문의 뜻을 지

22) 정종진, 『한국고전시가와 돈호법』, 한국문화사, 2006, 137면.

니고 있으며, 존칭을 나타내는 '-으시'가 개입되어 있음은 분명한 사실이다. 그래서 문법적인 견해가 분분하면서도, 의미에 있어서는 대동소이한 모습을 보이고 있다. '저자에 가셨는가요(김완진)·저 멀리 저자에 가셨는지요(지헌영)·저자에 가셨는다(양주동)·저자에 왕래하셨는가요(이현희)' 등이 그것이다. 이에 〈2〉 ①의 발화 주체는 시적 화자이며, 대상은 '임'이다. 시적 화자의 어조는 원망(怨望)·의구(疑懼)에 있다. 그런데 〈2〉 ②는 시적 대상인 진 곳을 디디는 사람을 누구로 볼 것인가에 대해 해석자마다 달리 보고 있다. 발화 주체는 시적 화자가 되고, 시적 대상을 임으로 보는 것이 학계의 일반적 이해다. '드디욜셰라'는 시적 화자의 목소리이며, '디디'는 사람은 임이다. 이는 『고려사』 권71 악지2의 기록과 '즌뒤'의 상징적 의미를 바탕으로 한 것으로 보여진다. '즌뒤'가 '노류장화(路柳墻花) 혹은 화류항(花柳巷)'을 상징한다고 일반적으로 이해되어 왔는데, 이는 디디는 사람을 남성으로 간주한 데에서 비롯된 것이라 판단된다.

> 정읍은 전주의 속현이다. 정읍 사람이 행상을 나가서 오래되어도 돌아오지 않자 그 처가 산에 올라가 남편을 기다리면서, 남편이 밤길을 가다 해를 입을까 두려워함을 진흙물의 더러움에 부쳐서 이 노래를 불렀다. 세상에 전하기를 고개에 올라가면 망부석이 있다고 한다. (井邑全州屬縣縣人爲行商久不至其妻登山石以望之恐其夫夜行犯害托泥水之汚以歌之世傳有登岾望夫石云.)

위 제시문 중 "恐其夫夜行犯害托泥水之汚以歌之"는 주로 '남편이 밤길에 해를 입지나 않을까 걱정한 나머지 진흙탕의 수렁을 비유하여 노래를 불렀다.'로 해석된다. 이러한 기록과 해석에 입각하여 '진 곳'을 디디는 주인공을 '임'으로 단정하였다. '진 곳'이 남성들이 출입하는 공간을 상징한다고 보고, 위 기록을 남편이 해를 입는 경우로 해석하여, 시적 화자인 여성이 시적 대상인 '임(남편)'을 걱정하는 어조로 되어있다고 이해하고 있는 것이다.

여기서 문제는 '드듸욜셰라'의 문법적 해석에 있는데, 〈1〉①② 〈2〉①에서 철저히 지켜지던 존칭을 나타내던 형태소가 ②에서는 보이지 않는다는 점과 의도형 어미 '-요'가 보인다는 점이다. 김완진의 견해에 따르면, 디디는 주체가 임이라면 '드듸실셰라' 형태가 되어야 한다.[23] 따라서 디디는 주인공을 임으로 보았던 기존의 이해는 의심의 여지가 있다는 것이다.

이러한 관점에서 보면, 〈2〉②의 발화 주체는 시적 화자이고, 시적 대상 또한 시적 화자 자신이 된다. 그리고 '요'가 의도형의 의미를 지니고 있어서 〈2〉②는 시적 화자의 의도가 들어간 자기의 행동이 된다. 이렇게 되면 문법적으로는 시적 화자 자신을 대상으로 한 발화가 되어, '진 곳'을 디딜까 두려운 것은 임이 아닌 바로 자기 자신이 되는 것이다.

그런데 김완진의 견해는 정읍사의 부대설화와 관련하여 어긋나는 부분이 있으며, 이를 해소하기 위해 다소 복잡한 상상을 했다는 점에서 자연스럽지 못하다. 앞서 제시한 '恐其夫夜行犯害托泥水之汚以歌之'를 보건대 진흙물은 남편과 관련된 것으로 보는 것이 상황적으로 타당하며, 시적 화자가 마음속으로 달려가다가 흙탕물을 디디게 되고 이를 통해 남편이 당하는 위난이 직감되었다는 복잡한 문학적 상

23) 김완진, 「정읍사의 해석에 대하여」, 『국어학』 31집, 국어학회, 1998, 16면.

상력은 자연스럽지 못하다.

한편, 김완진의 견해가 가지고 있는 문제는 문법적인 면에서도 보인다. 앞서 서술한 대로 '디ᄃᆡ욜셰라'에는 '-시-'가 없으며, '-요-'는 의도의 의미를 지니고 있어서 '디디'다의 주체를 시적 화자로 설정해야 한다고 하였다. 그런데 '-ㄹ셰라'의 용례를 보면 '-시-'가 실현되는 경우를 찾기 힘들다.

> 잡사와 두어리마ᄂᆞᄂᆞᆫ / 선ᄒᆞ면 아니올셰라 〈가시리〉

> 예슈ᄒᆞᄂᆞᆫ ᄉᆞᄅᆞᆷ의 찬손가만 ᄒᆞᆫ ᄎᆡᆨ 한 아를 엇어가지고 텬하 보물이ᄂᆞ 엇은듯 십히 져의 어머니가 보면 ᄲᅢ아슬셰라 옷질 압 속에다 감초어 가지고 문밧 힝길가에ᄀᆞ 작란을 ᄒᆞᄂᆞᆫᄃᆡ 〈월하가인〉

'-ㄹ셰라'가 나타난 문구 중에 존칭의 형태소가 실현되어야 한다고 추정되는 곳을 제시하여 보았다. 첫 번째는 고려가요 중의 하나인 〈가시리〉이고, 두 번째는 「대한매일신보」에 연재된 이해조의 작품이다. 둘 다 임 혹은 어머니가 주체가 되는 것으로 존대의 '-시-'가 실현되어야 함에도 불구하고 나타나지 않는다. 이로 보건대 문법적인 이유는 알 수 없지만, '-ㄹ셰라' 앞에서 존대의 '-시-'가 실현되지 않고 있음을 알 수 있다. 그래서 대상이 임이라면 '드ᄃᆡ욜셰라'가 아니고 '드ᄃᆡ실셰라'로 실현되어야 한다는 김완진의 견해는 재고를 요한다 하겠다. 그리고 의도의 의미를 지닌 '-요-'가 있기에 발화 주체는 시적 화자임을 알려주지만, 그 의도의 대상에 있어서는 임을 향할 수가 있다고 판단된다.

〈정읍사〉와 관련된『고려사』「악지」의 기록, '-ㄹ셰라' 앞에 주체존대 선어말어미가 실현되지 않는다는 점 등을 고려해 볼 때, 〈2〉 ②는 통상적으로 알려진 것과 같이, 발화 주체는 시적 화자가 되고, 진 곳을 디디는 행위의 주체는 임으로 상정하는 것이 자연스러울 것으로 판단된다.

〈3〉 어느이다 노코시라 / 어긔야 내 가논 딕 졈그롤셰라

마지막으로 〈3〉을 살펴보자. 먼저 〈3〉①은 논자들에 따라 다음과 같이 해석을 한다.

양주동 - 어느 곳에다가 (짐을) 놓고 계십시오.
박병채 - 어느 것에다, 어느 사람에게다 놓고 계시는가?[24]
김완진 - 어느 이 다(어느 사람이나 다) 놓으시구려.[25]
이현희 - 어느 곳에(?) 놓고 있으라 하는고.[26]

---

24) 박병채는 "어느 사람에게다 놓고 계시는가?"라고 하여 '어느 여인에게다 마음을 두고 있길래 이대도록 돌아올 줄 모르는고' 하는 한숨이며 원망이며 절망의 표출로 보고 있다. 박병채,『고려가요 어석연구』, 반도출판사, 1992, 60면.

25) 김완진은 '어느 사람'은 형식상 미지칭 또는 부정칭이지만, 의미상으로는 정칭이고, 그것은 임이요 행상인을 가리킨다고 보았다. 그리고 "아무개 좀 다 놓아주시구려" 하고 여인이 애원할 때의 대상은 그를 붙잡아 놓고 있는 시정잡배들이다. 따라서 "노코시라"의 주체는 님이 아니라 님을 잡아 놓고 있는 불량배들이 되는 것이다. 김완진, 앞의 논문, 17면.

26) "어느 곳에 놓고 있으라 하는고, 내가 가는데 (날이) 저물라(저물까 두렵습니다)" 정도를 의미하며, 남편인 행상인이 심정적으로 아내의 기원에 화답하여 읊은 것으로 이해하고 있다. 이현희,「악학궤범의 국어학적 고찰」, 진단학회 편,『악학궤범』, 일조각, 2001, 102면.

'어느이다'의 '이'는 물건·장소인가 혹은 사람인가, 발화 주체는 누구인가에 있어서, '노코시라'는 놓은 대상이 무엇인가, 놓은 주체는 누구인가에 있어서 논자들마다 견해를 달리한다. 그런데 양주동의 해석을 제외한 나머지 해석은 제3의 여인(박병채) 혹은 시정잡배(김완진)를 개입시키거나, 발화 주체를 부인의 말에 화답하는 남편(이현희)으로 설정하고 있다는 점에서 특징적이다. 특히 김완진과 이현희의 해석은 기존의 해석과는 그 방향에서 이질적이다.

김완진의 경우 앞 시구에서와 마찬가지로 다소 복잡한 문학적 상상력을 동원하였다는 점에서, 김현희의 경우 단연체 통작인 노래에 아무런 징표 없이 시적 화자의 목소리가 바뀔 수 있을까하는 점과 발화 주체를 임으로 본다면 '노코시라'에 있는 주체 존대 '-시-'를 어떻게 보아야 할 것인가에 있어서 충분한 설득력을 지니고 있지 못하다. 문법적으로는 해결의 길에 들어섰다손 치더라도, 가지런한 해석이 가능함에도 상상력을 동원하여 다른 맥락을 끌어들이거나, 별다른 근거가 없이 단연체 통작인 〈정읍사〉의 발화 주체를 나누어 보려는 시각은 조심스러운 검증이 필요한 사항이라고 생각한다. '어느이다'는 문법적으로 '어느 것입니다' 정도로 해석할 수 있다고 한다.[27] 그런데 이런 문법적 해석이 시 전체 문맥에 비추어 지니고 있을 의미에 대해서는 여전히 미지수일 수밖에 없다. 따라서 이것이 지니고 있는 문학적 의미는 해석자의 주관에 달린 문제라 할 수 있다. 주관에 따라 해석할 때, 가장 자연스럽고 가지런한 의미망을 형성할 수 있도록 해야 한다는 것이 필자의 생각이다. 이런 면에서 김완진과 이현희의 해석은 재고를 요한다고 할 수 있겠다.

---

27) 남기심·고영근, 『중세어 자료 강해』, 집문당, 2002, 439면.

이에 본고에서는 〈3〉 ①의 발화 주체는 시적 화자인 여성으로 보고, '노코시라'의 행위 주체는 임으로 보고자 한다. 그리고 놓는 대상은 부대설화의 기록에 따라 행상인의 짐으로 보는 것이 타당하다고 판단된다. 다음으로 〈3〉 ②를 보자.

양주동 – 나의 가는데 해가 저물게 될세라(자신의 귀로에 대한 염려도 은연히 함축)

박병채 – 나의 가는 곳에 저물세라(어두어질까 두렵구나)[28]

김완진 – 내 가는데 저물을세라(내 마음의 줏이 가는 곳, 날이 저물까 두렵습니다.)

이현희 – 내(남편으로 봄)가 가는데 (날이) 저물라(저물까 두렵다)

대부분의 어학자들은 '내'를 일인칭 대명사 '나'와 'ㅣ'의 결합으로 본다. 다만 '나'가 '임'인가 혹은 '시적 화자'인가에 대한 견해 차이가 있을 뿐이다. 이현희의 경우 이 행의 발화 주체가 남편이기에 '나'를 남편인 임으로 본 것이고, 장지영 · 최정여의 경우도 '나'를 남편으로 설정하였다. 하지만 시어의 형태상 '나'는 시적 화자 자신을 지칭하는 말로 풀이하는 것이 온당하다고 판단된다. 그리고 '져믈셰라' 역시 문학적 의미에 있어서는 다소 차이를 보이고 있다. 염려·걱정의 구체적인 모습이 단순한 '나의 귀로(歸路)', 앞으로 살아가야 할 길, 상징으로서의 어두움 등으로 논자마다 다르게 상정하고 있다. 그러나 이렇게 구체적인 문학적 의미에서 차이를 보이지만 전체적인 시

28) 나의 전도 나의 앞날에 제발 어둠이 없는 불행이 없는 앞날이 되게 해 주소서. 박병채, 앞의 책, 60면.

의 의미까지 바꾸어놓을 정도는 아니다. 본고에서 중요시 여기는 시적 주체와 그 대상의 관계에 있어서는 다소 가지런한 결론을 맺을 수 있다. 즉 〈3〉 ②의 발화 주체는 시적 화자인 나이고, 따라서 날이 저물까 두려운 것은 시적 화자 자신과 관련되었다고 보는 것이 객관적인 해석이라 판단된다. 표면적인 의미는 이렇다. 이것이 함유하고 있는 풍부한 의미는 장을 달리하여 살펴보기로 하겠다.

2) 여성 화자의 태도와 '달'의 역할

이 절에서는 〈정읍사〉의 의미 구조와 여성 시적 화자의 태도를 '달'의 역할을 통해 살펴보도록 하겠다. 먼저 앞서 이루어진 어학적 검토를 토대로 〈정읍사〉의 현대역과 각 행의 발화 주체와 발화 대상, 시행의 행위 혹은 내용의 대상인 시적 대상을 제시하면 다음과 같다.

〈표 1〉

		현대어 풀이	발화 주체	발화 대상	시적 대상
〈1〉	①	달님이시여 높이 돋으시어	나	달	
	②	먼 곳까지 비추어 주십시오.	나	달	
〈2〉	①	저자에 가 계신가요?	나	임	임
	②	(남편이) 진 곳을 디딜까 두렵습니다.	나	나	임
〈3〉	①	어느 곳에다 (짐을) 놓으십시오.	나	임	임
	②	내가 가는 곳 저물까 두렵다.	나	나	나

현대어 풀이와 발화 주체·대상, 시적 대상의 설정은 앞 절에 고찰한 어학적 검토와 『고려사』 「악지」의 기록을 토대로 설정한 것이다. 〈1〉에 관하여는 '달'의 역할 혹은 기능을 설명하는 자리에서 논의하기

로 하고, 우선 〈2〉와 〈3〉을 분석하고자 한다.

〈2〉와 〈3〉의 ①에서는 시적 화자인 '나'가 시적 대상인 '임(남편)'과 관련하여 발화 대상인 '임'을 향하여 발화하면서, 시적 화자의 걱정과 염려, 그리고 바람을 표출하고 있다. 각각의 ①은 발화 주체인 시적 화자가 시적 대상인 남편의 상황 혹은 행위에 대한 자신의 바람 혹은 염려·걱정을 표출하고 있는 것이다. 이러한 면에서 〈2〉 ①과 〈3〉 ①은 발화 형식과 그 의미에 있어서 동일한 양상을 띠고 있다 하겠다.

한편 〈2〉 ②와 〈3〉 ②는 동일한 통사 구조를 지니고 있지만, 시적 대상에 있어서 차이를 보이고 있다. 〈2〉 ②는 시적 대상인 임과 관련된 이야기를 하면서 '나'를 향한 발화적 성격을 띠고 있다. 두려워하고 있는 것은 나이고, 진 곳을 디디는 것은 임이다. 이에 반해 〈3〉 ②는 시적 대상과 발화 대상이 동일하게 '나'이다. 〈2〉 ②가 '나'와 '임'을 동시에 염두에 둔 발화라면, 〈3〉 ②는 '나'만을 향한 목소리로 되어 있다 하겠다. 물론 아내가 가는 길과 남편이 가는 길이 다를 수 없고, 따라서 '나'라는 시어를 '나'에 한정할 것이 아니라 남편을 염두에 둔 표현으로 의미망을 확대해서 볼 필요가 있다. 그러나 이것은 어디까지나 해석상에서 빚어지는 문학적 상상력의 문제이다. 표면적으로 나타난 발화 자체로 보자면 시적 화자인 '나'가 시적 대상인 '나'와 관련된 이야기를 '나'에게 발화하고 있는 것이다.

〈2〉와 〈3〉의 의미구조를 정리하면 다음과 같이 할 수 있다. 첫째, 〈2〉와 〈3〉의 모든 발화는 화자 자신을 향한 발화이다. 독백체의 형식을 띠고 있다.[29] 둘째, 〈2〉와 〈3〉의 ①은 임을 향한 발화이면서 나와

29) 〈2〉, 〈3〉①의 발화 대상은 '임'으로 되어 있다. 그러나 임은 부재의 상태이며, 임을

관련된 내용이다. 따라서 주된 정서가 의구와 위안이라 할 수 있겠는데, 이는 갈등의 원인 제공자가 남편임을 상기하게 해준다. 즉 긴장과 갈등 관계가 형성된다. '진 곳'이 득실거리는 '저자'에 아직도 계신가하는 의구심과 만약 아직도 있다면 일단 안전한 곳에 놓아달라는 화자의 걱정과 위안거리를 각각의 ①에서는 표출하고 있다. 이는 시적 화자로 하여금 불안의 세계에 머무르게 하고 있다. 셋째, 각각의 ②에서는 '나–나–임 : 나–나–나'의 대립양상을 보인다. 각 ①의 '나–임–임'에 대한 반응으로서 다른 양상을 보이는 것이 〈2〉 ②와 〈3〉 ②이다. 즉 불안의 대상을 달리하고 있다 하겠는데, 〈2〉 ②는 남편에 대한 걱정이라면 〈3〉 ②는 시적 화자 자신과 관련한 걱정으로 되어 있다. 이상이 시적 화자와 시적 대상, 발화 대상을 통하여 본 〈2〉와 〈3〉의 의미 구조이다. 이는 〈1〉의 발화 대상이자 시적 대상인 '달'의 역할 및 기능을 이해하는 데에 중요한 단서가 된다.

시적 화자의 갈등은 '어둠'에서 온 것이다. 〈정읍사〉에서 '어둠'은 남편이 처하게 될 위험(〈2〉 ②)과 불안한 미래(〈3〉 ②)를 뜻한다. 남편의 '久不至(오래 돌아오지 않음)'가 어둠을 몰고 왔다. '久不至'가 '夜'를 초래했으며, '夜'는 또다시 '犯害'라는 위험에 대한 염려를 불러온 것이다. 그런데 시적 화자의 갈등과 긴장은 여기서 멈추지 않고, 자기 자신의 문제와 관련하여 생각하게 된다. 시적 화자 자신과 관련된 문제로 인식되면서 '졈그'는 새로운 어둠 즉 새로운 긴장과 갈등이 나타나게 된 것이라 이해된다.

어둠으로 인해 발생된 긴장과 갈등의 해결을 위해 시적 화자는 달

향한 발화이지만 화자 자신의 감정을 표출하고 있기에, 엄밀한 의미에서 이 발화는 임과 나를 동시에 향하고 있다 하겠다. 이러한 면에서 전체적으로 독백적이다.

을 불러들인다. 달이 지니고 있는 밝음의 속성은 어둠을 제거할 수 있기 때문이다. '달하'라는 부름을 통해 '밝음'을 시 안으로 끌어들이고, 이를 통해 갈등 즉 어둠의 세계를 밀어내려는 시적 화자의 욕망이 표출된 것이 〈정읍사〉가 이루고 있는 시적 세계라 할 수 있겠다. 즉 〈정읍사〉는 남편에 대한 걱정과 나에 대한 불안한 심리가 달을 불러들이고, 달의 밝은 속성을 통해 부정적 상황을 긍정적 상황으로 전환시키고자 하는 시적 화자의 의지를 표출한 시인 것이다.[30)]

그런데 〈정읍사〉를 불안과 희망의 순환론적인 구조로,[31)] 혹은 '둘하'는 '졈그롤셰라' 뒤에 와야 하는 대도치적(大倒置的) 구조로 파악[32)]한다는 사실은 '달'을 불러온 이유로 남편의 '진 곳 디딤'이라는 위험 요소의 해소와 함께 시적 화자 자신의 '졈그롤셰라'에도 있다는 해석을 가능하게 해준다. 순환론적 구조 혹은 대도치적 구조를 도식화(순환론적 구조 : 〈1〉→〈2〉→〈3〉→〈1〉…, 대도치적 구조 : 〈2〉→〈3〉→〈1〉)해서 본다면 달을 불러온 직접적이고도 일차적인 이유는 시적 화자 자신의 처지에 기인한다는 의미 부여를 할 수도 있을 것이다. 왜냐하면 〈3〉 다음에 〈1〉이 옴과 동시에 '졈그롤셰라' → '달'식의 의미적 유기성을 지니고 있기 때문이다.

이렇게 되면, 〈1〉에서 달을 부른 이유는 '남편이 진 곳을 디딤'과 '내가 가는 길의 어두움'이라는 두 가지에 있다 하겠으며, 직접적인 이유는 후자에 있다고 해석할 수도 있다. 이는 달을 부른 까닭이 남편

30) 정종진, 앞의 책, 125면.
31) 이사라, 앞의 논문, 99면.
32) 김완진, 앞의 논문, 20면.

을 위해서라기보다 오히려 남편에 대한 원망[33]을 전제로 한 자기 위안에 있으며, 더 나아가 현실적 불안을 해소하고 의구심에 시달리는 자신을 해방하기 위한 방법[34]이었다고 해석할 수 있다. 이러한 두 견해는 다소 지나친 의미 부여일 수도 있겠으나, 이는 달의 역할을 '남편의 무사귀가'에 두고 이루어졌던 기존의 이해 방식에 대해 비판과 아울러 상호보완적인 견해를 제공할 수 있다는 점에서 유익하다고 판단된다. 결론적으로 말하자면, 달은 '남편'과 시적 화자인 '나'에게 현재 놓여 있는 혹은 앞으로 닥쳐올 어둠을 해소하고 밝음으로 전환시키는 역할을 하고 있다.

3) 〈정읍사〉 여성 화자의 태도와 그 의미

이제 위에서 살핀 바를 토대로, 시적 화자의 갈등 해소 방식을 살피면서 여성 시적 화자의 태도에 대해 알아보고자 한다. 앞서 말했듯이 〈정읍사〉의 갈등은 남편의 행위로부터 비롯되었다. '오래도록 돌아오지 않음'이라는 남편의 행위는 부인에게 불안과 걱정을 유발한다. 부인의 남편에 대한 걱정은 '진 곳을 디딜까' 염려하는 진술에서 확인된다. 남편에 대한 걱정은 시적 화자인 '나'의 불안으로 전이된다. 그런데 남편의 '久不至'는 시적 화자의 걱정과 불안의 원인 제공에 그친다. 사실 남편의 '久不至'에 다음에 일어나는 모든 사항은 시적 화자의 마음에서 벌어진 일이다. 모두 가정이다. '즌디'를 '드디'는 행위·'졈그룰'까 걱정하는 것은 모두 시적 화자의 마음 속 작용의 결과이

33) 조동일, 『한국문학통사』 1권, 지식산업사, 1994, 136면.

34) 최미정, 「고려속요의 수용사적 연구」, 서울대학교 박사학위논문, 1990, 60면.

다. 기실 공연한 생각일 수 있다.[35] 이렇게 되면 〈정읍사〉는 시적 화자의 상상적 불안[36]에 기초하여 시적 세계를 구축하고 있는 것이다. 이는 〈정읍사〉가 기본적으로 시적 화자 자신을 발화 대상으로 하고 있다는 것으로 확인된다. 〈표 1〉에서 보이듯 〈2〉, 〈3〉에서 발화 대상은 모두 시적 화자 자신을 향하고 있다.[37] 이것은 남편의 위치, 상황 혹은 상태 그리고 지금 남편의 생각은 모두 알 수 없는 미지의 세계임을 의미한다. 이는 남편의 오래 오지 않음에서 빚어진 불안의 정서를 화자만의 시적 세계를 구축하고 그 속에서 해소코자 하는 시적 화자의 힘겨운 노력의 소산으로 해석 가능하다. 〈정읍사〉가 서정의 울림을 우리에게 주는 이유는 남편에 의해 비롯된 갈등 그러기에 해결 불가능한 현실이 되어버린 상황 속에서 가상적 세계를 설정하여 나름 해소해보려는 시적 화자의 간절한 노력에 있다고 할 것이다.[38] 시적 화자의 소망하던 세계를 구축할 수 있는 것도 '남편'과의 관계에서 실마리를 찾기보다는 '달'을 불러들이는 것으로 나타난다. 즉 갈등의 해결은 달과 나의 관계 맺음을 통해서 이루어지고 있다.

이렇게 놓고 보면, 〈정읍사〉에서 남편은 갈등의 원인 제공자로서의 역할만을 담당할 뿐이다. 갈등의 구체적인 양상은 시적 화자인 '나'의 상상에 기초하고 있으며, 갈등의 해소 또한 '나'와 달의 관계맺음이 지배적인 역할을 하면서 이루어지고 있다. 갈등의 원인과 결과가 모두 시적 화자에게 달린 것이기에 외부는 문제 밖의 일이 된다고

35) 조동일, 앞의 책, 136면.

36) 최미정, 앞의 논문, 60면.

37) 주 27)를 참조.

38) 정종진, 앞의 책, 128면.

볼 수 있겠다.[39] 이는 남편은 갈등 원인 제공자로서의 역할만 할 뿐 더 이상의 아무런 영향관계를 형성하지 못한다는 의미로 받아들여도 될 것이다. 그런데 이러한 해소는 현실적인 해소가 아닌 가상의 시 세계 속에서 이루어진 것이다. 즉 〈정읍사〉의 갈등 해소는 시적 화자의 인식론적 차원에서 이루어진 것이다. 이로 미루어 볼 때, 〈정읍사〉 시적 화자의 갈등 해결을 위한 주된 열쇠는 자신에게 있다는 인식에서 출발했다는 가정을 세워볼 수 있겠다. 이러한 점에서 〈정읍사〉는 서정의 울림이 형성되는데, 현실의 변화 없이 인식론적인 전환에 의한 갈등 해소는 인간의 한계를 인식한 것이면서도 그만큼의 극복 노력을 전제로 하기 때문이다. 이에 〈정읍사〉의 여성 화자는 불안의 정서를 가지고 출발하여 인식론적 전환을 통해 희망의 정서를 찾아내고 갈구하고 태도를 보이고 있다고 할 수 있다.[40] 결핍을 통해 자아를 찾아내고 구축하는 자아 정체성 찾기의 보편적 양상을 〈정읍사〉의 시적 화자도 보이고 있는 것이다. 즉 〈정읍사〉의 여성 시적 화자는 돌아오지 않는 남편의 기다림 속에서 자기 자신을 회복하려는 인식 차원의 노력을 하고 있는 것이다.

〈정읍사〉의 여성 화자가 지니고 있는 이러한 태도를 어떤 식으로 이해할 수 있을까? 본고는 시구의 어학적 검토를 통해 발화 주체, 발화 대상, 시적 대상을 알아내고, 이를 바탕으로 〈정읍사〉의 의미구조를 살펴보았다. 〈정읍사〉의 시적 화자는 기다림이란 과정을 통해 자기 세계를 구축하여서 자기를 되돌아보고 있음을 확인하였다. 이러한 여인의 태도 및 성격을 다소 확대하여 해석하면, 남편을 기다리며

39) 최미정, 앞의 논문, 60면.

40) 이사라, 앞의 논문, 103면.

달이 뜨기를 노래 부른 까닭은 어쩌면 남편을 염려해서라기보다 오히려 자기 자신을 위한 것이었다고 볼 수도 있을 듯하다.[41)]

그런데 〈정읍사〉 여성 화자의 태도를 이기주의적인 것으로 평가해서는 곤란하다. 다소 극단적이긴 하지만, 지헌영은 양주동의 해석[42)]을 언급하면서 이러한 여성상은 이기적이고 비겁한 본색을 드러내는 이중적 변태를 발로시킨 것이며, 정신분열과 표변한 이기적인 인간상으로서 불쾌감을 자아낸다고 볼 수도 있다고 하였다.[43)] 이는 올바른 여성상을 오직 희생, 기다림, 순종 등으로 규정한 데에 원인을 두고 있다 하겠는데, 여성의 타자성을 지닌 존재여야만 한다는 것을 전제로 한 논의일 것이다. 여성의 타자성을 여성의 이상형으로 규정하는 것은 개인적 소망의 표현일 수는 있어도 보편적으로 여성은 이러해야 한다는 식으로 이해해서는 곤란할 것이다. 이러한 면에서 지헌영의 논의를 보편적인 견해로 받아들이기 곤란하다.

본고에서 〈정읍사〉 여인의 태도를 통해 주목해보고자 하는 것은 기다림과 관련하여 이루어지는 여성의 타자성 논의의 타당성 여부에 있다. 상호주체성이 없는 기다림은 여성을 타자화하는 전형을 보여준다고 논의되어 왔다. 그런데 이러한 논의는 사랑의 본질 혹은 속성에 비추어 좀 더 검토를 해보아야 할 것으로 판단된다. 본고의 고찰 결과 〈정읍사〉의 여인을 기다림이라는 상황 속에 놓여져 있지만 결코 타

41) 조동일, 앞의 책, 136면.

42) 〈정읍사〉의 마지막 구절을 "나의 가는데 해가 저물게 될세라"로 해석하였다. 양주동, 『여요전주』, 을유문화사, 1992, 64면.

43) 지헌영, 「정읍사 연구」, 국어국문학회편, 『고려가요 연구』, 정음문화사, 1988, 338면.

자화로만 규정할 수는 없기 때문이다. 임의 오래토록 돌아오지 않음 그로 인한 오랜 기다림이 불안의 요소로 작용하지만, 거기에 머무는 것이 아니라 적극적으로 달을 부름으로써 불안의 해소와 앞날에 대한 희망의 싹을 키우고 있기 때문이다. 물론 가상적 세계를 구축함으로써 이루어지고 있다. 이는 기다림을 타자화로 규정할 수 있는 필요조건은 되어도 충분조건은 되지 못함을 의미한다.

사랑의 속성 중 하나는 기다림이다. 사랑은 둘의 만남을 전제한 것이지만 '홀로'에서 비롯된다.44) 이에 사랑하는 사람의 숙명적인 정체는 기다림에 있다 하겠다.45) 그리고 기다림은 괴로움과 상처를 남겨주기가 십상이다. 그런데 상처는 깊으면 깊을수록 주체적 성향을 띠게 되어 있다고 한다.46) 기다림은 상대의 부재로 인해 생겨나지만, 역설적으로 기다림 그로 인한 상처와 괴로움은 주체를 확립하게 해주기 때문이다. 즉 기다림은 상호의존적이면서 동시에 상호주체적인 성향을 지니고 있는 것이다. 단정하여 말하기에는 본고의 논의가 미흡하긴 하지만, 사랑 혹은 그로 인한 이별의 상황에서 주체와 타자를 구별한다는 자체가 불가능한 것일 수도 있다. 이렇게 〈정읍사〉의 여인이 바로 상호의존적이면서 주체적인 모습을 보이고 있는 것이라 해석된다.

사랑 그리고 이별이라는 상황 속에서 기다리는 존재는 대개가 여성으로 그려지고 있다. 설사 겉으로 남성 화자로 그려지더라도 그 남성 화자는 여성화된 남성이라고 한다.47) 사랑하기 때문에 여성으로

44) 김대행, 앞의 논문, 19면.

45) 롤랑 바르트, 김희영 옮김, 『사랑의 단상』, 동문선, 68면.

46) 위의 책, 272면.

그려지거나 남성으로 나타나더라도 여성적 속성이 부각된 남성으로 그려지게 되는 것이다. 이러한 사실이 의미하는 바는 아마도 여성의 속성, 본질이 사랑과 맞닿아 있기 때문으로 여겨진다. 여성의 성향 자체가 사랑과 기다림의 본질과 동일하기 때문으로 여겨진다. 따라서 사랑과 기다림은 여성이기 때문에 이겨나갈 수 있는 것이며, 이러한 과정을 통해 여성은 사랑의 주체가 되는 것이다. 임에게 버림받은 존재이면서 동시에 자기의 세계를 구축하는 것은 여성이기에 가능한 것일 수도 있다. 그렇다면 〈정읍사〉의 여인은 스스로 님의 부재라는 상처를 받을 수 있는 능력을 소유하고 있으며 이로 말미암아 사랑의 주체로서 자리하게 될 수 있다는 해석이 가능해진다. 즉 버림받은 존재이면서 동시에 사랑의 속성을 지켜나가고 사랑을 지켜낸 주체적인 여인이라는 것이다.[48]

4. 결론 : 앞으로의 과제

본고는 사랑·이별을 배경으로 하고 있는 시가에 대한 기존 논의를 검토하여 그 득과 실을 살펴보고, 〈정읍사〉의 분석을 통해 새로운 여성 화자의 길을 모색하고자 하는 시론적 고찰이다. 〈정읍사〉에 대한 어학적 검토와 그 의미를 밝히는 과정에서 기존의 해석과 다른 결과 내지 해석을 이끌어내지는 못했다. 그러나 다소 번다했던 어학적 검토를 통해 객관적 의미 찾기의 태도는 상당히 중요한 의미를 지니고 있다고 생각한다. 예를 들어, 〈정과정〉의 "넉시라도 님은 훈딕 녀져

47) 위의 책, 31면.

48) 신경숙, 앞의 논문, 322면.

라"의 경우 어학적 해석에 따라 발화주체와 발화대상이 완전히 다르게 되기 때문이다. 그리고 사랑의 본질과 관련하여 시적 화자의 태도를 해석함에 있어서 다른 방향을 제시하고자 했던 본고의 입각점은 좀 더 신중한 검토가 있어야 함에도 불구하고 타당한 시도였다고 판단된다. 사랑에서 기다림이란 의존적인 존재이기는 하지만 동시에 주체로서의 모습을 지니고 있기 때문이다. 본고는 시론적 고찰이다. 때문에 다소간 거친 논의가 되었다. 그러나 이러한 거친 논의를 바탕으로 좀 더 단련된 문제의식으로 논의가 전개되고 보완된다면, 독자적인 논리이면서 동시에 기존 논의와의 상보적인 관계를 형성함으로써 고전시가 속에 나타난 여성상에 대한 온전한 이해의 길로 나아갈 수 있으리라 기대된다. 앞 장에서 논의된 것을 정리하고 이를 통한 앞으로의 과제를 언급하면서 본고를 마치고자 한다.

본고는 기존 논의에 대한 비판적 검토로 논의를 시작하였다. 사랑 혹은 이별을 상황으로 설정한 시가에 대한 기존 논의가 지니고 있는 특징은 여성 화자의 목소리를 단일한 것으로 파악하려는 경향에 있었다. 이에 다양하고 개성적인 여인의 모습을 적극적으로 찾는 새로운 작업이 필요하다고 판단되었다. 그리고 이를 위해서는 시구에 대한 면밀한 어학적 검토가 뒷받침 되어야 한다고 생각했다. 왜냐하면 시구의 어휘적 의미가 연구자의 선험적 틀 즉, 여성의 타자화에 의해 규정될 가능성이 많기 때문이다. 그리고 마지막으로 사랑의 속성에 대해서 심도 있는 고찰이 필요하다고 하였다. 예를 들어 사랑, 이별 그 후의 기다리는 여성을 대개는 떠난 임에 대한 의존성으로 파악하였고 나아가 타자화라고 이해하였다. 그런데 사랑의 속성상 기다림은 타자화의 최소 요건은 될 수 있어도 충분한 조건은 될 수 없다.

기존 논의가 지니고 있는 성과를 충분히 인정하면서도 새로운 단계로 나아가기 위한 발판을 마련한다는 의미에서 위의 세 가지 정도를 언급한 것이다. 이러한 작업의 일환으로 〈정읍사〉를 통해 시론적 고찰을 해보았다. 어학적 검토 이를 통한 시어의 의미를 규정하여, 발화 주체·발화 대상·시적 대상을 찾고, 여성 화자의 태도 혹은 성격을 고찰하였다. 그래서 〈정읍사〉의 여인은 임에 의존적이면서 동시에 타자화되고 있지 않다는 결론을 도출하였다. 물론 시론적 고찰이라고 밝힌 바대로 〈정읍사〉 한 작품을 가지고 확대 해석하는 것은 또 다른 오류를 불러올 수 있다. 따라서 앞으로 본고의 논의를 좀 더 보완하기 위해서는 다음과 같은 과제를 설정하고 수행해야 할 것으로 판단된다.

첫째, 여성 화자에 대한 기존 논의에 대한 메타비평이 먼저 이루어져야 할 것이다. 기존 논의가 이루어낸 성과 그리고 충분한 논의가 더 필요한 부분 등을 찾아내는 작업은 여성 화자 연구의 현주소를 찾는 것이면서 동시에 앞으로 나아가야 할 방향을 설정해주기 때문이다.

둘째, 어학적 검토가 뒷받침되고, 독립적인 개체가 인정된 상태에서의 작품 각론이 이루어져야 할 것이다. 독립적이란 것은 선입견으로부터의 독립을 의미하면서, 동시에 한 편 한 편의 독자성을 의미한다. 그래서 다양하고도 구체적인 그래서 개성적인 여성의 목소리를 찾아내어 단일성에 묻혀있던 여성 본래의 모습을 복원해야 할 것이다.

셋째, 작품 각론을 토대로 주제·장르·시대 등의 차원에서 분류하고 정리함으로써, 여성 화자의 성격에 입각한 시가사를 정립해야 한다. 자연관이 시가사를 펼치는 중요한 입론이 되어왔듯이, 여성관 역시 시가사의 전개를 살펴볼 수 있는 긴요한 기준이 될 수 있다는 것이 본고의 시각이다. 그리고 자연관이 남성 중심의 시가사라면, 여성관은 여성 중심의 시가사적인 의미를 지니고 있기에 균형 잡힌 시가사를 서술하는 데에 긴요한 작업이라 판단된다.

넷째, 사랑의 본질 혹은 속성에 대한 심도 있는 고찰이 이루어져야 한다. 여성 화자의 등장은 주로 사랑의 상황에서이다. 따라서 여성 화자의 태도 혹은 성향을 올바로 파악하는 데에 있어서 사랑의 속성에 대한 고찰은 중요한 기준이 될 것이다. 예를 들어 떠나버린 남성에게 의존적인 여성의 태도를 타자화라고 단정 지어 말할 수 없다. 신경숙의 견해와 같이 상호 의존성은 사랑의 속성이기 때문이다. 따라서 어떤 여성 화자가 의존적인 모습을 보인다면 이것은 그 여성 화자가 온전한 사랑을 하고 있다고 판단할 수도 있다.

〈정과정〉의 창작 성격

1. 연구 목적

본고는 『고려사』 악지 속악조·「익재 소악부」 등 고려속요[1]와 관련된 여러 자료와 〈정과정〉의 시적 구성 양상을 고찰·분석함으로써, 〈정과정〉의 민요기원설에 대한 재고(再考)의 필요성과 창작 성격에 대하여 고찰하여 고려속요 형성 과정에 대한 일면을 알아보는 데에 목적이 있다. 본고의 목적 설정은 고려속요와 〈정과정〉에 대한 기존 논의 검토에서 비롯되었다.

고려가요는 각 작품의 기원·성격·형식·내용 등의 다양성으로 인하여 하나의 단일한 시가 장르로 보기 힘들다. 고려속요 역시 내용·형식 등 모든 부면에 걸쳐 복잡한 양상을 보이고 있다. 그럼에도 불구하고 고려속요의 기원이 민요에 있다는 견해는 대부분의 학자들에 의해 받아들여지고 있다. 〈상저가〉·〈가시리〉는 비교적 민요적 속성을 많이 지니고 있으며, 〈쌍화점〉·〈만전춘별사〉 등은 많은 변개를

1) 본고에서 사용하는 '고려속요'는 고려가요의 하위범주로 『악학궤범』·『악장가사』·『시용향악보』에 전하는 작품을 지칭한다.

통해 민요 본래의 성격이 상실한 것으로 보는 견해가 그것이다.[2] 정도의 차이가 있을 뿐 고려속요의 기원을 민요에 두고 있다. 고려속요가 궁중악으로 쓰여졌기에 그 담당층은 왕과 권문세족을 중심으로 하는 상층 지식인 계층임에 틀림없으나, 그 사설의 원천은 민요로 보는 견해가 널리 받아들여지고 있는 실정이다.[3]

그러나 고려속요의 민요기원설이 고려속요를 이해하는 데에 기여를 하고 있음을 인정하더라도, 여전히 문제는 있다. 민요기원을 고려속요 형성의 전반적 특징으로 일반화하는 것은 각 작품은 물론 고려속요가 지니고 있는 다양성의 실상을 올바로 이해하지 못하게 하기 때문이다. 고려속요에 대한 단순론 혹은 편향성은 개개의 작품 성격을 고찰함에 있어서는 물론 고려가요 형성과 구조물을 엄밀히 분석하는 데에 걸림돌이 될 수도 있다.[4] 이러한 점에서 재검토를 요하는 고려속요가 〈정과정〉이다. 왜냐하면 〈정과정〉은 개인 창작자인 정서(鄭敍)가 있음에도 불구하고, 민요기원설이 대두되고 있기 때문이다.

> 〈정과정〉은 반드시 정서의 순수한 창작이라고만 단정할 수 없고, 혹시는 당시 민간에 유포되었던 노래에서 착상한 것이거나…[5]

> 고려가요의 하위 유형으로서의 궁중무악이나 귀족 작가의 창작 가요도 근원으로는 이처럼 당대의 민요에서 발원한 것으로 보아야 한다.[6]

---

2) 김홍규, 『한국문학의 이해』, 민음사, 1995, 42~43면.

3) 성호경, 『한국고전시가연구』, 서강대학교 교육대학원, 2002, 47면.

4) 김학성, 『국문학의 탐구』, 성균관대학교 출판부, 1987, 12면.

5) 최동원, 「고려속요의 향유계층과 그 성격」, 『고려시대의 가요문학』, 새문사, 1992, Ⅱ-98면.

> 상당수의 개인 창작가요(〈동백목〉·〈이상곡〉·〈정과정곡〉)가 기실은 민요를 수용하여 재창작한 것에 불과했을 가능성을 생각할 수 있게 된다. 이 경우 작자층으로 알려진 상층 지배계층은 민요를 수용하여 재창작한 수용자층 혹은 재창작층이라 수정해야 마땅할 것이다.[7]

> 익재의 소악부가 개인의 창작한 시가를 번역한 것으로 보기는 어려운데 〈정과정(진작)〉의 ≪전강·중강·후강·부엽≫ 부분의 노랫말만이 한역되었고, ≪대엽·부엽≫ 부분의 노랫말이 〈만전춘별사〉의 제3연에도 삽입되어 있어서, 그 두 부분의 노랫말이 당시에 유행했던 민요였을 가능성이 있기 때문이다.[8]

위의 제시문은 〈정과정〉의 민요기원설에 대한 견해들이다. 고려속요에서 드물게 작가가 제시된 작품이긴 하지만, 여러 정황을 두고 보건대 〈정과정〉 역시 민요에 그 뿌리를 두고 있다는 것이다. '민요 궁중속악'이라는 고려속요의 형성 과정에 대한 일반적 인식을 다시 확인시켜준다. 그런데 전체적으로 '민요 궁중속악화' 전승 과정은 타당한 것이긴 하지만, 그 세세한 부분에서는 다양한 전승 과정을 보이고 있다.[9] 그리고 〈정과정〉과 「익재소악부」·『고려사』 악지 속악조·〈만전춘별사〉 등이 관련이 있다는 사실은 〈정과정〉이 민요와 영향관계하에 있다는 의미일 수는 있어도 민요에 기원을 두고 재창작되었다고 단정할 수는 없다. 왜냐하면 수용양상과 전승 과정은 다른 차원의

---

6) 김명호, 「고려가요의 전반적 성격」, 김학성·권두환 편, 『고전시가론』, 새문사, 1995, 213면.

7) 김학성, 앞의 책, 17면.

8) 양태순, 『고려가요의 음악적 연구』, 이회, 1997, 236면.

9) 양태순, 「음악적 측면에서 본 고려가요」, 『고려가요연구의 현황과 전망』, 성균관대학교 인문학연구소, 1996, 106면.

논의이기 때문이다.[10)]

이에 본고는 먼저 고려속요와 관련된 여러 자료를 살펴서, 속악화 혹은 고려속요화되는 설정 가능한 여러 전승 과정을 알아보고자 한다. 그러고 나서 〈정과정〉의 시적 구조화 양상을 고찰함으로써, 〈정과정〉의 창작 성격과 전승 과정을 유추해 보고자 한다. 본고가 예상했던 성과가 온전히 이루어진다면 〈정과정〉이 민요에 뿌리를 두고 있다는 시각에 대한 다른 시각의 길을 열 수 있을 것이며, 나아가 고려속요 형성 과정이 지니고 있는 다양성의 구체적인 일면을 밝힐 수 있다는 점에서 의의 있는 작업이 되리라 판단한다.

2. 고려속요 형성 과정의 다양성

2장에서는 먼저 『고려사』 악지 속악조에 실린 속악들의 성격에 대하여 알아보고, 『고려사』 악지 속악조의 여러 기록과 「익재소악부」 등의 자료를 통하여 고려속요의 다양한 전승 경로를 추측·설정해보고자 한다. 이는 〈정과정〉의 창작 성격을 설명하기 위한 좌표를 설정하는 작업이다.

> (1) 속악은 말이 비리한 것이 많으므로 그 중에 심한 것은 다만 노래 이름과 가사의 대의만 기록하고 이것들을 아악 당악 속악으로 분류하여 악지를 만들었다. (俗樂則**<u>語多鄙俚</u>** 其甚者但記其歌名與作歌之意類分雅樂唐樂俗樂作樂志)[11)]

10) 김학성, 앞의 책, 40면.

11) 『고려사』, 권70, 지 제24, 악1.

(2) 고려속악은 여러 악보를 상고하여 수록된다. 다음의 동동 및 서경 이하 24편은 모두 俚語를 사용한 것이다. (高麗俗樂考諸樂譜載之 其動動及西京以下二十四篇皆用**俚語**)[12]

(3) 동동의 놀이는 그 가사가 송축하는 말이 많으니, 대개 선가의 말을 본받은 지은 것이나, 가사가 이어라서 싣지 못한다. (動動之戲其歌詞多有頌禱之詞蓋效仙語而爲之 然**詞俚不載**)[13] (굵은 체와 밑줄은 필자)

위 제시문은 모두 『고려사』 악지에 수록된 기록들이다. (1)·(2)·(3)에서는 각각 '語多鄙俚'·'俚語'·'詞俚不載'를 언급하고 있는데, 이들의 공통점은 '우리말'이라는 데에 있다. 이를 통해 속악을 정의한다면, '우리 풍속을 읊은 우리말 노래'라고 할 수 있겠다. 여기서 문제는 '우리 풍속을 읊은 우리말 노래'의 범위를 민요로 한정하여 지칭할 수 있는가에 있다.

민요란 비전문적인 민중의 공동작이면서 널리 불리고 널리 전승되어야 한다.[14] 이는 민요를 작자층과 향유 범위를 기준으로 내린 정의이다. 작자층에 있어서 전문성을 띠거나 개인작의 성격을 띠어서는 민요가 될 수 없으며, 일부 계층·지역에 한정되어 향유된다면 민요가 될 수 없음을 의미한다고 이해된다.

이러한 점에서, 『고려사』 악지 속악조에 수록된 노래들을 민요라고 단정하기는 충분하지 않다. '우리말'은 민요로서의 가능성만을 보여줄 뿐, 민요로서의 필요·충분조건을 모두 갖추고 있다고 볼 수 없

12) 위의 책, 권71, 지 제25, 악2, 속악.
13) 위의 책, 권71, 지 제25, 악2, 속악, 「동동」.
14) 장덕순 외, 『구비문학개설』, 일조각, 1995, 75면.

다. '우리 풍속을 읊은 우리말 노래'가 속악조에 수록될 정도로 오랜 시간, 오랜 범위에 걸쳐 향유되었다는 사실만을 알 수 있지, 작자층과 관련하여 아무런 단서도 제시되지 않기 때문이다.

그런데 『구비문학개설』에서는 잡가를 민요로 보고 있으며, 전문적이더라도 널리 불리기에 넓은 의미의 민요에 포함시킬 수 있다고 하였다.[15] 이를 확대 해석해보면, 개인적·전문적인 성향을 띠고 있다손 치더라도, 그 노래가 넓은 지역에서 오래 향유되었다면 넓은 의미의 민요라고 할 수 있음으로 이해 가능하다. 이에 『고려사』 악지 속악조 노래는 '좁은 의미의 민요'와 '넓은 의미의 민요'가 함께 수록되어 있다고 보아야 한다. 즉 속악조의 노랫말들은 '우리 풍속을 읊은 우리말로 된 노래'로 그것이 공동작이든 개인작이든 널리 향유된 작품들로 이루어졌다고 할 수 있다.

이에 『고려사』 악지 속악조에 수록된 노랫말이 민요적 성격을 띠고 있다고 할 수는 있어도, 민요에 기원을 두고 있다고 단정하여 말할 수 없다. 우리말로 된 개인작이 널리 향유되어 민요화(민요적 성격을 띠게 됨)되면서, 속악조에 실렸을 가능성 또한 배제할 수 없다. 따라서 『고려사』 악지 속악조의 성격을 민요적 성향이 강한 것으로 파악[16]할 수는 있어도 모든 것을 좁은 의미의 민요로 파악하는 것은 곤란하다. 이것이 〈정과정〉의 일부가 속악조에 실렸다고 하여 민요에 기원을 두고 있다고 단정할 수 없는 이유다.

다음은 고려속요의 형성 혹은 전승 과정을 살피려고 한다. 개별 노

15) 같은 곳.

16) 김선기, 「고려사악지의 속악가사에 관한 종합적 고찰」, 『한국시가연구』 제8집, 한국시가학회, 2000, 48면.

래에 대한『고려사』 악지 속악조의 기록들 중 몇 가지를 제시하면 다음과 같다.

(1) 오관산은 효자 문충이 지은 것이다. 그는 자기 어머니가 늙어가는 것을 한탄하면서 이 노래를 지었는바 이제현이 시로써 표현하기를 … (五冠山孝子文忠所作也. 衰嘆其母老作是歌. 李齊賢作詩解之曰)[17]

(2) 이 고을 사람들은 남녀가 봄을 만나 놀기 좋은 시절을 서로 즐기면서 이 노래를 불렀다. (州人男女方春好遊相樂而歌之也)[18]

(3) 충숙왕 때에 채홍철이 죄를 범하고 먼 섬으로 귀양 갔는데, (중략) 그가 덕릉을 사모하고 이 노래를 지었더니 (중략) 혹자의 말은 예로부터 이런 기사가 있었는데 채홍철이 가사를 수정 첨가하여 자기 뜻을 붙인 것이라고도 한다. (忠肅王朝蔡洪哲以罪流遠島 (中略) 思德陵作此歌 (中略) 或曰 "古有此歌 洪哲就加正焉以寓已意.")[19]

(4) 정과정이란 노래는 내시낭중 정서가 지은 것이다. (중략) 이제현이 다음과 같이 시로써 표현하였다. (鄭瓜亭內侍郎中鄭所作也. (中略) 李齊賢作詩解之曰)[20] (굵은 체 필자)

(2)를 제외한 (1), (3), (4)에서는 모두 '작(作)'이라는 언급이 보인다. '작'이 의미하는 바를 파악하는 것은 중요한 문제이다. 왜냐하면

---

17)『고려사』 권71, 지 제25, 악2, 속악, 〈오관산〉.
18) 위의 책, 〈양주〉.
19) 위의 책, 〈동백목〉.
20) 위의 책, 〈정과정〉.

속악조에 노래들의 성격과 수록 과정 및 형성 과정을 밝힐 수 있는 중요한 단서이기 때문이다. (1)의 경우 문충에 의한 '작'이라고 명시되어 있어 〈오관산〉은 개인작임을 알 수 있다. 일단 '작'은 개인이 창작한 노래를 표현할 때 쓰이는 용어로 해석할 수 있다. (2)의 경우는 민요가 바로 속악화되는 대표적인 예이다. '작' 대신에 '가(歌)'로 언급되어 있다. 즉 특정 작자가 제시되지 않고 그저 불리어졌다는 기록만이 있어, 좁은 의미의 민요가 속악화된 것으로 판단된다.

그런데 (3)은 (1)·(2)와 다른 성격을 지녔다고 여겨진다. 위 기록에는 채홍철이 '작'한 〈동백목〉은 '고유차가'로 '가정'한 것일 수도 있다는 기록이 있기 때문이다. 〈동백목〉은 '작'·'고유차가'·'가정' 과정에 의해 형성되었다. 이때의 '작'은 '가정'의 의미를 포함한다. 따라서 〈동백목〉은 '민요 → 재창작(가정) → 민간유행 → 속악화'[21] 과정을 거치면서 형성되었다고 할 수 있다. 〈동백목〉은 그 당시 유행했던 민요를 수용하여 채홍철이 재창작한 노래이다. 그런데 문제는 '혹왈'을 어느 정도 신뢰할 것이냐에도 있지만, 이러한 형성 과정을 어느 정도 일반화할 수 있느냐에 있다. 물론 이러한 형성과정에 대해서 일면 긍정하고 받아들이지만, 이러한 것을 일반화하는 데에는 신중을 기할 필요가 있기 때문이다. 즉 (3)의 형성 과정을 (1), (4)로 확대·적용하는 것은 긍정도 부정도 할 수 없는 확인 불가능의 문제이기 때문이다.

21) 〈동백목〉이 속악편에 수록된 이유는 민요의 넓은 유행에 의한 것인지 채홍철의 사건으로 인해 비롯된 것인지 분명치 않지만, 채홍철의 사건을 거론한 자체에 비중을 두어 '민간 유행'의 과정을 설정하였다.

[표 1]

A 민요	→			민간유행	→	속악화(혹은 소악부)	: (2)
B 민요	→	가정(재창작)	→	민간유행(민요화)	→	속악화(혹은 소악부)	: (3)
C 개인창작	→			민간유행(민요화)	→	속악화(혹은 소악부)	: (1), (4)

범박하고 거친 도식이지만, 고려속요 형성과정에 대한 방향을 제시한다는 입장에서 작성해보았다. 『고려사』 악지 속악조 혹은 소악부에 실리게 되는 과정은 세 가지로 나누어 볼 수 있는데, (2)는 A과정을 통하여, (1)·(4)는 C과정을 통하여, (3)만이 B과정을 통하여 속악화되었다고 추정할 수 있겠다. 그런데 위의 형성 경로를 보면 고려속요는 모두 민요와 관련을 가지고 있음을 알 수 있다. 민요에 기원을 두었든, 중간에서 유행을 하게 되어 민요화되었든 고려속요는 민요와 관련을 맺기 마련이다. 이것은 기존 연구자들에 의해 이미 지적된 것임에도 불구하고 새삼 거론하는 이유는 민요와 관련이 있다는 것이 바로 민요에 기원을 두고 있음을 의미하지 않을 수 있다는 점과 민요와 관련이 있다는 것과 민요에 기원을 두고 있다는 것을 구별하는 것이 고려속요의 형성 과정을 설명하는 데에 효과적이라는 점에 있다.

그런데 실제로 개별 작품의 형성 과정은 위의 세 가지에 적확하게 적용되지 않는다. 본고의 고찰 대상인 〈정과정〉의 경우, 위 도식에서는 C에 속하는 것으로 봤지만, 이것은 『고려사』의 기록을 그대로 따랐을 경우이다. 『고려사』 악지 속악조의 기록을 어느 정도까지 수용하느냐에 따라 형성 과정은 상당히 이질적인 모습을 보인다. 그리고 『여요전주』의 행 나누기를 기준으로 〈정과정〉의 1~4행은 〈익재소악부〉에 한역되어 있고, 5~6행은 〈만전춘별사〉에 거의 그대로의 모습으로 공통되게 삽입되어 있다는 점에서, B의 가능성도 배제할 수 없다. 악부란 민요를 한역한 것이며, 〈서경별곡〉과 〈정석가〉의 공통 삽입된 시구의 특성을 보건대, 특정 두 노랫말에 공통으로 삽입된 구절은 민요일 가능성이 농후하기 때문이다. 이렇게 〈정과정〉은 형성 과정에 있어서 B 혹은 C로 해석될 수 있는데, 이를 토대로 〈정과정〉의 형성 과정을 가정해 보면 다음과 같은 네 가지를 제시할 수 있다.

[표 2]

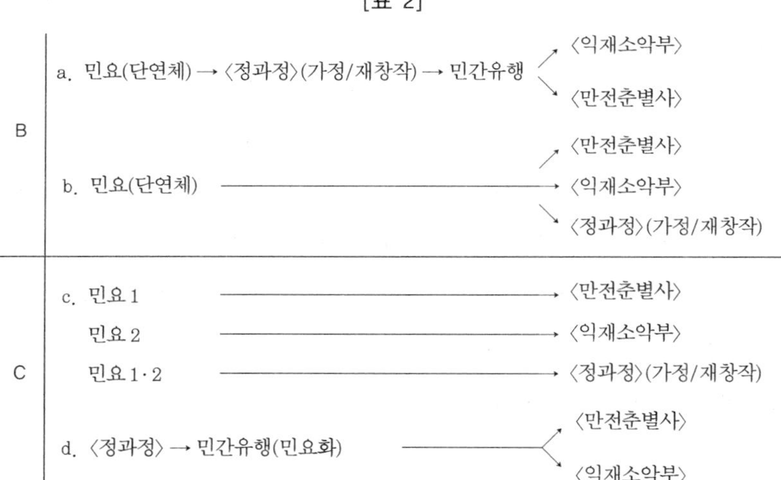

위 네 가지 과정 중 무엇이 〈정과정〉의 형성 과정인지를 단적으로 말할 수 있는 근거는 없다. 새로운 자료 혹은 기존 자료에 대한 새로운 해석이 나오지 않은 이상 확언할 성질의 문제가 아니기 때문이다. 이에 간접적인 방법으로 그 가능성만을 추측할 수밖에 없다.

3. 〈정과정〉의 구조화 양상과 그 창작 성격

3장의 구체적인 고찰 대상은 먼저 〈정과정〉과 직접적인 관련을 맺고 있는 〈익재소악부〉·〈만전춘별사〉, 간접적으로 관련된 〈서경별곡〉·〈정석가〉와의 비교에 있다. 그러고 나서 〈정과정〉의 구조화 양상을 살펴보고, 이를 토대로 〈정과정〉이 개인 창작일까 아니면 민요에 기원을 둔 재창작 혹은 합가적 성격을 지닌 노래일까를 알아볼 예정이다.

1) 〈정과정〉과 다른 시가와의 관련 양상

이 절에서는 〈정과정〉과 〈익재소악부〉·〈만전춘별사〉와의 관계를 먼저 살피고, 그러고서 이른바 '구슬사'(〈서경별곡〉과 〈정석가〉의 공통 삽입 시구)와 비교하는 순으로 고찰하고자 한다.

최미정에 의해 거론되었듯이, 〈익재소악부〉의 한시들은 원시(原詩)와 여러 양상으로 관련을 맺고 있다. 직역으로 된 것에서부터 원래의 노래가 가사와는 상관없이 주변 상황을 한역한 것까지 다양하다. 그런데 최미정은 〈정과정〉과 관련 있는 〈익재소악부〉의 한시는 직역에 해당된다고 하였다.[22] 그런데 세세한 부분에 있어 차이를 나타내고 있다.

憶君無日不霑衣	내 님믈 그리ᅀᆞ와 우니다니
政似春山蜀子規	山 저봉새 난 이슷ᄒᆞ요이다

22) 최미정, 「고려가요와 역해악부」, 『고려속요의 전승연구』, 계명대출판부, 1999, 170면.

爲是爲非人莫問	아니시며 그츠르신돌 아으
只應殘月曉星知	殘月曉星이 아르시리이다
〈익재소악부〉	〈정과정〉

언어상의 차이로 인해 한역과 원가가 정확히 동일할 수는 없겠지만, 위의 두 가사는 전구(轉句)에서 차이가 난다. '爲是爲非人莫問'과 '아니시며 그츠르신돌'은 함의하고 있는 의미에 있어서 차이를 보인다. 위 한역시를 현대역하면 '옳음과 그름! 사람들아 묻지 마라' 정도가 될 것이다. 그런데 〈정과정〉의 해당 내용을 현대역하면 '아니시며[非] 거짓인[僞·妄] 줄을' 정도가 된다.[23] 현대역을 두고 볼 때, 〈익재소악부〉가 일반적인 상황이라면, 〈정과정〉은 특수한 상황을 염두에 둔 발화이다.

〈정과정〉은 특정 상황을 전제로 한다. '非'와 '僞'가 지니고 있는 의미 때문이다. 일반적 상황 속에서 빚어지는 시비의 곡직이 아니라 시적 화자인 '나' 혹은 '임'이 '아니고 거짓'이라고 하고 있기 때문이다. 이러한 단정적 발언은 특정한 사연이 전제되지 않고서는 발화되기 힘들다. 즉 '무엇'이 '아니며 거짓'인지에 대한 올바른 이해를 위해서는 '무엇'에 대한 사전 정보가 있어야 한다. 〈정과정〉의 특정한 상황하에서의 발화가 〈익재소악부〉에서는 일반적 상황 속에서의 발화적 성격을 띠면서 표출되었다고 할 수 있겠는데, 이러한 양상은 다음에 살펴볼 〈정과정〉과 〈만전춘별사〉에 공통으로 삽입되어 있는 공통 시구에서도 동일하게 나타난다.

먼저 〈정과정〉과 〈만전춘별사〉의 공통시구인 '넉시라도~'를 어학

---

23) 남기심·고영근, 『중세어 자료 강해』, 집문당, 2002, 443면.

적으로 분석하려고 한다. 시어는 물론 함축적이다. 시어는 사전적 의미를 뛰어넘어 개인적이고 구체적인 언어를 통하여 형상화되기 마련이기 때문이다. 그러나 이것을 곧 시어가 가지고 있는 사전적 의미를 무시해도 좋다는 쪽으로 이해해서는 곤란하다.[24] 시어에 대한 사전적 의미의 선이해가 내포하고 있는 함축적 의미를 찾아가는 첫 시작이기 때문이다. 이에 시를 올바로 이해하기 위해서는 어학적 분석이 선행되어야 한다고 생각한다.

넉시라도 님은 ᄒᆞᆫᄃᆡ 녀져라 아으
벼기더시니 뉘러시니잇가
〈정과정〉

넉시라도 님을 ᄒᆞᆫᄃᆡ 녀닛경(景) 너기다니
넉시라도 님을 ᄒᆞᆫᄃᆡ 녀닛경(景) 너기다니
벼기더시니 뉘러시니잇가 뉘러시니잇가
〈만전춘별사〉

음악적 처리과정에서 첨가되었을 것으로 추정되는 부분을 제거하고 의미를 중심으로 재구하면, 두 노래의 공통시구는 별 차이가 없어 보인다. '님은'과 '님을', '녀져라'와 '녀닛경 너기다니'에서 차이를 보일 뿐이다. 그런데 이 차이는 어학적인 면에서 보면 상당히 이질적인 내용으로 해석될 수 있는 가능성을 내포하고 있다. 이 두 노래의 내용상의 차이는 다른 기회를 통하여 논하기로 하고, 여기서는 〈정과정〉을 중심으로 논의하고자 한다.[25]

---

24) 김준오, 『시론』, 삼지사, 1995, 62면.

〈정과정〉의 'ᄒᆞᆫᄃᆡ 녀져라'의 주체를 임으로 볼 것인가, 시적 화자인 '나'로 볼 것인가. 〈정과정〉은 '님은'으로 되어 있다.[26] '은'은 특수 보조사로서 주격조사 '이/가' 대신에 쓰이는 경우, 특수한 의미를 지니고 있다. 주격의 성격을 지니고 있으면서, 화자와 청자 사이에 서로 알고 있는 것을 이야기할 때 사용되는 특수 보조사이기 때문이다. 따라서 '님은'의 '은'은 주체적 성격을 지니고 있다고 판단된다. 따라서 '님은'의 '은'을 '을'과 상호 대체 가능하고, 또 '을'은 '와/과'와 대체 가능하다는 전제 아래 '은'을 '와/과'와 대체 가능한 조사로 해석하는 것은 곤란하다.

한편, 〈정과정〉에는 '녀져라'로 되어 있는데, 여기서 '-져라'는 청유형 혹은 원망(願望)형 어미이고, 주체존대를 의미하는 '-시-'가 없는 것으로 보아 이 행은 높은 사람이 아래 사람에게 하는 발화이다. 즉 〈정과정〉의 '넉시라도' 행은 높은 사람이 자신의 견해를 청유하거나 원망하는 것으로 해석해야 한다.[27] 그리고 '벼기더시니'는 유동석에 견해에 따르면, 주체존대의 '-시-'가 들어간 점과 "맹서(盟誓)를 벼기니이다"(『월인석보』 권23, 월인천강지곡 기 오백칠)의 예를 통해 보건대, 이 발화는 아랫사람이 윗사람을 향한 발언이기에 '우기다'로

25) 〈정과정〉과 〈만전춘별사〉의 공통시구 사이에도 어학적인 차이를 보이고 있고, 해석에 있어서 다른 양상을 보인다고 필자는 판단하고 있다. 그런데 이는 장황한 설명을 필요로 하며 본고의 방향과는 일정 정도 거리가 있기에 거론하지 않기로 한다. 이에 본고의 주 고찰대상인 〈정과정〉을 중심으로 논의를 전개하고자 한다.

26) 양주동은 『여요전주』에서 '님은'의 풀이로 조사 분리의 개념 즉 끊어 적기에 대한 언급을 하고 있을 뿐 다른 설명은 나와 있지 않다. 양주동, 『여요전주』, 을유문화사, 1992, 213면.

27) 유동석, 「고려가요 〈정과정〉의 노랫말에 대한 새 해석」, 『한국문학논총』 제26집, 2000, 245면.

해석하기 보다는 '다짐하다·약속하다'의 의미를 지니고 있다고 한다.[28] 이를 통해 〈정과정〉의 '넉시라도~' 행을 현대역하면 '넋이라도 임은 한데 가자고 약속하신 분은 누구셨습니까' 정도로 이해될 것이다. 따라서 "훈디 녀져라"의 발화주체는 시적 화자인 '나'가 아니고 '임'이 되어야 한다. '함께 지내자'고 혹은 '한데 가자'고 약속하신 분은 바로 임인 것이다. '벼기더시니'의 주체 역시 임이 됨은 물론이다.

그런데 '벼기더시니'의 의미가 '우기다'이든, '다짐하다'이든 둘 다 특정 맥락 상황을 염두에 둔 표현일 가능성이 농후하다. 왜냐하면 '우기다'와 '다짐하다'는 둘 다 타동사로서 '우김과 다짐'의 대상이 제시되어야 하기 때문이다. 따라서 '넉시라도~'의 올바른 감상을 위해서는 시 안과 밖에서 특정 상황 맥락에 대한 정보가 있어야 한다.

'넉시라도~'가 특정 상황 맥락을 전제로 한 시적 진술이라는 점은 〈정석가〉와 〈서경별곡〉의 공통시구인 '구슬사'의 의미망과 비교해보면 선명히 드러난다. 비교적 음악적 변개 정도가 약한 〈정석가〉의 공통시구를 인용하면 다음과 같다.

> 구스리 바회예 디신돌
> 구스리 바회예 디신돌
> 긴힛돈 그츠리잇가

28) 위의 책, 247면. 양주동은 이 단어를 '우기다·고집하다'로 보았다. 그런데 '우리가'와 '다짐하다'는 그 의미하는 바가 사뭇 다르지만 '벼기다'의 용례가 지금으로서는 위 두 노래와 『월인석보』에서만 보이기에 그 뜻의 구체적인 의미는 앞으로 더 살펴보아야 할 문제라고 생각한다. 여기서는 두 가지 의미의 가능성을 인정하고 문맥적 의미상 〈정과정〉에서의 '벼기더시니'는 '다짐하다'의 의미로 새기기로 한다.

즈믄ᄒᆡᄅᆞᆯ 외오곰 녀신ᄃᆞᆯ
즈믄ᄒᆡᄅᆞᆯ 외오곰 녀신ᄃᆞᆯ
信신 잇ᄃᆞᆫ 그츠리잇가

『악장가사』

임을 향한 믿음의 불변함을 비유와 직설적인 언어로, 시적 화자의 심정을 비장하게 표출시키고 있다.[29] 그런데 본고에서 주목하고자 하는 것은 이 노래가 가지고 있는 독립적 성격이다. 독립적 성격이란 '구슬사' 자체로 완결성을 지니고 있음을 뜻한다. '구슬사'의 독립적 성격은 어조가 독백적 어투로 되어 있다는 데에 기인한다. 독백적 어투가 독립적인 성격을 보장해주는 것은 아니지만, 시적 화자의 목소리가 밖으로 향하는 경우에 비해 상대적으로 그렇다는 것이다. '구슬사'는 그 자체로 어느 정도의 완결성 있는 의미단락을 형성할 수 있다.[30] '넉시라도~'는 텍스트 내적 혹은 텍스트 상황[31]과의 관계에서 해석의 실마리를 찾아야 한다면, '구슬사'는 다른 맥락을 필요조건으로 하지 않는다.

이제까지 〈정과정〉 중에서 〈익재소악부〉·〈만전춘별사〉와 공통으로 나타나는 구절을 대상으로 살펴보았다. 〈익재소악부〉에 비해 〈정과정〉은 일반적 정황이 아닌 특정한 정황과 관련이 있으며, 〈만전춘별사〉와의 공통시구 역시 특정의 맥락 혹은 사연을 지닌 발화임을 살

29) 신은경, 『고전시가 다시읽기』, 보고사, 1997, 63~67면.

30) 이제현이 『익재난고』에 소악부로 한역하였다는 자체가 이에 대한 증거가 될 수 있다고 생각한다.

31) '텍스트 상황'은 성기옥의 용어를 차용하였다. '텍스트 상황'이란 작품 창작을 둘러싼 모든 정보를 가리킨다. 성기옥 외, 『한국시의 미학적 패러다임과 시학적 전통』, 소명, 2004, 77~88면 참조.

펴보았다. 그런데 이러한 사실을 가지고서 2장에서 살펴본 [표 1]의 B·C과정 중 어디일까에 대한 결론을 맺기에는 석연치 않은 구석이 많다. 일반적 상황의 발화에서 특정한 정황의 발화로 개작된 것인지, 아니면 그 반대인지는 여전히 미지수로 남기 때문이다. 그런데 [표 2]에서 a의 양상으로 수용되고 전승되었다고 보기는 힘들 것 같다. 일반적 상황에서 특정한 상황으로, 다시 일반적 상황으로 변개되어 수용되는 것은 부자연스럽다. 굳이 〈정과정〉을 중간에 넣어 복잡하게 설명하기보다는, 민요와 〈익재소악부〉·〈만전춘별사〉의 영향관계를 직접적인 관계로 설정하여 설명하는 것이 타당하다고 여겨지기 때문이다. 이에 〈정과정〉의 형성 혹은 창작 성격은 b~d 양상 중 하나가 아닐까 한다.

2) 〈정과정〉의 구조화 양상

앞 절에서 각각의 시구가 어떠한 성격을 지니고 의미화되는지에 관하여 살펴보았다. 이 절에서는 이들 각각의 시구가 어떠한 구조로 엮어있는지에 대하여 살펴보아야 한다.

(1) 내님믈그리ᅀᆞ와우니다니
산접동새난이슷ᄒᆞ요이다
(2) 아니시며거츠르신ᄃᆞᆯ아으
잔월효성이아ᄅᆞ시리이다
(3) 넉시라도님은ᄒᆞᆫᄃᆡ녀져라아으
벼기더시니뉘러시니잇가
(4) 과도허믈도천만업소이다

　　믈힛마리신뎌
(5) 술웃븐뎌아으
　　니미나를ᄒᆞ마니ᄌᆞ시니잇가
(6) 아소님하도람드르샤괴오쇼셔

(1)에서 임을 그리워하는 시적 화자는 산 접동새와 동일시하면서 감정을 토로하고 있다. 그런데 이렇게 사태가 벌어지기까지의 과정이 범상치 않다. (2)에서는 남들의 모함은 옳지 않고 거짓말임을 오직 잔월효성만이 알 것이라고 한다. 그러고 나서 (3)에서는 죽어서라도 나와 함께 가자고 하던 사람은 다름 아닌 임이었으며, 그렇게 다짐하던 사람은 누구셨습니까 하였다. '나'가 '님'을 그리워하게 된 데에는 다른 사람들의 모함과 임의 거짓 약속에 그 원인이 있었던 것이다. 이럼으로써 '나'는 이중의 고통에 놓이게 된다. 다른 사람들의 모함 거기다 겹친 임의 거짓 약속이 '나'를 가슴 아프게 한다. '나'가 임에 헤어진 데에는 제3자의 모함과 임의 거짓약속에 기인한다. (1)에서 결과를 먼저 토로하고 그 결과의 이유를 (2)와 (3)을 통해 제시하고 있다. 이러한 두 가지 이유는 〈정과정〉과 관련된 『고려사』 악지 기록에 의해서 확인된다.

> 의종 즉위년에 이르러 그 향리인 동래로 귀향할 때 왕이 이르기를 오늘 떠나보냄은 조정의 의논에 떠밀린 것인즉 오래지 않아 마땅히 다시 부르겠다. 서가 동래에 있은 지 오래되어도 부르는 명령이 오지 않았다. (及毅宗卽位放歸其鄕東萊曰 今日之行迫於朝議也不久當召還. 在東萊日久召命不至乃)

위 기록을 보면, '아니시며 거츠리신돌'은 '조정의 의논'이었으며, '넉시라도~'의 구체적인 내용은 '오래지 않아 마땅히 다시 부르겠다' 임을 알 수 있다. 노랫말과 부대 설화를 통해서 (1)에서 표출된 시적 화자의 상황과 그 심정의 구체적인 이유를 알 수 있다. 앞 절에서 살핀 바와 같이 특정한 상황을 염두에 둔 1~6행의 의미는 시구들의 맥락에 의해 혹은 〈정과정〉과 관련된 부대설화에 의해 명확히 이해될 수 있다. 〈정과정〉의 구조적 유기성은 여기에 그치지 않는다.

(2)와 (3)이 임을 그리워하게 된 이유라면, (4)와 (5)는 이유에 대한 시적 화자 심정의 토로이다. (4)는 (2)에 대한 시적 화자의 심정을 표출하고 있다. 제3자에 의해 이루어진 말들은 '아니시며 거츠리신돌'이며 '나'는 '과도 허믈도 천만 업'다. 이러한 관계는 (3)과 (5)에서도 동일하다. 거짓 약속을 행한 임에 대하여 시적 화자는 슬픔과 임이 나를 잊는 것에 대한 한탄조의 감정을 표출하고 있기 때문이다.

이상에 살핀 바와 같이 〈정과정〉은 작품 전체가 유기적이다. 시적 화자의 상태를 (1)에서, 그에 대한 이유를 (2)·(3)에서, 그 이유에 대한 시적 화자의 구체적인 심정을 (4)·(5)에서 표출하고 있다. 이러한 유기성은 종결어미의 일관된 사용에서도 확인된다. (2)와 (4)는 독백적 성격을 지니고 있는 반면에, (3)과 (4)는 의문형으로 되어 있어 목소리가 시적 대상을 향하고 있다. (2)와 (4)는 변명조로 되어 있고 이를 독백적 어조로 표출하고 있다면, (3)과 (5)는 임을 향한 원망(怨望)적 의미를 지니고 있고 이를 의문형 종결어미를 사용함으로써 밀건넴의 어조로 되어 있다. 이렇게 〈정과정〉 각각의 시구는 의미 범주와 그것의 표출양상에 있어서 유기적이다. 〈정과정〉의 유기적 성격은 관련 부대설화 즉 텍스트 상황을 통해서도 확인된다. 이러한 〈정과정〉의 구조적 유기성은 합가 혹은 편사적 성격을 지니고 있는 다른 고려속요와 비교해 보건대 중요한 특징이라 할 수 있겠다. 이를 공통 시구가 있는 〈만전춘별사〉의 구조적 특성을 살펴봄으로써 확인하고자 한다. 그리고 나아가 이제까지의 논의를 종합하여, 〈정과정〉의 창작 성격에 대한 고찰을 하고자 한다.

3) 〈정과정〉의 창작 성격

이 절에서는 합가적 성격을 지니고 있는 다른 고려속요와 비교를 통해 〈정과정〉의 창작 성격을 살펴보고자 한다. 〈정과정〉과 동일한 시구를 가지고 있는 〈만전춘별사〉는 물론 이른바 '구슬사'를 공통으로 가지고 있는 〈서경별곡〉·〈정석가〉의 구조적 특징을 비교해봄으로써 〈정과정〉의 창작 성격에 대해 고찰해보고자 한다.

〈만전춘별사〉는 〈정과정〉과 동일한 시구를 가지고 있다. 그리고 그 동일한 시구는 특정 부대 설명 혹은 다른 시구와의 맥락에 의해 의미범주가 이루어진다고 하였다. 〈정과정〉과 해석에 있어서 차이를 보이지만, '벼기더시니'라는 시구가 지니고 있는 의미적 성격에 의해 상황 의존적인 성향을 지니고 있다고 하였다.

기존 연구에서 〈만전춘별사〉는 단순한 민요의 합성 혹은 편사라는 견해[32]와 내용 및 형식에 있어서 긴밀한 연관성을 가진 정연함을 보이고 있는 작품이라는 견해[33]가 있어 왔다. 그런데 이러한 두 견해는 사실상 같은 전제에서 출발한 것으로 판단된다. 〈만전춘별사〉에

32) 김택규, 「별곡의 구조」, 『고려시대의 언어와 문학』, 형설출판사, 1975, 254~255면.
33) 성현경, 「〈만전춘별사〉의 구조」, 위의 책, 375~382면.

있어 유기성 혹은 통일성 등 긴밀한 연관성을 가지면서 작품이 구조화되었음을 밝히려는 연구 또한 이 노래가 지니고 있는 편사적 성격에 기인한 것이라 할 수 있기 때문이다. 이에 〈만전춘별사〉는 전체의 주제를 공통기반으로 한 편사라고 해도 좋을 것이고,[34] 각 장 내용의 선후 관계는 긴밀하지 못하지만 여러 양상의 사랑을 각기 보여주는 사랑의 만화경이라고 할 수도 있다.[35] 〈만전춘별사〉가 유기성 혹은 통일성을 지니고 있다고 할 때, 연과 연 사이에서 긴장을 발생시키는 문맥적 의미의 유기성이라기보다는 상황적 또는 정서적 유사성에 기반한 유기성이라고 봐야 할 것이다. 3연을 중심으로 하여 설명하면 다음과 같다.

〈정과정〉과 달리 〈만전춘별사〉 3연 1행의 주체는 시적 화자 '나'이다.[36] 만약 주체가 '임'이라면 '벼기더시니'의 주체가 '임'이 될 수 있겠지만, 주체가 '나'이기에 '벼기더시니'의 주체는 제3자일 수밖에 없다. 따라서 원망(怨望)의 시선은 임이 아닌 제3자로 향해 있다고 봐야 한다. 그런데 이렇게 되면 '벼기더시니'의 구체적인 의미가 미궁에 빠지게 된다.

4연에서 비오리에게 왜 소(沼)에 자러 왔느냐고 했더니, 소가 얼면 여울도 좋다고 한다. 문제는 '비오리·소·여울'이 무엇을 상징하는가에 있다. 특히 '비오리'가 그렇다. '비오리'를 '임'으로 보느냐, '다른 여인'으로 보느냐에 따라 의미가 사뭇 달라지기 때문이다. 비오리의

34) 박노준, 『고려가요의 연구』, 새문사, 1998, 266면.

35) 조동일, 『제3판 한국문학통사2』, 지식산업사, 1994, 151면.

36) 〈정과정〉과 달리, 〈만전춘별사〉에는 '님을', '녀기다니'로 되어 있는데 이에 대한 어학적 검토에 의하면 이 행의 주체는 '나'로 설정되어야 한다. 왜냐하면 '-다-'는 1인칭 주어일 때 사용하는 과거회상선어말어미이기 때문이다.

정체를 임(남성)으로 보면 임이 다른 여인을 공연히 집적거리는 것으로 해석되고, 다른 여인으로 보면 다른 여인이 내 임을 빼앗아 간 상황으로 해석된다.[37] 그런데 두 가지 해석 어느 것도 '벼기더시니 뉘러시니잇가'에 대한 문맥적 의미를 제공해주지 못한다. '벼기더시니'의 내용이 구체적으로 어떠한 의미인지 내지는 이것에 대한 시적 화자의 입장은 무엇인지를 알 수 있는 단서가 〈만전춘별사〉 어디에서도 표출되지 않고 있다. '넉시라도~'는 작품 속 다른 시구와의 관계에서 혹은 텍스트 상황과의 관계에서 해석의 실마리를 찾아야 하는 내용적 특징을 지니고 있음에도 불구하고, 〈정과정〉과는 달리 〈만전춘별사〉는 작품 전체 어디에서도 의미를 알기 위한 단서를 찾기가 쉽지 않다. 즉 〈만전춘별사〉의 3연은 다른 연들과 다소 이질적이어서 생소한 느낌을 자아내고 있다는 것이다.

이상에 살핀 바와 같이, 〈만전춘별사〉는 문맥적 상호 연결 관계에 있어서 유기적이지 못하다. 다소 이질적이고 생소한 연들의 합가적 성격을 띠고 있다. 그럼에도 불구하고 〈만전춘별사〉가 지니고 있는 통일성 내지 유기성은 6연에 의해 확보된다. 만화경적 성격을 지니고 있었던 5연까지의 진의(眞意)가 6연 "아소 님하 遠代平生에 여힐술 모ᄅᆞᇰ새"의 진술에 의해 드러나기 때문이다. 밤이 더디 새기를 바랄 정도의 충족 그 속에서 내재된 불안함(1연), 잠도 오지 않을 정도의 외로움(2연), 임에 대한 원망(怨望)(3연), 바람난 임에 대한 애원 혹은 임을 빼앗아 간 다른 여인에 대한 푸념(4연), 재회의 원망(願望)(5연) 등은 6연에서 영원토록 같이 하고 싶다는 시적 화자의 소망을 직설적

37) 정민, 「한시와 고려가요 4제」, 박노준 편, 『고전시가 엮어 읽기 상』, 태학사, 2003, 281~282면.

언어로 표출함으로써 정서적 유기성을 얻게 된다. 궁중에 편입되면서 덧붙여졌을 것으로 추정되는 6연에 의해 작품 전체의 통일성은 확보된다.

〈서경별곡〉과 〈정석가〉에는 이른바 '구슬사'가 공통 삽입되어 있다. 이 시구는 '넉시라도~'와는 달리 그 스스로 완결성을 지니고 있다 하였다. 즉 텍스트 상황의 보충 없이도 의미의 완결성을 지니고 있는 자족적인 성격을 지니고 있다. 그리고 '넉시라도~'와는 달리 두 작품의 음악적 장치로 보이는 반복구절을 제외하면 동일한 표현을 띠고 삽입되어 있다. 그런데 '구슬사'가 〈정석가〉와 〈서경별곡〉 전체의 질서 속에 편입되어, 심층적으로 유기적 통일성을 갖추고 있음[38]에도 불구하고, 의미의 전개가 부자연스럽거나 이미지의 흐름도 부조화스러운 면이 있음을 부인하기 어렵다. 편사에는 일정한 의도가 있기 마련이어서 유기적 연결 관계를 형성하지만, 편사라는 한계 자체를 뛰어넘기 힘든 것 또한 사실이기 때문이다.

〈서경별곡〉을 이루고 있는 세 개의 연은 이질성을 띠고 있다. 특히 건너편 꽃을 꺾어 버리겠다는 시적 화자의 태도는 이전과 달리 적극적이다. 1, 2연이 종속적 입장에서 취할 수 있는 적극적인 태도라면, 3연의 시적 화자는 말 그대로 적극적이다. 이러한 이질성은 〈정석가〉에서도 마찬가지이다. 불가능한 상황을 설정하고 그러한 상황이 벌어지면 임과 헤어지겠다는 강력한 결의를 표출하고 있는 앞 연과는 달리, '구슬사'는 설의적(設疑的) 표현을 통해 다소 가라앉는 차분한 어조로 이루어져 있다. 이렇게 두 노래는 나름대로의 유기성과 부조화가 함께 자리하고 있다.[39] 이것은 편사적 성격을 지니는 노래의 필연

38) 신은경, 앞의 책, 68면.

적인 결과라고 할 수 있겠다.

〈정과정〉과 달리 〈만전춘별사〉·〈서경별곡〉·〈정석가〉의 짜임새는 완결된 내적 구조라기보다는 편사된 작품에서 발견되는 정연성 이상의 것은 아니다.[40] 즉 〈정과정〉을 제외한 세 작품의 창작 성격 혹은 형성 성격상 여러 민요의 합성에 의한 편사일 가능성이 농후한 작품이다.[41] 〈정과정〉은 작품 내적 질서에 있어서 다른 양상을 보여준다고 할 수 있다. 이는 창작 성격에 있어서도 위 세 작품과는 다른 양상으로 이해해야 된다. 작품의 구조적 측면에서 볼 때, 〈정과정〉은 [표 2]c로 설명하기에는 부적절하다고 여겨진다. 유행하는 민요를 끌어들인 〈만전춘별사〉·〈서경별곡〉·〈정석가〉는 구조적으로 볼 때, 여러 노래를 합성한 편사적 성향을 보여주는 데에 반해, 〈정과정〉은 구조적으로 정연한 유기적 질서를 보여주고 있기 때문이다. 즉, 여러 민요를 합가한 편사적 성향을 보이고 있지 않기 때문에 상대적으로 c로 설명하기에는 어렵다고 생각된다. 이에 〈정과정〉은 b 아니면 d일 가능성이 상대적으로 많을 것으로 추정된다.

[표 2]b는 〈정과정〉이 민요에 기원을 두고 있음, d는 개인 창작임을 의미한다. b는 단연체 형식의 민요가 나뉘어서 수용(〈만전춘별사〉·〈익재소악부〉)되기도 하고, 통째로 수용(〈정과정〉)되기도 하였음을 의미한다. 그런데 하나의 단연체 민요가 분리되어 수용되는 경우는 아직까지 유래를 찾아보기 힘들다. 그리고 창작·제작·형성 시기에 있어서 〈정과정〉은 상당한 시간적 상거를 보이고 있다. 이제현의

39) 두 노래의 유기성에 대하여는 신은경의 논의 참조.

40) 김학성, 앞의 책, 38~39면.

41) 같은 곳.

〈익재소악부〉는 1287~1318년 사이에 창작된 것으로 추정되고, 〈만전춘별사〉는 1274~1808년에 형성되었을 것으로 추정된다. 시기적으로 비슷하다. 이에 반해 〈정과정〉은 1151~1170년에 지어진 것으로 추정된다.[42] 〈익재소악부〉와 〈만전춘별사〉의 제작 혹은 형성시기가 비슷한 반면 〈정과정〉은 이들보다 약 100~110년 정도 앞선 작품이다. 이렇듯 〈정과정〉의 창작 성격을 논함에 있어 b는 부자연스러운 면을 지니고 있다 하겠다. 이에 〈정과정〉이 창작되고, 이것이 유행하면서 민요화되고, 이를 〈만전춘별사〉 혹은 〈익재소악부〉가 받아들인 것으로 설명하는 d가 가장 적절한 도식이 되지 않을까 추정된다. 물론 이들 창작·제작·형성 시기는 어디까지나 추정에 가까운 것이고, 민요의 향유 수명이 어느 정도인지 가늠할 수 없는 시점에서 함부로 단정하기는 곤란하다. 그러나 편사적 성향을 보이고 있는 다른 시가와는 달리 〈정과정〉은 구조적 유기성을 지니고 있다는 점, 작가가 분명히 명시되어 있다는 점, 형식상 향가와 유사한 형식을 보이고 있으며 이에 따라 정연한 형식미를 갖추고 있다는 점 등을 함께 고려할 때 d로 창작 성격 내지는 형성 과정을 설명하는 것이 지금으로서는 타당하다고 판단한다.

4. 결론

본고는 〈정과정〉과 관련 자료 혹은 작품의 검토를 통하여, 〈정과정〉은 개인 창작의 성격이 강하며, 유행하면서 민요적 성격(민요화)

42) 성호경, 『제2판 한국시가의 유형과 양식 연구』, 영남대학교 출판부, 1997, 211~214면.

을 띠게 되었다고 추정하였다. 이는 〈정과정〉의 기원을 민요에 두고 있는 기존 논의에 대한 비판적 검토에서 비롯되었다. 물론 본고가 기존 연구자들과 동일한 자료를 통해, 그리고 내용상의 구조적 특징만을 가지고서 고려속요의 형성 과정 혹은 창작 성격이라는 실증적인 사실을 고찰한 것이기에 그만큼의 한계를 노정하고 있다. 하여 본고는 시론적인 성격을 지니고 있다.

〈진달래꽃〉의 전통성 교육에 대한 반성적 검토

1. 문제 제기

본고는 〈진달래꽃〉에 대하여 이미 이루어진 연구 성과를 토대로 헤어짐의 상황 속에서 시적 화자로 설정된 여인의 태도를 알아보고, 이를 시적 상황이 비슷한 고전시가와의 비교를 통해 그 관련 양상을 살펴봄으로써, 이제껏 행해진 〈진달래꽃〉의 교육 방향과 다른 시각을 제공하자는 데에 목적이 있다. 본고의 이러한 목적은 다음과 같은 문제의식에서 비롯되었다.

첫째, 문학연구와 문학교육의 연계성이 부족하다.
둘째, 〈진달래꽃〉의 시적 화자를 전통적 여인상으로 규정하고 가르치고 있다.
셋째, 〈진달래꽃〉이 전통적 성격을 띠고 있다고 할 때, 그것의 구체적인 모습이 교육 현장에서 제시되고 있지 못하다.

문학연구 성과가 곧바로 문학교육에 반영될 필요는 없다. 문제는 첫째가 둘째 혹은 셋째 문제로 이어진다는 데에 있다. 예를 들어, 각종 참고서에는 〈진달래꽃〉을 '7·5조 3음보의 민요적 율격'으로 보고, 이를 전통적 율격 구조로 파악하고 있다. 그런데 이런 이해는 재고를 요한다. 왜냐하면 '7·5조'는 민요를 포함한 고전시가 어디에서도 보이지 않으며, 7·5조가 일본의 영향하에서 나온 율격적 특징임은 이미 주지의 사실이기 때문이다. 이른바 7·5조는 율격적 측면에서 전통적이지 않다. 기존 연구에서 이러한 점을 여러 번 지적했음에도 불구하고 교육 현장에서는 '7·5조 3음보'를 민요와 전통으로 연결시킴으로써, 소월시가 지니고 있는 전통 계승으로서의 율격적 특징을 왜곡시키고 있는 것으로 판단된다.[1)]

〈진달래꽃〉과 관련된 교육적 문제는 시적 화자의 태도 파악 및 이해에 있어서도 마찬가지이다. 〈진달래꽃〉은 『국어(상)』 6단원에 실려 있는데, 교사용 지도서에는 "이별의 상황에서의 전통적인 대응 방식"이라 제시되어 있다.[2)] 이렇게 되면 〈진달래꽃〉의 시적 화자는 전통적인 대응 방식을 하는 전통적인 여인상이라는 추측이 가능하다. 그리고 참고서에는 〈진달래꽃〉의 어조를 "이별의 정한을 인종으로 감수하고 축도하는 전통적인 여성적 어조"라 하여 교사용 지도서와 동일한 견해를 제시하고 있다. 그런데 문제는 어떠한 근거도 제시되어 있지 못하다는 데에 있다. 이른바 7·5조가 곧바로 전통과 연결될 수 없듯이, 순종적 성격이 곧바로 전통적인 여인상이 될 수 없다는 것이 본고의 입각점이다.

그런데 시적 화자의 태도에 관한 문제는 율격의 그것과는 다소 다

---

1) 율격적 측면에서 소월시가 지니고 있는 전통적 성격은 김대행의 책에 자세하게 베풀어져 있다. 김대행, 『우리 詩의 틀』, 문학과비평사, 1989.

2) 고등학교 『국어(상)』 교사용 지도서, 교학사, 2007, 293면.

르다. 율격의 문제가 다분히 문학적 장치로 한정되는 경향이 있는 반면, 상대적으로 시적 화자의 태도 문제는 가치관과 인식의 문제로 확대될 여지가 많기 때문이다. 본고의 입장을 미리 말한다면, 〈진달래꽃〉의 시적 화자를 전통적 여인상으로 규정하게 되면, 학생들에게 옛 여성에 대한 왜곡된 인식을 심어줄 수 있으며, 과거와 현재의 단절감을 느끼게 할 수 있다. 이러한 교육적 부작용을 최소화하자는 것이 본고가 예상하고 있는 기대치이다.

본고의 목적을 충실히 달성하고, 그 교육적 효과를 온전히 이루기 위해서는 다음과 같은 사항들이 검토되어야 할 것으로 본다.

첫째, 〈진달래꽃〉의 시적 화자를 단일한 방향으로 해석하게끔 구조화되어 있는가? 〈진달래꽃〉의 시적 화자는 과연 전통적인가?
둘째, 〈진달래꽃〉의 시적 화자가 전통적 여인상이기 위해서는 고전시가에 이러한 여인상을 보여주는 작품이 있어야 하는데, 과연 이러한 여인으로 형상화된 것이 보이는가?
셋째, 전통시로서의 〈진달래꽃〉은 어떤 방향으로 교육되어야 하는가?

2. 〈진달래꽃〉 여인의 정체성

1) 〈진달래꽃〉 해석의 다양성과 시적 화자의 태도

〈진달래꽃〉은 이해하기 용이함에도 불구하고, 함의하고 있는 의미망은 다채롭다. 기존 논의에서 이러한 다채로운 의미망을 모두 밝혀놓았다고 판단해도 좋을 듯하다. 그럼 먼저 기존 연구에서 밝혀낸

〈진달래꽃〉의 의미와 시적 화자의 태도를 정리해 보자.

〈진달래꽃〉은 이별을 가정하는 것으로 시작한다. 임이 떠나려는 이유는 '나를 보기가 역겨'운 데에 있다. 이에 대한 시적 화자의 반응과 행위가 각 연 3행에 표출되어 있다. '말업시 고히 보내드리우리다', '아름짜다 가실길에 뿌리우리다', '삽분히 즈려밟고 가시옵소서', '죽어도 아니 눈물 흘리우리다'가 그것이다. 이러한 시적 화자의 행위가 지니고 있는 의미는 다양하게 해석되고 있다. 역설적 구조로 보고자 하는 입장과 역설이 아닌 솔직하고 직설적인 어조로 파악하려는 입장으로 대별해 볼 수 있다.

먼저 〈진달래꽃〉을 역설적 구조로 보는 입장이다. 이는 〈진달래꽃〉을 시의 진술과 시적 상황 사이에 생긴 모순에서 긴장감이 형성된다고 보는 것인데, 대부분의 논자들이 이 입장에 서있는 듯하다. '임을 보내겠다'는 시적 진술과 '임을 보내고 싶지 않음'이라는 시적 화자의 마음 사이에 모순이 시적 긴장을 형성한다. 그렇다면 시적 화자는 '임을 보내고 싶지 않은' 상황임에도 불구하고, 표출된 진술에는 왜 '임을 고이 보내겠다'고 했는가? 이 이유는 논자들마다 견해를 달리하고 있다.

이명재는 못내 그리는 사랑을 위해 헌신하는 아픔에서 겪는 여성 특유의 마조히즘의 발로로 보았다.[3] 〈진달래꽃〉의 시적 화자를 한결같이 임만을 위하고 사모하는 순정을 지닌, 그래서 가장 한국적인 시골 여인의 헌신적인 마음을 지닌 여인으로 파악하였다.[4] 〈진달래

---

3) 이명재, 「〈진달래꽃〉의 짜임」, 김열규·신동욱 편, 『김소월 연구』, 새문사, Ⅰ-19면.
4) 위의 논문, Ⅰ-20면.

꽃〉의의 시적 화자를 앙갚음 혹은 강한 반발의식이 아니라 체념과 양보로써 임에게 봉사하고 희생하고 축복하는 여인으로 본 것이다. 이러한 견해는 〈진달래꽃〉의 일반화된 해석으로 보아도 될 것이다.

역설적 구조로 보면서도 오세형의 해석은 이명재의 것과 차이를 보인다. 시적 화자의 행위가 순종의 미덕을 드러내고 있다고 하여 결과적으로 동일한 견해인 것 같지만, 순종적 행위를 한 이유에 대해 다른 견해를 제시하고 있기 때문이다. '고이 보내드리'는 행위를 봉사와 희생, 축복의 의미가 아니라 미련이 짓밟히는 두려움을 피하기 위한 것으로 보고 있다. 즉 돌아오지 않을까 하는 염려에서 나온 반어적 행위인 것이다. 오물 세례를 퍼부어 보내면 돌아오지 않을까 하여 꽃을 뿌린 것이다.[5)]

다음은 역설적 구조가 아닌, 진술 그대로 보자는 견해이다. 박호영은 '고이 보내드리고, 꽃을 뿌리고, 눈을 흘리지 않는' 행위를 말뜻 그대로 보고자 한다. 즉 정말로 고이 보내드리고 싶은 것으로 해석하고 있다. 오로지 임만 잘 되면 나는 아무래도 좋다는 절대 복종의 미덕을 지닌 여인을 형상화하고 있다고 해석한다.[6)] 나보다 더 좋은 대상을 찾아 간다면 그래서 더 행복해진다면 기꺼이 보내드리겠다는 식으로 해석하고 있다. 역설구조가 아닌 진실된 표현이고 순종의 미덕을 지닌 여인상을 보이고 있는 것이다.

마지막으로 살피고자 하는 것은 김장동의 신석(新釋)이다. 김장동

---

5) 오세영, 「김소월의 진달래꽃」, 정한모·김재홍 편저, 『한국대표시평설(증보판)』, 문학세계사, 1995, 79~81면.

6) 박호영, 「현대시 해석 오류에 관한 문학교육적 고찰」, 『국어교육』 90집, 한국어교육학회, 1999, 195~196면.

은 〈진달래꽃〉을 역설이 아닌 일종의 전략적 차원으로 해석하는데, 당당하고 자신감 넘치는 여인상을 형상화한 것으로 파악한다. '지순한 사랑을 차버리고 떠날 남정네라면 사랑할 가치도 없다'는 식의 여성상위 시대의 소산이라는 것이다.[7)]

이렇듯 〈진달래꽃〉의 시적 화자는 다양하게 해석되고 있다. 역설의 구조로 읽든 직설의 구조로 읽든 〈진달래꽃〉은 다양한 측면의 감상이 가능한데, 그 이유는 시적 화자의 속내가 진술되어 있지 않기 때문이다. 가령 '고이 보내드린'다고 할 때, 그 속내가 무엇인지는 읽는 이의 상상에 맡길 수밖에 없다. 이에 〈진달래꽃〉의 시적 화자는 봉사와 희생의 순종의 미덕을 지닌 여인으로, 오물을 퍼붓고 싶지만 돌아오지 않을까 두려워 꽃을 뿌리는 여인으로, 진짜 돌아오지 않아도 좋으니 임만 잘살면 된다는 절대복종의 여인으로, 나 같은 여인을 찾을 수 없을 것이라는 자신감에 찬 행동을 하는 여인으로, 읽는 이에 따라 달리 읽힐 수 있는 것이다. 이렇게 〈진달래꽃〉은 속내의 진술이 이루어지지 않아 단일한 방향으로 해석하게끔 구조화되어 있지 않다.

이렇게 기존 논의에서 〈진달래꽃〉 시적 화자의 태도 혹은 어조를 다양하게 읽고 있음에도 불구하고 전통적 여인상으로 단정하는 것이 의아스럽다. 말 그대로 다양함은 하나로 규정할 수 없음을 의미하기 때문이다. 따라서 〈진달래꽃〉에 대한 기존 연구 성과만을 놓고 보더라도, 시적 화자를 전통적인 여인으로 파악하는 것은 재고의 여지가 있는 것이다.

그런데 김장동의 견해를 제외하고는 내포된 의미의 분석을 통해서

---

7) 김장동, 「〈진달래꽃〉 新考」, 『새국어교육』 37집, 한국국어교육학회, 1983, 436~437면.

그 이유야 어찌되었든 결과적으로는 헌신 · 순종 · 복종의 여인으로 〈진달래꽃〉의 시적 화자는 이해하고 있다. 헌신 · 순종 · 복종은 동일한 의미 범주로 볼 수 있고, 이의 통합을 전통적 여인의 속성으로 간주할 수 있는 근거가 마련되어야 할 것이다. 즉 〈진달래꽃〉의 시적 화자를 전통적인 여인상으로 이해하기 위해서는 고전시가에 이러한 여인이 가시적으로 존재하고 있음을 확인할 필요가 있다 하겠다. 이별의 상황 속에서 '말업시 고히 보내드리우리다', '아름따다 가실길에 ᄲᅮ리우리다', '삽분히 즈려밟고 가시옵소서', '죽어도 아니 눈물 흐리우리다' 식의 행동을 보이는, 적어도 유사한 범주에 들 수 있는 여인상이 고전시가 속에서도 존재하고 있는가를 확인할 필요가 있다는 말이다.

2) 고전시가에 형상화된 여인상

이 절에서는 기존 연구에서는 물론 참고서 등에 〈진달래꽃〉과 자주 비교의 대상이 되어 왔던 고전시가 〈가시리〉 · 〈서경별곡〉 · 〈정읍사〉 · 〈정과정〉을 대상으로 하여, 이별 상황에서 보이는 시적 화자의 태도를 고찰해보도록 하겠다.

〈가시리〉 : 떠나는 임에게 매달리는 여인

가시리 가시리잇고 / ᄇᆞ리고 가시리잇고
날러는 엇디 살라ᄒᆞ고 / ᄇᆞ리고 가시리잇고
잡ᄉᆞ와 두어리마ᄂᆞᄂᆞᆫ / 선ᄒᆞ면 아니올셰라
셜온님 보내ᄋᆞᆸ노니 / 가시ᄂᆞᆫᄃᆞᆺ 도셔오쇼셔

(후렴구 및 조흥구 생략, 띄어쓰기 필자)

'임과 헤어짐'이 가정적 진술로 되어 있는 점, 대치(displacement)가 사용되어 시적 화자가 역으로 임을 보내고 있는 점 등에서 〈가시리〉는 〈진달래꽃〉과 닮아있다. 그러나 전체적인 의미나 여인의 어조에 있어서는 이질적이다. '임을 보냄'의 결과는 동일하지만, '임을 보냄'에 이르는 과정이 다르기 때문이다. 〈진달래꽃〉은 임을 보냄에 있어 꽃을 뿌리고 눈물을 흘리지 않겠다고 한다. 〈가시리〉는 '나는 어떻게 살라고 하느냐', '아니 올까 두렵다', '가시자마자 돌아오소서'라고 한다. 〈진달래꽃〉의 시적 화자가 희생과 헌신의 모습을 보이고 있는 반면에, 〈가시리〉는 매달리고 두려워하고 애원하고 있다. 두 작품 모두 임을 보내겠다는 면에서 순종적 태도가 보인다고 할 수 있으나, 순종을 둘러싼 어조에 있어서 〈진달래꽃〉은 희생과 헌신, 인내를 보이고 있다면 〈가시리〉는 원망(怨望, 願望)과 두려움의 정서가 지배적이다.

이렇듯 〈진달래꽃〉과 〈가시리〉가 동일한 결과를 보이면서도 그것에 이르는 과정은 차이가 있다. 이는 두 시의 기반이 다르기 때문이다. 〈진달래꽃〉이 낭만적 상상력에 기초한 시적 세계를 구축하고 있다면, 〈가시리〉는 현실적인 생활 현장을 기반으로 시적 세계를 형상화하고 있다. 〈가시리〉가 떠나려는 임이기에 보낼 수밖에 없지만, 동시에 매달릴 수밖에 없는 이러지도 저러지도 못하는 시적 화자의 애절한 심정을 노래하고 있다면, 〈진달래꽃〉은 구체적인 대상을 향한 것이 아니라 가상적인 낭만적 사랑을 사랑하고 있는 것이다.[8] 〈진달래꽃〉 시적 화자는 희생하고 헌신하고 인내하는 여인으로서의

8) 유종호, 「임과 집과 길」, 김학동 편, 『김소월』, 서강대학교 출판부, 1995, 29~30면.

태도를 보이고 있다면, 〈가시리〉는 어쩔 수 없는 현실을 받아들이면서도 못내 아쉬워 매달릴 수밖에 없는 여인으로서의 태도를 보이고 있다는 면에서 두 작품의 여인상은 이질적이다.

〈서경별곡〉 : 이별을 거부하고, 질투하는 여인

여희므론 질삼뵈 ᄇᆞ리시고 / 괴시란ᄃᆡ 우러곰 좃니노이다

- 1연 중 부분

대동강 건넌편 고즐여 / 비카들면 것고리이다 - 3연 중 부분

〈서경별곡〉 중 시적 화자의 태도를 알 수 있는 부분을 위에 제시하였다. 어학적 구명이 완전치 않아 그 구체적인 의미를 살피는 데에는 아직 요원하다 하겠으나 시적 화자의 태도를 밝히는 데에는 무리가 없어 보인다. 우선 〈서경별곡〉 1연 "우러곰 좃니노이다"는 좇아가는 주체가 시적 화자 자신임을 보여준다. '-오-'는 주체가 1인칭임을 나타내는 화자표지로 기능하기 때문이다. 적어도 문법적으로 "좃니노이다"의 주체는 시적 화자이다. 이에 "괴시란ᄃᆡ"의 대상이 제3자이든 시적 화자이든 "울면서 쫓아가"는 주체는 시적 화자인 '나'가 되는 것이다. 위에 제시한 〈서경별곡〉 1연은 다음과 같은 현대역이 가능할 것이다.

(임이) A를 사랑하실 것 같으면 울면서 따라다닙니다.

(임이) 나를 사랑하실 것 같으면 울면서 따라다닙니다.

임이 사랑하는 대상이 제3자인 A가 되든, '나'가 되든 '울면서 따라가겠다'는 시적 화자의 태도 및 의지가 제시되어 있다. 이별에 대한 완강한 거부이자 원망(怨望, 願望)의 감정을 표출하였다. "사랑만 해주신다면 따라가겠다"는 시적 화자의 태도가 분명히 제시되어 있다.

한편 〈서경별곡〉 3연은 의미 분석에 있어서 이견이 분분하다. 종전의 몇몇 견해에서 "것고리이다"의 주체를 '임'으로 보았기 때문이다. '꽃'은 임이 찾는 제3자가 되며, '꺾는' 행위는 사랑의 맺음을 의미하게 된다.[9] 이렇게 되면 "강 건너편 고장을 들어서기만 하면 곧 그곳 여인들과 사랑을 맺고 말 것이라!"[10] 혹은 "임은 건너가면 다른 여자를 만날 거야 내 생각에"[11]와 같은 의미가 된다. 그런데 "좃니노이다"와 같이 "것고리이다"도 선어말어미 '-오-'가 들어간 것으로 보아 주체는 시적 화자 자신이 되어야 한다.[12] 따라서 '꽃(다른 여인)'을 꺾는 주체는 시적 화자 자신이 되어, 이별의 아픔을 체념화하는 여인이 아니라 적극적 해우이로 문제를 해결하고자 하는 여인으로 해석될 가능성이 있다. 서경별곡의 여인은 떠나려는 임을 따라가고, 임을 사랑할 다른 여인을 꺾어버리겠다는 적극성을 보여, 아리랑의 시적 화자와 유사한 성격을 띠고 있다 하겠다.

---

9) 이 부분에 대한 논자들마다의 견해는 김명준이 집대성해 놓았다. 본고는 이를 참고하였다. 김명준 편저, 『고려속요집성』, 다운샘, 2002, 149~161면.

10) 전규태, 「〈서경별곡〉 연구」, 김열규·신동욱 편, 『고려시대의 가요문학』, 새문사, 1992, Ⅰ-88면.

11) 김명준, 「〈서경별곡〉의 구조적 긴밀성과 그 의미」, 『한국시가연구』 8집, 2000, 76면

12) 남기심·고영근 공편, 『중세어 자료 강해』, 집문당, 2002, 455면.

〈정읍사〉 : 기다림 속에서 자기 자신을 회복하고자 하는 여인

임과의 이별 상황이라 할 수는 없지만, 시장에 가서 돌아오지 않는 남편을 기다리면서 부른 정읍사는 헤어짐의 상황에서 여인의 태도를 가늠할 수 있기에 고찰 대상으로 삼았다. 흔히 정읍사를 '간절히 남편의 무사귀환을 바라는 아내의 노래'로 평가하지만, 기다림 속에 내재하고 있는 여성의 개성적 심리 또한 자리하고 있다고 판단된다.[13] 이를 살펴보고자 한다.

ᄃᆞᆯ하 노피곰 도ᄃᆞ샤 / 어긔야 머리곰 비취오시라
져재 녀러신고요 / 어긔야 즌 ᄃᆡᄅᆞᆯ 드ᄃᆡ욜셰라
어느이다 노코시라 / 내 가논 ᄃᆡ 졈그ᄅᆞᆯ셰라

본고에서는 위 제시된 정읍사 중 시적 화자의 태도와 인식 상태를 파악하는 데에 관건이 되는 두 구절을 중점적으로 하여 살펴보고자 하는데, 이를 현대역과 함께 제시하면 다음과 같다.

① 즌 ᄃᆡᄅᆞᆯ 드ᄃᆡ욜셰라 (현대역 : 진 곳을 디딜까 두렵다)
② 내 가논 ᄃᆡ 졈그ᄅᆞᆯ셰라 (현대역 : 내가 가는 곳 저물까 두렵다)

①의 "진 데를 디디"는 행위의 주체는 『고려사』 악지에 전하는 부대설화를 통해 볼 때, 남편으로 보아야 할 것이다. 그런데 'ㄹ셰라'의 주체는 시적 화자 자신이다. '진 곳'을 디딜까 두려운 것은 남편이 아

---

13) 이사라, 「정읍사의 정서구조」, 김대행 외, 『고려시가의 정서』, 개문사, 1990, 93면.

닌 바로 자기 자신이다. '남편이 진 곳을 디딜까 나는 두렵습니다.' 정도로 해석 가능하다. 한편 ②는 시적 화자가 자신을 향하는 목소리로 되어 있다. 지는 곳에 가는 것도 자신이며, 저물까 두려워하는 것 또한 자신이다. 물론 이때 '나'는 시적 화자에 한정할 것이 아니라 남편을 염두에 둔 표현으로 볼 수 있지만, 이는 해석상에 빚어지는 문학적 상상력의 문제이다. 표면적 어학적으로 나타난 발화 자체를 보자면 시적 화자인 '나'가 시적 대상인 '나'와 관련된 이야기를 '나'에게 발화하고 있는 것이다. '내가 가는 곳이 저물까 두렵습니다.' 정도로 해석 가능하다.

그렇다면 '달'로 하여금 높이 돋아서 멀리 비춰달라고 한 연유는 무엇일까? 어둠으로 인해 발생된 긴장과 갈등을 해결하기 위해서 시적 화자는 달을 부른 것이다. 남편의 '오래 돌아오지 않음'이 불러온 어둠의 세계를 밀어내려는 시적 화자의 욕망의 표출된 것이 〈정읍사〉가 이루고 있는 시적 세계라고 할 수 있다. 남편의 '오래 돌아오지 않음'이 어둠을 불러오고, 그 어둠은 시적 화자로 하여금 두려움을 느끼게 해준다. 이 두려움을 몰아내기 위한 해결자로서 달은 기능하고 있는 것이다. 남편에 의해 비롯된 갈등 그러기에 해결 불가능한 현실이 되어버린 상황을 가상적 세계(임이 진 곳을 디디고, 나의 앞날이 저무는 상황)로 설정하여 나름 해소해보려는 시적 화자의 간절한 노력이 달을 불어오는 것이기에 서정의 울림이 생겨나는 것이라 판단된다.

이렇게 〈정읍사〉의 갈등 해소는 시적 화자의 인식론적 차원에서 이루어진 것이며, 갈등 해결을 위한 주된 열쇠는 자신에게 있다는 인식에서 출발한 것이라 할 수 있겠다. 이에 〈정읍사〉는 여성 화자가 불안의 정서에서 출발하여 인식론적 전환을 통해 희망의 정서를 찾아내고 갈구하고 있기에, 결핍을 통해 자아를 찾아내고 구축하는 자아정체성 찾기의 노래이다. 〈정읍사〉의 여성 시적 화자는 돌아오지 않는 남편의 기다림 속에서 자기 자신을 회복하려는 인식 차원의 노력을 하고 있는 것이다.[14)]

〈정과정〉
: 임의 무책임에 대한 질타와 사랑을 원망(願望)하는 여인

다음은 충신연주지사인 〈정과정〉을 살펴보고자 한다. 충신연주지사는 임금과 신하 관계를 상징하는 것이지만 여성 화자를 내세웠다는 면에서 그 당시 여성에 대한 인식의 단면을 살필 수 있다. 〈정과정〉의 모든 시구가 여성 화자의 태도와 관련된 것이긴 하지만 본고에서 주목하고 싶은 곳은 번호를 붙이고 굵은체로 표시한 부분이다.

내님믈그리ᅀᆞ와우니다니 / 山졉동새난이슷ᄒᆞ요이다
아니시며거츠르신돌아으 / 殘月曉星이아ᄅᆞ시리이다
①넉시다로님은ᄒᆞᆫᄃᆡ녀져라아으 / 벼기더시니뉘러시니잇가
과도허믈도천만업소이다 / 믈힛마리신뎌
술읏븐뎌아으 / 니미나ᄅᆞᆯ마니ᄌᆞ시니잇가
②아소님하도람드르샤괴오쇼셔

①은 이제껏 '죽어서라도 임과 함께 지내고 싶어라. (내가 잘못했다

14) 이수곤, 「〈정읍사〉의 여성 화자 태도와 그 의미에 대한 시론적 고찰」, 『한국고전여성문학연구』 제14집, 2007, 408면.

고) 우기던 사람은 누구였습니까?' 정도로 해석되어 왔다. '임과 함께 살고 싶'은 주체는 시적 화자이고, '우기던 사람'은 제3자가 된다. 즉 누군가의 모함이 죽어서라도 임과 함께 살고 싶었던 나를 임과 헤어지게 만들었다는 것이고, 이를 억울해 하고 있는 것이다. 이렇게 해석된 데에는 임에게 매달리는 존재는 여성이어야 한다는 연구자들의 선입견이 내재해 있는 듯도 하다. 왜냐하면 이런 해석을 하기에는 어학적 측면에서 여러 가지 난점이 도사리고 있기 때문이다. 기존의 해석이 타당성을 확보하기 위해서는, '은'이 '과'로 해석되어야 하는 이유, 청유형이자 원망형인 '~져라'에 주체존대의 형태소가 나타나지 않는 이유, "벼기더시니"를 '우기다'로 해석하거나 주체존대 '-시'가 들어간 이유에 대해 분명한 대답이 마련되어 있어야 한다. 이러한 뒷받침 없이 선입되어 있는 여성관을 토대로 해석하는 것은 작품이 지니고 있는 본래의 의미를 훼손시킬 우려가 있다.

이에 본고에서는 그동안 이루어진 어학적 성과를 토대로 ①을 해석하고자 한다. 먼저 '님은'에 대한 것이다. 기존에 '님은'은 '님과'로 해석하였다. 주체를 시적 화자로 본 해석이다. 그렇다면 '은'을 '와/과'로 대체하는 어학적 근거가 마련되어 있어야 한다. 그런데 어학 연구자들에게서 '은'과 '와'의 간계에 대한 견해를 얻을 수 없었다.[15] 따라서 '은'과 '와/과'를 대체 가능한 조사로 보는 것은 조심스럽다. 그리고 표기 그대로 '은'으로 하여도 해석의 가능성은 열려있다. '은'은 특수 보조사로서 주격조사 '이/가' 대신에 쓰이는 경우 특수한 의미를 지니고 있다. '은'은 주격의 성격을 지니고 있으면서 동시에 화

15) 양주동은 『여요전주』에서 '님은'의 풀이로 특별한 설명을 하고 있지 않다. 양주동, 『여요전주』, 을유문화사, 1992, 213면.

자와 청자 사이에 서로 알고 있는 것을 이야기할 때 사용되는 특수보조사이다. 이러한 '은'의 기능을 가지고서도 이 시구는 충분히 해석 가능하다.

다음으로 '녀져라'의 경우, '-져라'는 청유형 혹은 원망(願望)형 어미이고, 주체존대를 나타내는 '-시'가 실현되지 않은 것으로 보아, 높은 사람이 아래 사람에게 하는 발화이다. 이로 보건대, 〈정과정〉의 '넉시라도~'는 높은 사람이 자기 자신의 견해를 청유하거나 원망하는 것으로 해석된다.[16] 그리고 "벼기더시니"는 유동석의 견해에 따르면, 주체 존대의 '-시-'가 들어간 점과 "맹서를 벼기니이다"(『월인석보』 권23)의 예와 비교하면 아랫사람이 윗사람을 향한 발언이기에 '우기다'보다는 '다짐하다·약속하다'의 의미로 해석하는 것이 타당하다.[17]

이상에서 살핀 바를 토대로 ①을 현대역하면 '넋이라도 임은 한데 가자고, 약속하신 분은 누구셨습니까?' 정도가 될 것이다. "ᄒᆞᆫᄃᆡ 녀져라"의 발화주체는 시적 화자인 '나'가 아니고, '임'이 되어야 하며, "벼기더시니"의 주체 역시 임이 되어서 '함께 지내자' 혹은 '한데 가자'고 약속하는 분 또한 임이 되어야 한다. 시적 화자의 태도를 살피기 위해 기존의 현대역과 본고의 현대역을 대조하면 다음과 같다.

(기존) '죽어서라도 임과 함께 지내고 싶어라. (내가 잘못했다고) 우기던 사람은 누구였습니까?'

(본고) '넋이라도 임은 한데 가자고, 약속하신 분은 누구셨습니까?'

---

16) 유동석, 「고려가요 〈정과정〉의 노랫말에 대한 새 해석」, 『한국문학논총』 26집, 2000, 245면.

17) 위의 논문, 247면.

기존의 해석은 임과 함께 지내고자 하는 시적 화자의 소망이 제3자에 의해 좌절된 것으로 되어 있다.[18] 자신의 소망과 어긋난 삶을 살게 되고 이를 임에게 하소연 혹은 넋두리하고 있는 것이다. 원망의 대상은 제3자가 된다. 여기서 주목하고자 하는 것은 함께 지내고자 하는 소망의 주체는 시적 화자라는 점이다. 이에 반해 본고의 해석은 함께 지내고자 하는 소망의 주체는 임이 된다. 그렇게 약속한 사람은 바로 시적 화자가 아니고 임이다. 기존의 해석에서는 제3자와 시적 화자 사이의 갈등이 드러났다고 한다면, 본고의 해석은 임과 시적 화자 사이에서 갈등이 빚어지고 있는 것이다. 기존 해석이 상황적 억울함에 대한 하소연의 성격이 강하다면, 본고의 해석은 배반 행위를 한 임에 대한 질타적 성격이 강하다고 할 수 있겠다. 보기에 따라서는 다소 따지고 덤비는 여인상으로 파악될 수 있겠다.

〈정과정〉의 시적 화자는 이중의 고통에 놓여 있다. 제3자의 모함과 임의 거짓 약속이 그것이다. 이러한 상황 속에서 시적 화자가 최종 택한 행동은 "아소 님하 도람 드르샤 괴오쇼셔"에서 알 수 있듯 매달림이다. '아아 님이여 돌리어 들으시어 사랑해 주소서' 정도로 해석할 수 있겠는데, 제3자의 말이든, 임 자신이 한 약속이든 재고를 통해 시적 화자를 다시 사랑해 달라는 원망의 정조를 띠고 있다 하겠다. 이렇게 〈정과정〉의 시적 화자는 배반적 언행을 한 임에 대한 질타와 돌이켜 사랑해 달라는 원망의 태도를 보이는 여인으로 형상화되어 있다.

---

18) 김명준이 집성한 자료에 의하면 김태준을 비롯한 거의 모든 연구자들의 견해가 일치하는 경향을 보이고 있다. 김명준, 앞의 책, 80~84면.

3) 〈진달래꽃〉 여인의 정체성

앞 절에서 〈진달래꽃〉의 다양한 해석과 다양한 시적 화자의 태도를 알아보고, 고전시가에 형상화된 여인상을 고찰하였다.

[표 1]

시적 언술	내포된 의미와 여인의 태도
고이 보냄(순종) 꽃을 뿌림(희생) 눈물 안 흘림(인내)	가장 한국적인 헌신적 사랑을 하는 여인(마조히즘)
	미련이 짓밟히는 것을 두려워하여 순종의 미덕을 보이는 여인
	임만 잘되면 나는 아무래도 상관없는 절대복종의 미덕을 지닌 여인
	사랑에 대한 자신감과 당당함을 지닌 여인

시적 언술로만 보면, 순종(고이 보냄)·헌신 혹은 희생(꽃을 뿌림)·인내(눈물 안 흘림)로 시적 화자의 태도가 나타난다. 이러한 성격이 〈진달래꽃〉의 시적 화자를 전통적인 여인으로 파악하게끔 하는 주된 요인이 되었다. 그런데 이러한 진술은 단순하기에 애매모호성을 지니게 되도, 시적 화자의 성격을 다양하게 파악하는 원인이 되었다. [표 1]에서 시적 화자에 대한 다양한 성격을 정리했다. 큰 범주 안에서는 동일하다고 볼 수 있지만, 그 구체적인 모습에서는 이질적이다. 헌신이나 순종 혹은 절대 복종하는 태도는 동일한 범주 안에 속한 것이긴 하지만, 그 이유에 대해서는 사뭇 구체적인 양상이 다르기 때문이다. 즉 마조히즘적 여인으로, 불귀(不歸)에 대한 두려움을 간직한 여인으로, 혹은 진술 그대로 내가 어떻게 되든 임만 잘되면 좋다는 식의 여인으로, 자신감 넘치는 여인으로, 보은 이에 따라 다르게 읽힐 수 있는 것이 〈진달래꽃〉의 여인상이다.

그런데 앞선 2장 1절에서 언급했듯 구체적인 양상에서 다양한 모습을 보이고 있는 〈진달래꽃〉의 여인상을 전통이라 규정하는 것은 석연치 않다. 단순한 진술 이로 인해 애매모호함이 발생해 다양한 해석이 이루어지고, 다양한 여인상으로 파악할 수 있는 〈진달래꽃〉의 시적 화자를 전통적인 여인상이라고 규정하는 자체가 아이러니이기 때문이다.

그렇다면 이면적인 읽기를 통한 시적 화자의 다양한 모습은 차치하고 표면적 진술에 나타난 여인상은 전통적이라고 할 수 있는가? 이를 살피기 위한 일환으로 고려가요 중 〈진달래꽃〉과 유사한 이별의 상황에 놓인 시가를 대상으로 시적 화자의 태도를 살펴보았다. 물론 살펴본 몇 작품이 전통적 여인상의 전범을 보여준다고 생각하지 않는다. 다만 일면을 살필 수 있다는 점에서 나름 유용한 잣대가 되리라고 판단했다.

[표 2]

작품명	여인상
〈가시리〉	떠나버린 임에게 매달리는 여인
〈서경별곡〉	이별을 완강히 거부하고, 질투하는 여인
〈정읍사〉	기다림 속에서 자기 자신을 회복하고자 하는 여인
〈정과정〉	임의 무책임에 대한 질타와 사랑을 원망(願望)하는 여인

순종이 "순순히 따름"이라고 정의된다면, [표 2]에 나타난 고전시가의 여인들은 순종적이라 보기 힘들다. 물론 보기에 따라 고전시가의 여인들을 순종적이라 이해될 수도 있지만, 이 경우에도 〈진달래꽃〉이 희생과 헌신이 동반된 조건 없는 순종이라면, 고전시가에서 보이는 여인들은 매달리고, 거부하고, 따지고, 질투하고, 질타하는 모습을 보이고 있기 때문이다. 가장 유사한 양상을 보이고 있는 〈가시

리〉의 경우도 희생과 헌신의 모습이 나타나지는 않는다.

"스스로 밟혀지고 꺾어지는 것에 순종하"는[19] 〈진달래꽃〉의 여인을 전통적이 여인상으로 단정할 수는 없다. 오히려 유종호의 지적과 같이, 〈진달래꽃〉의 여인은 전통과는 다소 거리가 존재하는 작위적이고 부자연스러우면서 동시에 낭만적인 성향을 짙게 띠고 있다[20]고 보는 것이 타당하겠다. 다양하게 해석할 수 있는 〈진달래꽃〉의 여인은 전통적 여인상이라 규정할 수 없으며, 더 나아가 희생과 헌신 그리고 인내를 보이고 있는 절대 복종의 여인은 고전시가의 여인상과는 생소한 성향을 띠고 있다. 그렇다면 우리의 전통시 속에서 〈진달래꽃〉의 여인이 새로운 헤어짐에의 반응을 보여준다고 판단되는 이유는 어디에 있는가?

우선 이별이라는 상황의 유사성에도 불구하고 고전시가와의 이질성을 드러내는 이유는 그것이 관념적이면서 상상력의 소산이라는 데에 있다. 고전시가는 시적 화자의 상태이든 떠나버린 임의 상태이든 상대적으로 구체성을 띠고 있는 데 반해, 〈진달래꽃〉에는 그러한 것이 대체로 숨겨져 있다. 〈가시리〉에는 "나는 어떻게 살라고" 혹은 "잡아두고 싶지만" 등 시적 화자의 구체적인 심정이 드러나 있다. 시장에 가 오래 돌아오지 않는 남편을 기다리는 노래인 〈정읍사〉, 임만 나를 사랑해 주신다면 생계 수단을 버리고서라도 따라가는 혹은 대동강 건너편 꽃을 꺾어버리고 싶다는 매달림과 질투의 행위를 하는 〈서경별곡〉, 함께 하자는 약속을 제3자의 모함에 의해 저버린 임에 대해

19) 김열규, 「소월시의 아이러니」, 김열규·신동욱 편, 『김소월 연구』, 새문사, 1982, Ⅰ-48면.

20) 유종호, 앞의 논문, 27면.

따지고 질타하는 〈정과정〉과 비교하면 〈진달래꽃〉은 시적 화자의 심정이나 상태가 상대적으로 관념적이다. 그리고 상황 설정에 있어서도 구체적인 대상이 없고 감정적인 도취를 고양하기 위한 상상력의 소산일 뿐이다.[21]

둘째, 〈진달래꽃〉의 임의 돌아옴을 전제하고 있지 않다. 표면적 진술은 임을 향한 발언이라기보다는 자기 자신을 향한 독백적 성격이 농후하다. 〈가시리〉와 같이 "가시자마자 곧 돌아와" 달라는 식의 표현은 어디서도 찾아볼 수가 없다. '임의 돌아옴'이라는 전제가 없는 상태에서의 기다림을 형상화하고 있는 시가 〈진달래꽃〉이다. 이러한 점이 이별 상황에서 노래한 고전시가와의 차이를 드러낸다. 김소월을 '사랑 자체를 사랑한 시인'으로 평가[22]하는 것의 원인도 이러한 특징에서 비롯되었다고 판단된다.

관념적이면서 상식적이고, 이의 돌아옴이란 전제가 명시화되지 않은 상태의 기다림은 이전의 시에서는 볼 수 없는 생소한 이미지이다. 즉 옛 문학 속에서는 없었던 상황이다. 따라서 〈진달래꽃〉의 여인의 반응 역시 낯설지 않을 수 없다. 〈진달래꽃〉의 이별의 상황은 고전시가에도 빈번하게 설정된 것이면서도 그것의 구체적인 양상은 전혀 새로운 것이라 할 수 있을 듯하다. 즉 〈진달래꽃〉에서 형상화된 이별의 상황은 낯익은 것이지만, 여인의 반응은 낯설다. 이에 내용적 측면에서 〈진달래꽃〉의 전통성은 이별이라는 상황에서 찾을 수 있을 뿐 이별의 구체적인 상황이라든지 시적 화자의 태도 혹은 반응에 있어서는 찾을 수 없다. 이러한 점에서 진달래꽃을 비롯한 소월의 시를 전통적

21) 위의 논문, 29면.

22) 위의 논문, 30면.

인 특성을 지니고 있으면서 동시에 낭만적이고 근대적 성향을 띤 사랑의 행위로 파악한 권정우의 견해[23]는 타당하다. 〈진달래꽃〉의 여인상은 전통적인 성격을 지녔다기보다는 근대적이면서 낭만적 상상력에 의해 탄생된 것이라 할 수 있다.

3. 〈진달래꽃〉의 전통적 요소와 그 교육의 방향

교사용 지도서와 참고서에는 〈진달래꽃〉의 시적 화자를 전통적 여인상으로 제시하고 있음을 1장에서 언급하였다. 이러한 점은 학생들에게 많은 영향력을 행사하는 수학능력시험에서도 확인된다. 다음은 1999학년도 수학능력시험 언어영역의 문제에서 논의에 필요한 부분만 옮겨놓은 것인데, (가)는 〈진달래꽃〉을 (나)는 〈꽃〉을 말한다.

> 17. (가)와 (나)의 시적 화자가 대화를 나눈다고 할 때, 작품에서 드러나는 태도와 일치하지 않는 것은? 「2점」
> ② (가) : 떠나는 임에게 꽃을 뿌린다는 것도 소중한 사랑의 표현이라고 생각합니다. 슬프면서도 그것을 안으로 삭이며 인내하는 것이 우리 여인들의 전통적인 정서가 아니던가요?
> ⑤ (나) : 사실, 그런 측면이 있기는 합니다. 우리들의 감정이라는 것이 이러지도 못하고 저리지도 못할 때가 많지요. 그럴 경우 저도 결정을 내리지 못하곤 합니다.

이 문제의 답은 ⑤로 되어 있다. 〈진달래꽃〉의 시적 화자는 전통적

23) 권정우, 「근대적 사랑의 탄생」, 『한국언어문학』 제62집, 2007, 341~355면.

인 여인의 정서를 지니고 있다는 ②는 적절한 해석이 된다. 그런데 앞서 살펴본 바와 같이 〈진달래꽃〉 여인의 모습은 서구의 영향을 받은 근대적인 낭만적 상상력의 소산이다.[24] 구체적인 대상의 설정 없이 사랑 자체를 사랑한 그래서 이전에는 없었던 낯선 모습을 보이고 있기 때문이다. 우리 시의 전통 속에서 희생과 헌신만을 보이는 여성상은 사실상 찾아보기 힘들다. 사실이 이러함에도 〈진달래꽃〉의 시적 화자를 이별의 슬픔을 희생과 인고로 극복하여 임의 앞길을 산화공덕으로 축복하는 전통적인 여인의 모습으로 가르치게 되면 여러 가지 문제가 있을 것이라 예상된다.

먼저 전통적 여인상에 대한 왜곡된 이해를 하게 된다는 점이다. 고전시가에서는 기실 다종다기한 여성상을 보이고 있다. 이유 없는 희생, 순종 그리고 인내가 결코 전통 여인의 속성이 될 수 없다는 사실을 고전시가 속 여인은 보여주고 있다. 문학 특히 시교육은 인간의 이해를 궁극적 목적으로 하고 있으며 나아가 민족 문화의 속성을 더욱 분명히 깨닫게 하는 방향으로 설정되어야 한다는 면에서 신중을 기할 필요가 있다고 본다.

두 번째 문제는 과거와 현재의 단절의식을 강화한다는 데에 있다. 즉 과거는 지금과는 상당히 이질성이 있음을 인식하게 만드는 결과를 가져올 수 있다는 것이다. 현재적 관점에서 공감대를 형성할 수 없는 행위를 우리 선조는 했다는 식의 인식을 학생들로 하여금 가지게 할 수 있다.[25]

---

24) 김소월의 시를 감상주의(感傷主義), 퇴영주의로 보기도 하는데, 헤어짐의 상황에서 여인이 보인 태도만을 놓고 볼 때는 타당한 견해라 할 수 있다. 김소월 시에 가해진 비판은 유종호의 글을 참고 바란다. 유종호, 앞의 논문, 17면.

우리에게 익숙하게 인식되어온 전통들 중 어떤 것은 오랜 기간을 필요로 하지 않는다. 전통이라고 여겨져 온 것 중 몇몇은 특수한 시대적 혹은 사회·문화적 배경하에 이루어진 것일 수도 있다. 다소 극단적으로 말해 어느 특정 시기에 특정 가치관을 위해 만들어지기도 한다. 그래서 전통은 다분히 신화적인 성격을 띠고 있다. 여인들에게 요구되었던 순종이라든지 열녀의식이라든지 하는 이른바 전통이라 여겨져 왔던 것들은 16세기말에서 17세기 전반에 자리 잡기 시작하여 조선 후기 사회적 특성을 반영하는 사랑의 한 형태였다고 한다. 이러한 것이 근대 초기 사회에 강한 영향력을 행사하면서 근대 초기 지식인들은 이것을 줄곧 전통적 여인상이라 여긴 것이라 한다.[26] 이러한 면에서 전통이라고 여겨져 온 것들에 대해 신중한 재고의 필요성을 느낀다. 왜냐하면 시대적 배경이 지니고 있는 특수성에 기반하여 형성된 이른바 전통이란 것이 그 나라의 본질적 속성을 왜곡시킬 가능성이 있기 때문이다.

〈진달래꽃〉이 전통시의 반열에 올라 있는 시임에는 틀림없다. 시적 화자인 여인의 태도가 예전에는 볼 수 없었던 낭만적 태도를 보이

---

25) 학생들의 반응을 제시하면 다음과 같다.

"정말 그대에게 묻고 싶습니다. 좋아하는 임을 보낸다는 것이 말이 된다고 생각하세요? 물론 사랑하기에 떠난다는 말도 있지만 당신이 이별의 상황에서 하는 모습을 보면 아름답다는 생각도 들지만 사실은 오히려 그 반대가 된다는 느낌이 더 들기 때문입니다."

"당신은 사랑하는 사람과 헤어지기 싫어하는 듯한데, 그것을 몰라주고 그 사람이 떠나가고 있는 듯해 당신이 너무 안쓰럽습니다. (중략) 한 사람만을 운명적으로 사랑하는 것은 아름답게 보이기도 하지만 또 한편으로는 맹목적인 것 같아요. 맹목적인 사랑이 가치가 있을까요?"

26) 이인경, 『열녀 설화의 재해석』, 월인, 2006, 33면. 권정우의 논문에서 쓰여진 것을 재인용한 것임. 권정우, 앞의 논문, 345면.

고 있음에도 불구하고, 〈진달래꽃〉이 전통시로서의 성격을 지니고 있다는 견해에 대해 이의를 제기할 수는 없을 것이다. 다만 〈진달래꽃〉이 지니고 있는 전통적 성격은 시적 화자의 태도에서 찾을 것이 아니라 다른 점에서 찾아내야 한다는 것이다. 형식적 차원 및 소재적 차원 등에서 〈진달래꽃〉은 전통적이다. 이러한 전통적 요소와 헤어짐의 구체적 양상 그 속에서 나타나 있는 시적 화자의 생경한 태도가 함께 하고 있는 것이 〈진달래꽃〉이다. 즉 〈진달래꽃〉은 분명 전통적인 요소를 지니고 있다. '진달래'라는 전통 소재, 이별 혹은 헤어짐의 상황 그리고 기다림의 심정을 여성 화자의 목소리로 담고 있다는 점에서도 전통적이라 할 수 있다. 그러나 여성 화자의 태도는 전통시 속에서는 낯선 존재이다. 바로 이러한 점이 〈진달래꽃〉이 전통적이면서 동시에 근대적이라고 평가받은 이유이기도 할 것이다. 토착적 요소와 반토착적 요소 사이에서 빚어지는 긴장을 시인의 탁월한 시적 재능에 의해 절묘한 아름다움으로 승화시키고 있는 것이 〈진달래꽃〉이다.

고등학교『국어(하)』수록되어 있는 이기백의「민족 문화의 전통과 계승」에서는 전통을 "과거에서 이어 온 것을 객관화하고, 비판을 통해서 현재의 문화 창조에 이바지할 수 있다고 생각되는 것"이라고 정의하고 있다.[27] 바로 이러한 관점에서 〈진달래꽃〉의 전통성은 확보된다. 즉 〈진달래꽃〉의 전통성은 저쪽으로부터 유입되어 온 낭만적 사랑을 전통 소재·정서와 융합시킴으로써, 다소 낯선 헤어짐에의 반응을 자연스럽게 느껴지도록 성공적으로 형상화하고 있다는 점에

27) 고등학교『국어(하)』, 교육인적자원부, 두산, 2002, 166면.

있다. 즉 외래적 요소와 과거로부터 이어져 내려온 시적 요소를 동화시키고 있다는 점에서 〈진달래꽃〉의 전통성은 확보되고, 이러한 방향으로 교육이 이루어져야 할 것이다.

사설시조 속 '노년'의 형상화 양상

1. 노년 연구의 필요성

노년은 대부분 사람에게 숙명적으로 다가온다. 노년은 초역사적이며 초공간적으로 존재한다. 그런데 노년에 대한 인식은 사회적 상황에 따라 다르다.[1] 농경 시대의 노인과 산업화 시대의 노인은 같은 노인이면서 다른 노인이기도 하다. 농경 시대를 거쳐 근대화, 산업화, 자본주의, 정보화 사회로 변모하면서 사회의 구조와 상황이 변화하고, 이러한 과정 속에서 노인은 점차적으로 소외되고 디아스포라적 존재로 전락해 버렸다. 존경의 대상이자 지혜의 원천으로 여겨졌던 노인이 이제는 소외되고 쓸모없고, 급기야 짐스러운 존재가 되어 버린 것이다. 이제껏 여성·노동자·서민 등 디아스포라적 존재들을 주변주에서 중심부로 위치 이동시키기 위한 움직임이 사회 전 분야에 걸쳐 일어났다면, 이제 노인 문제도 그 움직임에 포함시켜야 한다.

우리나라는 현재 세계에서 유래가 없을 정도로 빠르게 초고령화

1) 시몬느 드 보부아르, 홍상희·박혜영 옮김, 『노년』, 책세상, 2002, 18~23면.

사회로 진행되고 있다.[2] 노년 문제에 대한 적극적 대응책이 마련되어야 할 시기이다. 그렇다면 노인이 인간으로서의 삶을 향유하려면 어떤 조건이 충족되어야 하는가? 첫째는 사회 체제가 변화해야 한다. 노인이 인간다운 삶을 누릴 수 있는 제도적 장치를 마련해야 한다. 둘째는 노년 인식에 대한 근본적인 변화가 뒷받침되어야 한다. 전통 사회의 효윤리인 '물질적 봉양과 뜻의 받듦'에만 기댈 수는 없다. 현대사회에 맞는 효윤리의 구체적이고도 새로운 모습이 모색되어야 한다.[3] 이 두 가지가 소망스러운 방향으로 전개될 때 노인이 인간으로 대우받는 사회가 될 것이다.

본고는 노인에 관한 인식론적 접근의 일환으로서 조선 후기 고전시가인 사설시조를 대상으로 고찰하고자 한다. 사설시조에 노인이 어떻게 형상화되고 있는가를 살펴보고자 하는 것이다. 그 이유는 무엇인가?

노년에 대한 인식은 인간의 본질적인 차원에서 접근해야 할 필요가 있다. 본질적 차원의 접근이란 인간으로서 지니고 있는 노인의 욕망을 적극적 차원에서 인정함을 뜻한다. 노인은 노인 이전에 인간이며, 육체적 쇠약이라는 핸디캡이 인간다운 삶의 포기를 의미하지 않기 때문이다. 노쇠현상과 욕망감소는 다른 차원이다. 그런데 조선 후기 사설시조에서는 종래의 관습화된 미의식과 규범적 세계상으로 벗어나 인간의 욕망이 분출되고 있다.[4] 사설시조에 등장하는 노인 역

2) 임헌규, 「노년문제에 대한 동양철학적 접근(1)」, 『철학연구』 제108집, 대한철학회, 2008, 184~186면.

3) 이철우, 「노인관의 변화와 대응방안 모색」, 『한국사회』 제1집, 1998, 156~157면.

4) 김흥규, 『한국문학의 이해』, 민음사, 1986, 50면.

시 욕망의 소유자이자 욕구의 분출자로 그려지고 있다. 이는 이전 문학에 등장하는 노인의 모습과는 이질적인 성향을 띤 것이라 판단되는데, 이것이 사설시조를 대상으로 노인 인식을 살펴보고자 하는 이유이다.

조선 후기 사설시조 속 노인은 현대 노인의 모습과 인간 본질적인 측면에서 상당 부분 닮아있다. 최근 발표된 박진표 감독의 영화 〈죽어도 좋아〉, 박민규의 소설 〈낮잠〉, 1961년 발표된 다니자키 준이치로[谷崎潤一郎]의 〈미치광이 노인일기〉 등에서 보이는 노인과 사설시조에 형상화된 노인상은 유사하다. 노인이 노인이기 이전에 인간으로서 욕망과 욕구의 소유자라는 전제를 인정한다는 점에서 그렇다. 이에 노인에 대한 인식 측면에서 시간과 공간을 초월하여 존재하고 있는 노인의 욕망을 적극적으로 인정하는 전고(典故)를 마련할 수 있으리라는 기대, 그래서 현대 노인 문제 해결에 대한 참고사항을 늘려보자는 소박한 취지에서 본고는 출발한다.

본고는 노인 소재 사설시조를 분석하여 노년의 형상화 양상을 살피는 데에 목적이 있다. 이는 앞서 말한 대로 현대 노인 인식의 전고를 마련하는 데에 일정 정도 기여할 것으로 기대된다. 조선 후기 사설시조 속에 나타난 노인은 인간으로서의 욕망을 지니고 있는 존재로 형상화된다. 이는 노인의 욕망은 시공을 초월하여 존재하고 있다는 증거가 될 수 있으며, 노인의 욕망을 적극적으로 수용해야 하는 현대 사회에 시사하는 바가 자못 크리라고 판단된다. 또한 본고는 '노인'을 문학적 단위로 한 주제론적 탐색으로, 소수 고전시가 전공자들의 경계를 넘어 타 장르[특히 현대문학 혹은 영화 등]와의 소통 가능성을 열어주는 데에 공헌할 수 있을 것이다.[5] 나아가 조선 후기 사설시조를 두고 벌어진 오랜 논쟁인 근대성 유무 혹은 그 성격에 대한 폭넓은 시야를 확보하는 데에 도움을 줄 수 있으리라 기대된다. 조선 후기 노인의 문학적 형상화 양상의 경향을 검토하여 그 의의와 한계점을 밝힘으로써, '노인의 형상화 양상'을 기준으로 조선 후기 사설시조의 노인상은 중세와 근대 사이에서 어디에 위치하고 있는가를 확인할 수 있기 때문이다.

2. 고전 문헌 속 노년상

'노년'이란 단어는 여러 의미를 함축하고 있다. 양지와 음지가 엎치락뒤치락하고, 긍정과 부정이 갈팡질팡한다. 점잖음 · 인자함 · 다사로움 등의 감정을 불러일으키고 엄함이 서로 맞물려 있다. 노장(老丈)을 비롯해서 노실(老實), 노공(老功), 노수(老手), 노성(老成), 그리고 장로(長老)와 기로(耆老)에 이르기까지 긍정적 면이 부각된 낱말들이 있는가 하면, 노쇠(老衰), 노병(老病), 노후(老朽), 노물(老物), 노둔(老鈍), 노약(老弱) 등 부정적인 의미의 단어들이 함께 공존하고 있는 것이 '老'이다.[6] '老'의 이러한 긍정과 부정의 다양한 모습은 통시적으로도 그러하다. 노년에 대한 인식에는 문화적 요인들이 개입되게 마련인데, 시간의 흐름은 사회적 상황의 변화를 가져올 수밖에 없기 때문이다.

---

5) 김흥규, 「한국 고전시가 연구와 주제사적 탐구」, 『한국시가연구』 제15집, 2004, 9면.
6) 김열규, 『노년의 즐거움』, 비아북, 2009, 17~29면.

가령, 전통사회에서 노년은 젊음의 대척적 존재가 아니었다. 젊은 이와 노인은 상부상조의 관계였으며, 어느 면에서 노인의 역할은 사회를 원만히 돌아가게 하는 근원이었다. 그러나 시간이 흘러 현대에 오면서 노인은 비생산적인 자로 전락되었다. 젊음과 노년은 대척적 존재가 되어 버린 것이다. 그런데 노인 인식 양상은 단면적이지 않다. 시대를 달리하여 긍정과 부정이 단정적으로 나타나는 것이 아니라 상호 공존하면서 역동적 양상을 띠기 마련이다. 뒤에서 거론하겠지만 가령 노인에 대해 부정적인 인식이 지배적이라 하더라도, 그 속에는 노인의 사회적 역할에 대한 긍정적인 기대 또한 자리하고 있다.

다양하면서도 역동적인 노인에 대한 인식을 구명하기 위해서는 문화기호학적 시각이 유용하다. 기호의 해석은 약호가 찾아질 때 가능한데, 약호는 사회적 조건과 문화적 환경에 따라 달라진다.[7] 기호들이 어떠한 법칙에 의해 기호 활동이 이루어진다고 할 때 그 구체적인 모습은 대개 양항성(兩項性)과 비대칭성(非對稱性)을 지니면서 나타난다. 즉 어떠한 기호든 그 기호는 활동하던 그 사회의 조건과 문화 환경에 따라 양항 대립 체계를 달리하면서 의미화된다. 그런데 양항 대립은 어느 한 쪽이 지배소로 작용하는 즉 비대칭성을 보인다. 단순한 대립에 머무르지 않고 하나가 다른 하나를 통합하려는 역동적 움직임을 보이는 것이다.[8]

예를 들어, 『삼국유사(三國遺事)』의 기호계(記號界) 속에는 '불교 대 주술', '문학 대 역사', '미토스 대 로고스' 등의 양항이 비대칭적으로 대립하면서 역동적 양상으로 통합된다. 이 논문은 이러한 시각에

7) 송효섭, 『문화기호학』, 민음사, 1997, 38면.

8) 송효섭, 『설화의 기호학』, 민음사, 1999, 82~84면.

서 노인이란 문학적 테마를 살피는 주제론적 탐색이다.

'노인'은 문화적 의미를 가진 문화기호이다. 즉 '노인'이란 단어에는 수많은 문화적 의미들이 공존하고 있다. 그 중 본고에서는 몇몇 기록을 통해 문화적 기호로서 '노인'이 지니고 있는 성격을 범박한 수준에서나마 파악해보고자 한다.

1) 초월적 존재(超越的 存在) 대 인간적 존재(人間的 存在)

『삼국유사』는 수많은 층위들이 약호로 얽혀있는 복잡한 텍스트다. '노인' 역시 이러한 자장 속에서 자유롭지 못하다. 『삼국유사』는 미토스와 로고스라는 두 가지 약호를 얽히고설킨 상태로 있는데,[9] 이는 '노인'의 형상화 양상에도 작용한다.

> 第21대 비처왕 즉위 10년 무진에 왕이 천천정으로 거동하였더니 이 때에 까마귀와 쥐가 와서 울었다. 쥐가 사람의 말로 말하기를, "이 까마귀가 가는 곳으로 따라가 보소서."라고 말했다.
>
> 왕이 말 탄 군사를 시켜 그 뒤를 밟아 쫓아가 보게 하였다. 군사가 남쪽을 피촌에 이르러 돼지 두 마리가 싸우는 것을 머뭇거리면서 구경하다가 그만 까마귀 간 곳을 놓쳐버렸다. 길가에서 방황하고 있을 때에 마침 웬 노인이 못 가운데에서 나와 편지를 올렸다.
>
> 편지 겉봉에 쓰여 있기를, "떼어보면 둘이 죽고 떼어보지 않으면 한 사람이 죽는다."라고 하였다. 심부름 갔던 군사가 돌아와 편지를 바치니 왕이 말하기를, "만약에 두 사람이 죽을 바에는 편지를 떼지 않고 한 사람만 죽는 것만 같지 못하다."라고 하였다.

---

9) 송효섭, 『초월의 기호학』, 소나무, 2002, 20면.

> 점치는 관리가 아뢰어 말하기를, "두 사람이라는 것은 일반 백성이요, 한 사람이라는 것은 임금님이외다."라고 하니 왕이 그럴 성싶어 떼어보니 편지 속에 "사금갑"이라고 쓰여 있었다. (기이 제2, 거문고집을 쏘다)

위 이야기는 대부분이 상징적이다. 쥐와 왕이 대화를 나누고, 갑자기 나타난 노인이 일종의 수수께끼를 왕에게 제시한다. 수수께끼의 해석에 따라 왕은 죽을 수도 있다. 점치는 관리가 나타나 이를 해결한다. 커뮤니케이션이 소통을 보이다가 실패를 하고 또다시 소통한다. 그래서 신비로운 이야기로 여겨진다. 여기서는 "웬 노인이 못 가운데에서 나와 편지를 올렸다."는 부분에 주목하고자 한다.

편지를 바친 "웬 노인"은 일단 인간의 모습으로 나타난다. 하지만 끊어진 커뮤니케이션을 연결하는 중요한 메시지를 담고 있는 편지를 제시하고 있다는 면에서, 초월적 모습을 뒤에 감추고 있다 하겠다.[10] "못 가운데에서" 나왔다는 점에서 보거나, 편지 수신자(受信者)인 왕으로 하여금 마땅히 전개되어야 할 방향으로 서사를 이끄는 결정적 역할을 하고 있다는 점이 범상하지 않기 때문이다. 그리고 전달하는 메시지가 담고 있는 의미가 모호하기에 노인의 비범성은 더더욱 부각된다. 즉 자연적 인간으로서의 모습을 약화시키고, 초월적 존재로서의 성격을 강화시키고 있다. 노인은 서사 진행의 결정적이고 핵심적인 역할을 담당하는 존재로서, 초월적 존재로서의 성격이 인간적 존재로서의 성격을 통합하는 방향으로 의미화되고 있다. 그래서 다음과 같은 도식화가 가능하다.

---

10) 위의 책, 95면.

초월적 존재 〉 인간적 존재

『삼국유사』「피은」편 '연회도명 문수점'조에 나오는 노인, 「기이2」편 '수로부인'조 소를 끌고 온 노인, 〈해가〉와 관련된 노인은 모두가 초월적 성격을 강하게 지니고 있다 하겠다. 동양 고전에 흔히 등장하는 신선은 전부가 노년을 전제하고 있는데,[11] 이 또한 초월적이고 신비로운 존재이다.

2) 규범적 존재(規範的 存在) 대 일탈적 존재(逸脫的 存在)

이 절에서는 '초월적 존재 〈 인간적 존재'일 때 나타나는 구체적인 노인상을 살피고자 한다. 초월적 존재로서의 성격이 약화되고 인간적 존재로서의 성격이 강화될 때 노인은 규범적인 모습으로 나타난다. 우리는 노인에게 마땅한 행위와 사고를 요구한다. 원숙, 경험으로부터 획득된 지혜와 지식, 절제 등이 그것이다. 규범적 존재로서의 노인이란 바로 이런 것을 염두에 두고 설정한 범주다. 이와는 반대로 잔꾀를 부리고, 욕망을 가감 없이 분출하는 등의 성격이 강한 노인을 반규범적 존재로서 일탈적 존재로 규정하였다.[12] 아래 제시된 글은 조선 중기 학자인 고상안(高尙顔, 1553~1623)의 태촌집에 실려 전한다.

옛날에 늙은 쥐가 한 마리가 있었다. 이 쥐는 먹을 것을 훔치는 데는

11) 김열규, 앞의 책, 173면.

12) 본고에서 '규범적 존재'를 긍정, '일탈적 존재'를 부정으로 보는 인식은 지양한다. 여기서 '일탈'이란 '규범'과 거리가 있다는 의미일 뿐 부정(negative)의 의미로 사용하지 않기 때문이다. 가령, '욕망의 표출'은 이전에 없던 현상이었다는 면에서 '일탈'로 규정하였다. 비행(非行)으로서의 '일탈'을 의미하지 않는다.

귀신같았다. 그러나 늙어서 눈이 침침해지고 기력이 떨어져 나다닐 수가 없었다. 그래서 여러 쥐들이 그에게 가서 먹을 것을 훔치는 법을 배우고 그 대가로 훔쳐온 것을 그에게 나누어주곤 하였다. 이렇게 얼마간 지나자 쥐들은 마침내 늙은 쥐의 술수를 다 배웠다고 여기고 다시는 먹을 것을 나누어주지 않았다. 이에 늙은 쥐는 분을 품은 채 지냈다.

어느 날 저녁, 시골 아낙네가 밥을 지어놓고 돌로 솥뚜껑을 눌러놓은 채 이웃으로 마실을 나갔다. 여러 쥐들은 밥을 훔쳐 먹으려고 갖은 꾀를 다 부렸으나, 훔쳐낼 방도가 없었다. 어떤 쥐가 말했다.

"늙은 쥐에게 방법을 물어보자."

다른 쥐들도 모두 그게 좋겠다고 하여 일제히 늙은 쥐에게 몰려가서 방법을 물었다. 그러자 늙은 쥐는 노기를 띠면서 말했다.

"너희들은 모두 내게 방법을 배워서 항상 배부르게 먹고 지냈다. 그런데 지금 와서는 나에게 먹을 것을 나누어주지 않는다. 나는 가르쳐주고 싶지 않다."

쥐들이 모두 고개를 숙이고 절을 하면서 사정하였다.

"저희들이 참으로 잘못하였습니다. 지난 일은 어쩔 수 없지만 앞으로는 잘 모시겠으니, 부디 밥을 훔쳐낼 방도를 가르쳐주십시오."

그러자, 늙은 쥐는 이렇게 일러주었다.

"솥에는 발이 세 개 있다. 그 중 발 하나가 놓은 곳을 파내면 조금만 파도 솥이 기울어져서 저절로 뚜껑이 열릴 것이다."

여러 쥐들은 달려가서 땅을 파냈다. 그러자 과연 늙은 쥐의 말대로 솥뚜껑이 열렸다. 쥐들은 배부르게 실컷 먹은 다음 남은 밥을 싸가지고 와서 늙은 쥐에게 바쳤다.[13)]

인간의 노년을 상징하는 늙은 쥐는 삶의 지혜를 가진 존재다. 비생

---

13) 신승운 외 옮김, 『고전읽기의 즐거움』, 솔, 1997, 144~145면.

산자라 여겨졌던 존재가 이윤의 원천이 됨을 보여줌으로써 노인의 존재 가치를 깨닫게 하는 이야기이다. 앞서 제시한 글에서처럼 늙은 쥐가 상징적 의미를 지니고 있지만, 소통의 장애를 주지는 않는다. 삼국유사의 노인들처럼 애매한 메시지를 제시함으로써 상황의 애매함을 형성하고 또 다른 장치에 의해 애매함을 분명함으로 유도하는 식의 양상은 보이지 않기 때문이다. 그래서 늙은 쥐는 단순한 상징에 불과하기에 초월적 존재로서의 성격은 유표화되지 않는다. 자연적이고 인간적인 존재라 하겠다.

늙은 쥐는 애초에 부정적인 이미지로 그려지고 있다. '눈이 침침하고 기력이 쇠하자' 더 이상 사회의 쓸모없는 존재로 전락하게 된다. 그러나 결국 늙은 쥐는 사회에서 요구하는 미덕을 가지고 있는 자로서 형상화되고 있다. 즉 과거 경험을 통해 습득된 지혜와 지식의 소유자이자 전달자로서의 역할에 충실한 존재이다. 사회 기대치에 부응하는 존재로서의 성격이 강하다. 이에

규범적 존재 (지혜의 소유)	〉	일탈적 존재 (욕구의 표출)

로 도식화가 가능하다. 이 도식을 앞 절에서 살핀 것과 함께 나타내면 다음과 같다.

초월적 존재	〈	인간적 존재 [규범적 존재(지혜의 소유) 〉 일탈적 존재(욕구의 표출)]

아래 제시한 글은 '늙은 쥐'와는 다른 노인상을 보이고 있다.

어떤 시골 할미가 젊은 며느리와 같이 들에 나가 김을 매고 있었다. 마침 소나기가 갑자기 내려 냇물을 불었다. 할미가 건너지를 못하고 물가에서 어정거리고 있었다.

그때 마침 한 소년이 지나가더니 말을 걸었다.

「날은 저물고 물은 깊어 여인의 몸으로서는 건널 수 없으리니, 제가 업어다 드리지요.」

「고맙기도 하지요. 먼저 며느리를 건네주고 나서 나를 건네주시오.」

소년이 곧바로 며느리를 업고 먼저 건너더니, 건너편 언덕에 이르자 끌어안고 정을 통했다. 할미가 쳐다보고는 큰소리로 외쳐댔다.

「얘야! 얘야! 몸을 돌려라. 몸을 돌려.」

한참 뒤에 또 할미를 업고 건널 때 역시 끌어안았다. 이번에는 며느리가 입술을 삐죽거리며 말했다.

「아까 저에게는 몸을 돌리라고 하시더니, 어머님은 몸이 돌아갑디까?」

조선 후기 소화집인 『명엽지해(蓂葉志諧)』 제34화 '고책번신(姑責翻身)'(할미가 몸을 돌리라고 나무라다)이다. 평을 보니, 남에게는 엄하면서도 자기에게는 관대한 세상 풍속을 풍자하기 위해 끌어온 이야기인 듯하다. 이 소화는 규범적 가치의 전달이라는 목적을 위해 일탈적 행위를 하는 노인을 등장시킨다. 며느리에게 규범적 가치를 요구하였던 노인이 정작 자신에게는 규범보다는 욕망을 앞세운다.

우선, 논평과 소화의 부조화가 눈에 띈다. 소화의 핵심은 아무래도 노인의 이율배반적인 행위이자 성적 욕구의 표출에 있는 듯한데, 논평은 도덕적 가치의 강조에 있으니 말이다. 음담을 읽고 깨달아야 하는 교훈으로는 지나치게 거창하다는 느낌이 들기 때문이다.[14] 그래서 '고책번신' 이야기는 이중의 충돌이 일어난다. 논평과 소화 사이, 노인의 말과 행동 사이에 동일한 충돌 양상이 그것이다. '규범'과 '일탈'이 대립한다. 소화 속 노인은

규범적 존재 (지혜의 소유)	〈	일탈적 존재 (욕구의 표출)

로 규정지을 수 있겠다.

위 논의는 다소 범박한 수준에 이루어졌다. 유형화가 지니고 있는 위험을 십분 인정하면서도 범주화를 시도한 이유는 사설시조에 형상화된 노인상 파악의 좌표를 설정하고자 하는 데에 있었다.

3. 사설시조에 형상화된 노년의 모습과 그 문화적 의미

1) 조선 후기 이전 시가에 형상화된 노인상

〈공무도하가(公無渡河歌)〉의 '백수광부(白首狂夫)'와 〈헌화가(獻花歌)〉의 '견우노옹(牽牛老翁)'이 우리나라 시가에 등장하는 노인의 첫 모습이다. 이들 노래는 부대설화와 함께 전해지는데, 노인의 정체를 두고 말이 많다.

〈공무도하가〉에서 물에 빠져 죽는 노인은 '백수광부' 즉 머리가 새하얀 미치광이 사나이다. 이 노인을 주신(酒神)이라고도 하며 무부(巫

14) 류정월, 『오래된 웃음의 숲을 노닐다』, 샘터, 2006, 283~290면.

夫)라고도 하며 혹은 필부(匹夫)로 보기도 한다. 누구며, 왜 물에 빠져 죽었는가를 풀 수 있는 단서가 없다. 즉 배경설화 자체가 애매모호성을 지니고 있다. 신비스러움을 간직하고 있다 하겠는데, 그 원인이 배경설화의 애매모호함에서 비롯된 것인지, 신화적 세계관의 표출에서 나온 것인지는 확신할 수 없다. 정신착란적 증세를 보이는 실성한 남편인지, 아니면 신비스러운 신화적 존재로 봐야 할 것인지가 확실치 않다는 것이다. 이러한 분분한 연구 결과가 나오게 된 데에는 주술적 성격이 강한 시대적 배경을 염두에 두고 있기 때문이라는 점만은 확인할 수 있겠다.

〈헌화가〉 역시 '견우노옹' 정체를 해석하는 데에 있어서 의견이 분분하다. 배경설화와 노래로 알 수 있는 노인의 비범성은 노인의 정체를 초자연적인 능력의 소유자로 보게끔 한다. 불교적 선승으로, 도교적 신선으로, 무속적 신격 등의 해석이 그것이다.[15] 간혹 촌부(村夫)로 해석하고자 하는 시도도 보인다.[16]

노인의 정체를 두고 일어나는 논쟁은 텍스트를 지배하는 약호를 미토스로 보느냐 로고스로 보느냐에 있다. 어느 시대, 어느 텍스트나 미토스와 로고스라는 두 층위의 담론이 작용한다는 점을 감안한다면 모든 견해는 일견의 타당성을 지니고 있다. 세상을 신화적·주술적 세계관과 인간적·합리적 세계관의 충돌과 긴장으로 본다면, 이 두 노인을 어느 세계관을 중심으로 살펴보느냐에 따라 이견이 나올 수 있기 때문이다.

여기서 확인할 수 있는 것은 두 노인 다 초월적 존재로서의 성격과

15) 성기옥, 「〈헌화가〉와 신라인의 미의식」, 『한국고전시가작품론1』, 집문당, 69면.
16) 박노준, 『신라가요의 연구』, 열화당, 1982, 198~204면.

인간적 존재로서의 성격을 함께 지니고 있다는 점이다. 그런데 이들의 상황이나 모습, 행위들이 보통 사람이라고 여기고 지나치기에는 뭔가 석연치 않은 점들이 많다. 텍스트를 해석하는 데에 장애되는 요소가 많기에 초월적이고 신비로운 존재로 보고자 하는 경향이 강하다 볼 수 있다.

간헐적으로 보이던 노인 소재 시가가 시조에 와서 상대적으로 빈번히 나타난다. 『역대시조전서』에 실려 있는 3,335수의 시조 중 130수 정도가 늙음을 소재로 하고 있다. 윤영옥의 고찰에 따르면 이들 130수의 내용은 늙은 모습을 부끄러워함, 늙음의 한탄, 아쉬움, 유유자적 등이라 한다.[17] 이를 통해 유추해보건대, 앞서 살펴본 〈공무도하가〉, 〈헌화가〉에 형상화된 노인과는 거리가 있어 보인다. 신화적이고 초월적인 성격이 약화되고 인간적 모습이 강화되어 있기 때문이다. 평범한 존재로서의 노인은 두 가지 양극단의 모습을 지니고 있기 십상이다. 늙음은 신체적 노쇠, 무력, 추함으로 여겨지기고 하지만, 성숙, 노련, 완숙의 존재일 수도 있다. 따라서 늙음의 한탄이나 유유자적은 노인의 양면성이다. 평시조에서 보이는 노인상은 신적 초월적 존재로서의 성격이 약화되면서 인간적이고 평범한 존재로서의 성격이 강화되고, 그 구체적인 모습은 양면성을 지니면서 형상화되고 있다 하겠다.

이렇게 보면 시대와 자료의 성격에 따라, 신화적이고 초월적 존재로 혹은 평범한 인간적 존재로의 성격이 비대칭적 모습을 보이면서 노인이 형상화됨을 알 수 있겠다. "마법을 믿지 않고 구전 전통이 거

17) 윤영옥, 「시조에 나타난 노인의 모습」, 『한민족어문학』 제39집, 2001, 19면.

의 없는 더 진보된 민족에게서 노인들의 역할이란 매우 적다."는 보부아르의 지적은,[18] 주술적 세계관이 약화되면서 노인이란 평범한 인간적 존재의 양상을 띠게 된다고 해석 가능 하다는 면에서 시사하는 바가 크다.

2) 조선 후기 사설시조에 형상화된 노인상

여기서 거론할 사설시조가 노인상을 살피는 데에 있어서 대표성을 띠진 않는다. 젊은 시절 세상의 부귀영화를 누린 후 전원으로 돌아가 자연을 벗 삼아 유유자적하는 노년을 형상화한 작품도 있으며, 자연과 함께 순리대로 늙어가기를 소망하는 노년도 그리고 있는 작품도 있다. 이른바 바람직한 노인상을 보이는 작품이 오히려 일반적 성향이라 할 수 있을 듯하다. 따라서 본고에서 살피고자 하는 사설시조들은 그 이전 시가에서는 보이지 않던 특이한 경향을 보이고 있는 작품들이다. 본고에서는 두 가지 상황을 설정했는데, 이도 필자가 고찰한 결과를 토대로 한 것이지 모든 경우를 범주화한 것도 절대 아니다. 본고의 고찰을 통하여 노인에 대한 인식에 있어서 그 이전과는 다른 경향이 나타나고 있음을 알아보고 그것이 지니고 있는 문화적 혹은 문학사적 의미는 무엇인가를 살펴보고자 한다. 본고의 고찰 결과가 일반성을 띠기 위해서는 더 많은 자료에 대한 고찰이 뒷받침되어야 한다.

---

18) 시몬느 드 보부아르, 앞의 책, 99면.

(1) 늙음을 탄식하는 노인

우선 탄로(嘆老)를 노래한 평시조를 보자.

넓으나 넓은 들에 흐르나니 물이로다
인생이 저렇도다 어드러로 가는게오
아마도 돌아올 길 없으니 그를 슬허 하노라

세월이 가고 오지 않음을 물에 비유하여, 늙음의 슬픔을 노래한 시조이다. 늙음을 소재로 했을 때 흔히 보이는 성향의 작품이다. 시간의 빠른 흐름은 비단 노인의 문제만은 아닐 것이다. 젊은 사람들에게도 시간은 빠르게 지나간다고 여겨질 수 있다. 그럼에도 불구하고 노인에게 더욱 민감하게 느껴지는 것은 노인이 가지고 있는 이중의 유한성, 즉 미래의 짧음과 닫혀 있음에 기인한다.[19] 늙음의 탄식을 보이는 사설시조를 보자.

각시님 엣뿌든 얼골
져 건너 넉싸에 홀노 옷뚝 션는
슈양버드나무 고목 다 도야
셕어 스러진 광더등거리 다 되단 말가
졀머쏘자 졀머쏘자 셰 다섯만 졀머쏘자
열ᄒᆞ고 다섯만 졀무 량이면 너 원더로 －『남훈태평가』

져멋고쟈 져멋고쟈 열 다섯만 져멋고쟈
에엿분 얼골이 냇ᄀᆞ에 셧는

19) 위의 책, 523면.

垂楊버드나모 광대 등걸이 되연제고
우리도 少年 行樂이 어제론 듯 ᄒᆞ여라 —『진본 청구영언』

‘탄로’가 주제이면서도 구체적인 모습에서 평시조와 비교하여 상당히 이질적이다. 사설시조의 특징으로 거론되어 온 구체성이 여기서도 드러난다. 어여쁜 얼굴과 파리해져 뼈만 남아 있다는 뜻의 광대 등걸을 대비하여 늙음과 젊음의 차이를 여실히 드러내고 있다. 젊고자 하나 젊어질 수 없다는 사실을 구체적 사물을 통해 생생하게 표출하고 있다.

내가 아이 적에 늙은이를 희롱터니
이제 내 늙으니 아이 웃음 되었구나
아이야 늙은이 희롱말고 아이대로 놀아라

아흔 아홉곱 먹은 老丈이 濁酒 걸러 醉케 먹고
납죡됴라ᄒᆞᆫ 길로 이리로 뷧독 져리로 뷧척
빗독 뷧쳑 뷔거를 적의
웃지 마라 져 靑春 少年 아희놈들아
우리도 少年적 ᄆᆞ음이 어졔론 듯 ᄒᆞ여라 —『진본 청구영언』

사람이 늙은 후에 또 언제 젊어볼고
빠진 이 다시 나며 센 머리 검을소냐
세상에 불로초 없으니 그를 슬허하노라

져 얼골 져 보와도 더럽고도 슬뮈웨라

검버셧 구름 찐 듯 코춤은 쟝마 진 듯
以前에 업든 뼈시 바회 엉덩이에 울근불근
우리도 少年 行樂이 어제런 듯 ᄒᆞ여라 -『육당본 청구영언』

앞 두 시조는 희롱거리가 되는 노인을 그리고 있으며, 아래 두 시조는 노인의 모습을 형용하고 있다. 동일한 내용을 담고 있는 평시조와 사설시조는 구체성 면에서 차이를 보인다. 희롱거리로만 처리한 평시조와는 달리 사설시조에서는 술에 취해 휘청거리는 노인의 걸음걸이를 묘사하고 있다. 그리고 이가 빠지고 머리가 희게 된 노인의 모습을 간략하게 처리하고 있는 평시조에 비해 사설시조는 얼굴에 피어난 검버섯을 구름 낀 것으로, 콧물이 흐르는 모습을 장마 진 것으로, 앙상한 엉덩이를 뼈새 바위로 묘사하여 구체성을 띠고 있다. 이렇게 사설시조의 노인상은 구체성을 띠고 묘사되고 있다는 점에서 기존 시가의 노인상과 변별된다.

앞선 2장에서 주술 지향적 시대 노인은 '초월적 존재 〉 인간적 존재'로 나타난다고 하였다. 주술적 · 초월적 세계관이 약화되면서 '초월적 존재 〈 인간적 존재'로 되는데, 그 구체적인 모습은 '규범적 존재 〉 일탈적 존재' 혹은 '규범적 존재 〈 일탈적 존재'의 양항 대립의 체계를 세울 수 있다 하였다. 그런데 이 대립항에는 '정신적 존재 : 육체적 존재'라는 또 다른 대립항을 겹칠 수 있다. 정신적 존재는 규범적 존재와, 일탈적 존재는 육체적 존재와 동궤를 이룬다 할 수 있겠는데, 이에 '일탈'은 폭넓은 의미망을 가진다. 전통적 노인상이 다분히 정신적인 의미에서 인식하였다는 면에서, 노인의 육체적인 성격을 부각시키는 것은 전통적 노인상과 거리가 있다. 이것을 일탈로 보았다.

다시 본 항의 논의로 돌아오자. 사설시조의 구체성은 육체적 묘사로 특징 지워진다. 이는 사설시조의 시적 초점이 주제에 집중하게 하는데 장애된다. 육체로의 집중은 진지한 주제를 이끌기에는 부적절하다. "정신적인 것임에도 불구하고 우리의 관심을 한 사람의 육체로 향하게 하는 사건은 무엇이나 다 희극적이기 때문이다.[20] 그래서 진지한 그러면서 긴 독백을 하는 중에는 앉지 않는다고 한다. 주인공의 육체에 집중하지 않게 하기 위해서이다.

작품 창작을 통어하는 지배적 요소를 '초점(焦點)'이라고 할 때, 이 사설시조들의 초점은 주제의 부각이 아닌 재미있는 표현의 추구에 있는 듯 보이게 한다. 추한 노인의 모습을 사실적으로 묘사함으로써 탄로의 슬픔을 느끼기보다는 우스개로 될 가능성을 사설시조는 다분히 지니고 있는 것이다.

(2) 육체적 사랑에 빠진 노인

半 여든에 첫 계집을 ᄒᆞ니
어렷두렷 우벅주벅 주글 번 살 번 ᄒᆞ다가
와당탕 드리ᄃᆞ라 이리져리 ᄒᆞ니 老都令의 ᄆᆞ음 홍글항글
眞實로 이 滋味 아돗던들 궐 적보터 홀랏다. －『진본 청구영언』

白髮에 환양 노ᄂᆞᆫ 년이 져믄 書房 ᄒᆞ랴 ᄒᆞ고
셴 머리에 墨漆ᄒᆞ고
泰山 峻嶺으로 허위허위 너머 가다가

20) 앙리 베르그송, 정연복 옮김, 『웃음-희극성의 의미에 관한 시론』, 세계사, 1992, 48면.

과그른 쇠나기에
흰 동정 거머지고 검던 머리 다 희거다
그르사 늘근의 所望이라 일락 배락 ᄒᆞ노매 —『진본 청구영언』

위 두 사설시조는 사랑에 빠진 노인을 소재로 하고 있다. 여기서 사랑이란 육체적 사랑을 의미한다. 비록 두 작품 정도에서 보이긴 하지만 노인의 사랑을 본격적으로 다루었다는 점에서 이채롭고 주목을 요한다. 앞 작품은 남자, 뒤 작품은 여자가 사랑의 주체이다.

반 여든이면 40세다. 조선시대의 평균연령으로 보면 노년의 삶이라 할만하다. 주목하고 싶은 것은 40이나 되어서야 여성과의 성관계에 첫 눈을 떴다는 사실이다. 그런데 그 묘사가 재밌다. 성관계의 상황을 죽을 뻔하고 살 뻔했다는 서술이 그렇고, 와당탕 하는 모양이 그렇다. 홍글항글하는 의태어는 사실적 이어서 실감난다. 육체적 즐거움을 일찍 알았다면 기어다닐 때부터 할 것이라는 다짐도 재밌다.

아래 사설시조의 백발 여인은 젊은이와의 관계를 열망한다. 그런데 그런 욕망 자체가 문제였고 과욕이었다. 일이 잘못되려면 이래도 안되고 저래도 안 된다. 갑자기 내린 비가 산통을 다 깨뜨렸다. 우스개로 만들어버렸다. '허위허위'로 고개 넘기의 힘듦을 나타내 안타까움을 자아내 연민의 감정도 느끼게 한다.

사실 생식기능이 감퇴했다 하여 남녀 성별이 없어지지는 않는다. 생식기의 약화가 리비도의 약화를 의미하지 않는다.[21] 성적 즐거움은 나이와 지위 고하를 막론하고 존재한다. 그런 면에서 위 두 사설시조의 노인은 지극히 정상적인 모습을 보이고 있다 하겠다. 그러나 두

21) 시몬느 드 보부아르, 앞의 책, 452~453면.

사설시조의 시선은 긍정보다는 부정 쪽에 가깝다. 인간적 욕망과 욕구의 표출이 일반적인 윤리수준 및 사회적 기대치에서 크게 어긋나 있기 때문이다. 제 나름의 절실한 욕구의 표출이 진지한 시선으로 처리되고 있지 못하기 때문이기도 하다.[22] 즉 두 사설시조에는 부정과 웃음의 이중 시선이 자리하고 있다.

지금도 받아들이기 쉽지 않는 노인의 성 문제를 다루었다는 면에서 두 사설시조는 시대를 앞지르고 있다 해도 과언은 아니지만, 주체 자신의 진지한 목소리[23]로 진술되지 못함으로써, 저열한 존재의 해프닝으로 끝나고 마는 한계를 지니게 되었다.

3) 문화적 의미

사설시조에서 소재로 등장하는 노인들은 일상적 노인의 여러 모습을 보여주고 있다. 앞선 시대의 모습이었던 신화적이고 초월적인 그래서 신비로운 존재적 성격은 많이 약화되어 있다. 인간적인 모습을 보여주더라도, 지혜의 소유자로서의 모습 역시 많이 약화된 모습이다.

1) 신화적 존재 〉 인간적 존재
2) 규범적 존재 〉 일탈적 존재 - (지혜 〉 욕구)
3) 규범적 존재 〈 일탈적 존재 - (지혜 〈 욕구)

범박하게 작성한 위 도식에서 사설시조는 3)의 경향을 다분히 띠

22) 김흥규, 「사설시조의 시적 시선 유형과 그 변모」, 『한국학보』 68, 일지사, 1992, 23면.
23) 한테로테 슐라퍼, 김선형 옮김, 『노년의 미학』, 경남대학교 출판부, 2005, 144면.

고 있다 하겠다. 노인도 노인 이전에 한 인간으로서 존재한다. 이러한 면에서 사설시조 이전 시가의 노인상은 개별화되지 않고 세계와의 관계 안에 존재하고 있었다. 공동체적 질서 속에 자연스럽게 융화된 존재이다.[24] 즉 노인은 개인성이 제거되어, 독립적인 존재가 아니었다. 1)과 2)의 경우가 그렇다.

진정한 개인화는 타인을 자신과 동일한, 혹은 닮은 존재로 경험하게 되면서 나타난다고 한다.[25] 노인이 사회의 요구에 부응하지 않고 개인적 성향을 띠고 있을 때 노인은 근대적 모습을 지니게 된다. 이런 점에서 앞서 살핀 노인의 성은 특별한 의미를 지닌 듯 보인다. 그런데 이러한 모습을 어떻게 평가해야 할까? 노인의 본질을 드러내는 것으로 판단해야 하는가 아니면 비뚤어짐, 타락, 잘못된 욕망의 예외적인 표출로 받아들여야 하는가? 어떻게 보느냐에 따라 사설시조의 문학사적 의의가 달라질 수 있다.

가령 노인의 본질을 드러내 비특수화, 권위의 탈신성화, 개인의 독립성을 나타낸 것이라면, 개별화의 조건을 충족시켜주는 것이다. 그런데 이러한 개별성이 노인의 본질을 드러내는 것으로 작용하기 위해서는 '내용의 중요성'을 인지할 수 있게끔 소재가 진지하게 다루어져야 한다.[26] 노인의 속내가 진지한 언어로 언급되어야 모험은 진실이 되기 때문이다.[27]

---

24) 츠베탕 토도로프·베르나르 포크볼·로베르 르그로, 전성자 역, 『개인의 탄생』, 에크리, 2006, 113~117면.

25) 위의 책, 113면.

26) 한테로테 슐라퍼, 앞의 책, 133면.

27) 위의 책, 144면.

이런 점에서 위의 사설시조는 시적 초점이 다소 모호하다. 시적 초점은 작품의 조직상의 중심이며, 모든 다른 요소들을 조직하고 통일시키는 요소로서 주제를 포괄하는 그 상위개념이라 정의된다.[28] 사설시조는 주제를 진지하게 조직화하고 있지 않다. 객관적 입장의 시선을 통해 육체적 모습을 부각시키고, 의성어 · 의태어 등 정신에 트집을 잡는 겉표현[29]을 통해 주제의식으로의 접근을 흐트러뜨리기 때문이다. 즉 사설시조의 목적은 주제의식의 드러냄에 있지 않고, 오락적 즐거움 · 재미나는 표현에 있다는 견해는 그래서 타당성을 지닌다. 이런 면에서 사설시조의 문학적 특징을 발전적 의미로의 근대성에서 찾기 보다는, 소모적 유흥적 통속성에서 찾으려는 노력은 일견 정당성을 지니고 있다.

사설시조에서 보이는 노인상은 노인 욕망에 대하여 시선을 돌렸다는 점에서 문화적·문학사적 의의가 있다 보인다. 그러나 모처럼 마련된 의의가 긍정적이고 적극적인 입장에 놓여 있기보다는 소모적이고 유흥적 성향을 띠고 있다는 점에서 한계 혹은 미흡하다 할 수 있겠다.

따라서 사설시조에서 중세 질서를 거부하고자 하는 현실비판 정신의 추구라든가, 근대를 지향하는 민중 의식의 고양으로 보는 시각은 다소 무리가 있어 보인다. 이에 중세질서의 거부를 곧 근대의식으로의 지향을 의미하지 않는다는 지적은 설득력이 있다.[30] 즉 사설시조는 중세도 아니고 근대도 아닌 어중간한 위치에 놓여 있다.

---

28) Jack Myers and Michael Simms, *Longman Dictionary and Handbook of Poetry*, New York Longman, 1985, p. 50.

29) 앙리 베르그송, 앞의 책, 50면.

30) 김홍규, 『한국문학의 이해』, 49~50면.

그런데 서양의 경우 중세에서 근대로의 길목에 통속적인 예술이 번성한다는 것을 염두에 둘 필요가 있다. 키치예술의 등장,[31] 민중 · 통속 · 대중 예술은 늘 경계가 모호한 채로 함께 존재하였다는 것[32]은 사설시조를 어떤 관점에서 바라보아야 하는가에 있어서 우리에게 주요한 단서를 제공한다. 유흥적이고 오락적이며 진지하지 못한 채 즐거움 · 재미를 위한 문학이라는 사설시조의 특성은 중세에서 근대로 가는 길목에서 생겨난 문학적 현상이라고 할 수도 있다.

4. 결론 : 문제 제기 두 가지

사설시조에 나타난 노인의 문학적 형상화 양상을 살피면서, 본고가 풍성한 의의를 지니기 위해서는 다음과 같은 문제가 심도 깊게 고구되어야 한다고 판단했다.

첫째, 현대 사회에서 일어나고 있는 효윤리의 약화를 고전을 통해 해결하고자 하는 운동[33]에 대한 비판적 시각이다. 고전은 현대 문제 해결의 열쇠를 쥐고 있지 못하다. 노인의 문제는 사회적 환경과 문화적 여건에서 비롯된 것이기 때문이다. 고전 시대와 현대의 사회적 구조는 근본적으로 다르다. 따라서 고전 문학에 있어서 노인 연구는 본질에 관한 것이어야 한다.

가령, 유가적 질서 속에서 행해진, 노인을 향한 여러 행위들을 고

---

31) M. 칼리네스쿠, 이영욱 외 옮김, 『모더니티의 다섯 얼굴』, 시각과 언어, 1994, 319면.

32) 아놀드 하우저, 황지우 역, 『예술사의 철학』, 돌베게, 1983, 283~285면.

33) 임헌규, 앞의 논문, 187면.

찰하고, 이것을 복원하는 길이 노인문제의 해결인 양 제시하는 연구는 곤란하다. 노인의 본질적 성격이 고전 속에서는 어떠한 모습으로 나타나며, 이것이 사회 안에서 어떠한 문화적 양상을 띠고 표출되는지를 고찰하여, 현대 발생되고 있는 노인 문제 해결을 위한 참고목록을 넓혀주는 것이 고전 연구가 담당해야 할 몫이 아닌가 생각하였다.

둘째, 본고는 사설시조를 통해 조선 후기의 문학적·문화적 성격을 고찰하는 데까지 나아가고자 하였다. 특히 현대 큰 문제로 대두되고 있는 '노인'을 대상으로 하였다는 점에서 근대, 현대와 소통할 수 있는 발판을 마련하였다고 생각한다. 그러면서 조선 후기 사설시조의 성격은 통속성에 있으며, 이것은 또한 근대화로 가는 길목에서 빚어지는 현상 중 하나임을 언급하였다.

그런데 기존의 연구는 우리나라의 근대적 요인을 개인성과 민중의식의 고취에서만 찾으려는 경향성을 띠고 있다. 이에 통속성을 근대적 요소와 대척적인 성격으로 파악하는 시각에 재검토를 요한다. 서양 역사의 경우, 근대와 통속은 병행하여 나타났음을 참고할 필요가 있다. 사설시조가 지니고 있는 문학적 특징인 즐김과 오락을 위한 통속예술로서의 성격은 근대문학으로 가는 또 다른 특징으로 간주할 여지가 충분히 있다고 판단되기 때문이다.

본고는 조선 후기 문학 속 형상화된 노인을 다루었지만, 시론적이다. 노인에 대한 문제가 민감하게 대두되고 있는 요즘, 옛 선인들의 노인상은 반드시 다루어야 할 연구 대상이 되었다는 판단하에 이루어진 거칠기 짝이 없는 논의이다. 앞서 진술한 두 문제의식을 바탕으로, 더 넓은 자료의 검토와 더 정치한 시각을 마련하면 좀 더 진전된 논의가 가능할 것이다.

'불륜담'의 시대적 변전 양상

1. 고전시가의 소통력 약화 현상과 그 극복 방안

고전시가의 문학적 소통 경로를 범박하게 고전시가 연구자들 간의 소통·다른 문학 장르 연구자와의 소통·인문 교양인들과의 소통으로 상정해 볼 수 있다. 이 중 소통원활은 첫째뿐이다. 현 상황에 대한 정확한 진단은 예전에 마련되어 있었다.

> 단적으로 말해서 오늘의 고전시가 연구는 시에 관한 담론으로서의 일반적 호소력과 울림이라는 면에서 매우 후미지고 인적 드문 지대들을 답사하는 데에 치우쳐 있다. 고전시가 연구는 보통의 문학 독자들에게 낯설고 소원한 것일 뿐 아니라, 현대문학이나 고전소설 등을 다루는 인접 전공자들에게도 그다지 친근하거나 매력 있는 저작이 되지 못한다. (중략) 그렇다 하더라도 시가를 연구하는 것이 '초전도 물질'이나 '빗살무늬 토기' 같은 사물의 연구와 달리 다수의 독자들의 관심·경험의 대상인 시에 관한 담론인 한 그 문학적 소통력의 약화는 심각한 성찰의 과제가 아닐 수 없다.[1)]

소통되지 못하는 문학과 그 연구는 효용가치가 하락할 수밖에 없다. 문학적 담론은 불특정 다수의 일단 교양인들과의 나눔을 최종 귀착점으로 해야 할 터인데, 고전시가는 여러 모로 불리하다. 그 이유 중 하나가 김홍규가 지적한 "인접 전공자들에게도 그다지 친근하거나 매력 있는 저작이 되지 못하"는 데에 있다. 그런데 앞서 말한 세 가지의 소통 경로는 단절적이지 않다. 연결되면서 확장되는 관계로 봐야 마땅하다. 고전 시가 자체에 대한 자족적인 연구 성과의 축적이 토대가 되지 않은 채 이루어진 여타의 소통은 사상누각이기 십상이다. 이에 동종 연구자들의 성과를 기반으로 다른 장르 전공자들과의 소통을 위해 좀 더 힘써야 되지 않을까하는 생각이다. 고전시가 연구자들 간의 자폐적 폐쇄성을 넘어 다른 장르와의 소통의 길을 열어야 할 시기가 왔다고 판단된다.

김홍규는, 앞서 제시하였던 고전시가의 현 상황에 대한 글에 뒤이어, 요청되는 시야로 주제사적 탐구를 언급하였다. 주제사적 탐구란 주제적 단위 내지 모티프에 관한 연구이다. 특정 주제적 단위 내지 모티프가 시대의 흐름에 따라 혹은 장르의 다름에 따라 어떤 변전 양상을 보이는가를 살피는 작업이 주제사적 탐구의 주된 임무이다. 이를 위해서는 개별 작품의 천착에서부터 시대적 흐름에 이르기까지 미시와 거시를 아우르는 작업이 되어야 한다. 즉, 미학을 기반으로 하여 역사적 흐름을 파악할 수 있어야 한다. 고전시가의 미약한 소통력을 극복하기 위해 주제사적 탐구를 언급한 이유는 다음과 같은 장점이 있기 때문이다.

1) 김홍규, 「한국 고전시가 연구와 주제사적 탐구」, 『한국시가연구』 제15집, 한국시가학회, 2004, 6면.

▲ 시간의 거리를 넘어서 : 동떨어진 시대 단위 혹은 일련의 시대적 흐름 속에 놓인 시들 사이에서 모티프의 반복, 변이, 전개 등을 탐구하는 연구.

▲ 장르 경계를 넘어서 : 서로 다른 시가 장르 혹은 산문 서사문학까지를 포함한 범위에서 모티프의 전이, 확산, 변화를 해명하는 연구.

문학주제학이 단순한 소재주의에 그쳐서는 곤란하다. 역사적이면서 미학적인 지속성을 찾아내야 한다. 지속성은 유사성과 차이성을 동시에 포괄하는 개념이다. 문학주제학적 시야를 일찍이 견지했던 이재선의 일련의 성과물은 고전과 현대를 아우르는 주제학적 시각의 유효성을 여실히 보여주었다.[2] 이를 전범 삼아 고전시가를 고찰하고자 하는 것이 본고의 기본 출발점이다.

고전시가의 소통력을 강화시키기 위해 문학주제학적 시야를 이론틀로 여기는 본고는, 다음과 같은 요건이 필요하다.

첫째, 텍스트 자체를 축자적으로 읽기
둘째, 당대의 문화적 배경을 토대로 한 읽기
셋째, 지금의 문학과 연결하여 읽기

작품 해석의 기초는 작품 자체에 존재한다. 작품 밖에 지식은 차후의 문제이다. 경우에 따라, 작품 외적 배경은 작품의 다양한 감상과 이해를 방해하기도 한다.[3] 첫째 작업은 언어학적 지식 · 시의 내적 통일성 등 학문적 엄밀성을 유지하는 태도가 필요하다. 이를 2장 1절

---

2) 이재선, 『현대소설의 서사주제학』, 문학과지성사, 2007.
이재선, 『한국문학 주제론』, 서강대학교 출판부, 2009.

3) 성호경, 『한국시가 연구의 과거와 미래』, 새문사, 2009, 231면.

에서 할 예정이다.

그러고 나서 당대의 문화적 배경을 토대로 읽고자 한다. 문학은 문화적 현상이다. 그 당대의 사회·문화적 자장에서 자유로울 수는 없는 것이 문학이다. 둘째 작업은 텍스트를 둘러싼 문화적 상황을 고려한 읽기이면서, 일상적 차원에서의 독법을 의미한다.[4] 문학을 사회적 현실과 떼어놓아 진공상태로 읽는 것은 고전시 감상에 있어서 때로는 곡해의 위험성을 안고 있다. 고전시의 향유는 현대문학과는 다른 양상을 가지고 있기 십상이다. 텍스트 내적 읽기와 텍스트 상황을 고려한 읽기 사이에는 편차가 존재하기도 한다.[5] 그리고 내적 읽기와 문화적 읽기를 중첩하여 읽을 때, 고전시 향수를 풍부하게 해줄 것이다. 이를 2장 1·2·3절에서 다루고자 한다.

2장이 동시대의 장르들을 고찰했다면, 3장에서는 현대소설을 고찰 대상으로 하였다. 진정한 인문학적 탐구는 합의된 공동체의 윤리를 의심하고, 끊임없이 새로운 문제를 던지는 역할을 해야 한다.[6] 인간의 상호이해를 즐겁게 해주는 의사소통으로서의 역할을 충실히 수행할 때, 고전 읽기의 유용성이 보장되는 것이다.[7] 고전의 역할은 매너리즘에 대한 문제제기이면서 인간의 삶을 풍요롭게 해주는 유쾌한 대화를 유도하는 데에 있다. 기존의 공공선을 파괴하고 또 다른 공공선을 세우는 작업이 고전읽기의 목표이자 효용가치이다. 이에 고찰 혹

4) 최규수, 「고시가 연구의 '현재적' 위상과 '미래적' 전망」, 『한민족어문학』 제38집, 2001, 70면.

5) 성기옥 외, 『한국시의 미학적 패러다임가 시학적 전통』, 소명출판, 2004, 79~80면.

6) 이택광, 『인문좌파를 위한 이론가이드』, 글항아리, 2010, 11면.

7) 디트리히 슈바니츠, 인성기 외 옮김, 『사람이 알아야 할 모든 것, 교양』, 들녘, 2001, 693면.

은 비교 범위를 현대로 넓혔다. 그리고 현대소설 연구자들과의 소통을 바라는 기대에서 고찰 범위를 확장하였다.

이러한 시도의 일환으로, 본고는 '불륜' 모티프라는 주제적 단위를 기준으로, 조선 후기 사설지조 · 야담 · 고소설 · 현대소설을 대상으로 살펴봄으로써, 시대적 변전 양상을 밝히는 데에 목적이 있다. 현재 당면한 사회적 문제이면서, 조선 후기 새롭게 부각된 문학 주제였다는 점을 감안하여 주제적 단위를 '불륜'으로 설정하였다. 다소 작위적인 작품 선정, 게다가 적은 수의 작품만을 가지고 이른바 '불륜의 문학사'를 규정한다는 것은 대단히 위험천만한 일이다.[8] 그럼에도 불구하고 이렇게 무리한 작업을 하는 이유는 다른 장르 연구자들과 소통을 하고자 하는 마음에서 비롯되었음을 밝혀두고, 본고를 전개하고자 한다.

2. 조선 후기 문학에서의 '불륜'

1) 사설시조의 경우 – 웃음과 놀이성

임이 온다 하거늘 저녁 밥을 일찍 지어 먹고
중문 나서 대문 나가 문지방 위에 치달아 앉아
이마에 손을 짚고 오는가 가는가 건너 산 바라보니
거뭇희끗 서 있거늘 저야 임이로다
버선 벗어 품에 품고 신 벗어 손에 쥐고

---

8) 특히, 불륜의 다종다기한 양상이 보이는 현대문학을 다양하게 다루지 못한 점은 본고가 지니고 있는 가장 큰 한계임을 자인할 수밖에 없다. 현대문학 전공자들의 적극적 결정을 기대한다는 말로 면죄부를 삼고자 한다.

곰배임배 임배곰배 천방지방 지방천방
진 데 마른 데 가리지 말고 위렁충창 건너 가서
정엣말 하려 하고 곁눈으로 흘깃 보니
작년 칠월 사흔날 갉아 벗긴 주추리 삼대
살뜰이도 날 속였겠다
모처라 밤이기망정이지 행여 낮이런들 남 웃길 번 하괘라[9)]

–『진본 청구영언』

행동 하나하나가 구체적으로 묘사되어 시적 화자의 모습이 눈앞에서 펼쳐지고 있는 듯하고, 강세접두사 "치"· 부사어 "곰븨님븨"· 의태어 "위렁충창" 등이 적절한 사용되어 화자의 간절함· 그리움의 깊이를 느끼게 한다. 그리고 중장 끝의 반전과 종장의 자기 부정에는 웃음 짓게 하는 요소가 있다. 사설시조의 미적 기반이 생동감 넘치는 표현· 희화화에 있음을 여실히 보여주는 작품이라 하겠다.[10)] 좀 더 자세히 살펴보자.

초장은 '임이 온다고 하여 저녁밥을 일찍 지어 먹고'로 해석된다. 임에 대한 간절함이 표현되었다. 중장의 시작은 문을 나서는 장면으로 시작된다. 중문을 지나서 대문을 나가서 문지방 위로 치달려갔다. "치"가 그리움의 정도를 알려준다. 임이 건너 산에 있는가를 확인하기 위해 손으로 이마를 가려본다. 건너 산에 임으로 추정되는 사물이 검은 듯 흰 듯 보인다. 임으로 확신한 여인은 정신없이 달려간다. 버선은 품고, 신은 손에 쥐고, 맨발로 "위렁충창" 뛰어간다. 정황을 살

9) 현대역은 김홍규 역주, 『사설시조』, 고려대학교 민족문화연구소, 1993.을 따랐다. 앞으로 제시하는 사설시조도 이와 같다.

10) 김홍규, 『한국문학의 이해』, 민음사, 1986, 49면.

필 겨를이 이미 여인에게는 없다. 진흙탕 마른 땅 따질 경황도 아니다. 얼마나 기다렸던 임인가. 임 가까이 도달하여 마음에 둔 말을 실컷 하려고 흘깃 보는 순간! 임이 아니다. 작년 7월 초순 경 갉아 벗긴 삼대를 임으로 착각한 것이다. 진상을 알았기에 겸연쩍은 순간이다. 이렇게 중장 전체는 임을 향한 화자의 간절함이 표출되어 있다. 화자의 모습이 리얼하게 우리 눈앞에 펼쳐지고 있다. 임의 실루엣만 봐도 설레던, 사랑! 속았음을 안 순간, 밀려오는 허무함과 상실감이 이만저만이 아니었을 것이다. 지금 헐레벌떡 달려온 자신의 모습을 보니 가관이기도 했을 것이다. "모쳐라"를 현대역 하면 '아서라 · 그만두어라'이다. 안도의 한숨일까, 허탈한 심정의 감탄사일까. 둘 다로 보아도 무방할 것이다. 임에 대한 원망이나 슬픔, 탄식이 나옴직한 순간에 '안도감'을 먼저 확인하는 시적 화자의 태도는 웃음을 자아내게 한다.

〈간절한 그리움 – 착각 – 황급한 행동 – 진상의 발견 – 망신을 면했다는 자기 위안〉으로 이어지는 행동은 시적 화자의 임을 향한 간절함의 표출이면서, 수용자로 하여금 동정심을 유발하게 만든다. 전체가 객관적으로 서술되어 있기에 시적 화자는 골계화된 인물로 수용된다. 나는 아니기에 갖게 되는 일종의 관용의 시선도 내재하고 있는 듯하다.[11] 여기까지가 텍스트 중심적인 시각에서 살펴본 것이다.

이제 만남의 성격에 초점을 두고 읽어보자. 만남의 성격 혹은 상황으로 시선을 돌려 읽으면 색다른 의미를 찾아낼 수 있기 때문이다. 일상적 삶을 토대로 하여 읽어보자는 것이다. 물론 조선시대 일상적 삶의 성격을 추론하고 단언하기란 매우 어렵고 위험한 일이긴 하다.

11) 김홍규, 「사설시조의 시적 시선 유형과 그 변모」, 『한국학보』 68집, 일지사, 1992, 13~14면.

그럼에도 불구하고 조심스럽게나마 말하고자 하는 이유는 작품 해석의 풍부한 논의를 통해 현대와의 소통을 시도하고자 하는 데에 있다.

먼저 화자는 밥을 해 먹었다는 것으로 보아 여자일 가능성이 농후하다. 신분이 기생은 아니다. 기생이 기다리던 임과의 만남을 위해 밥을 일찍 지어 먹을 필요는 없지 않은가. 중문을 지나 대문을 나섰다고 하니 가옥의 규모를 알 수 있으나, 이것으로 여인의 신분을 가늠하기는 어렵다. 조선 후기에 오면 신분에 따라 나뉘었던 주거지가 섞이게 된다.[12] 양반 규수일 수도 중인의 아내일 수도, 가능성은 희박하지만 평민의 아낙네일 수도 있다. 기혼인지 미혼인지는 확인 불가능하다. 정신없이 달려간 여인은 임을 "흘깃" 보는데, 그 이유는 불투명하다. 부끄러움에서 비롯된 행위인지, 부정(不貞)함에 기인한 행동인지 확언할 수 없다. 부끄러움이라면 처녀 · 총각의 애틋한 사랑담이고, 부정함이라면 기혼의 불순한 불륜담이 된다.

기다리던 임은 누구였을까. 일단 남편은 아니다. 미리 말하고 집에 가는 남편은 없지 않을까. 아내가 남편과의 만남을 위해 밥을 일찍 지어 먹지도 않는다. 같이 먹어야 정상이 아닐까. 허겁지겁 달려가는 장면도 대상이 남편이기에는 너무도 간절하다. 남편맞이를 이렇게 앞뒤 정황을 살피지 못할 정도로 할 경우란 찾기 쉽지 않다. 조선시대 혼인은 가문의 위상과 웃어른들의 판단에 의해 결정된다. 부부간의 정이란 숭늉처럼 구수할 뿐, 연정의 설렘을 느끼기는 어렵다.[13] 그리

12) 김경미, 「서울의 유교적 공간 해체와 섹슈얼리티의 공간화」, 『고전문학연구』 제35집, 한국고전문학회, 2009, 194면.

13) 김홍규, 「조선 후기 시조의 '불안한 사랑' 모티프와 '연애 시대'의 전사」, 『한국시가연구』 제24집, 한국시가학회, 2008, 43면.

고 "위렁충창" 달려가서 마음속 말을 하려고 할 때, "흘깃" 봤다는 진술도 임이 남편은 아니라는 생각을 갖도록 한다. 물론 청춘남녀의 사랑담일 가능성도 배제할 수는 없다.

상황이 이러고 보면 이 남녀 간의 관계를 어떻게 생각해야 할까. 이 당시 청춘들의 연애가 어느 선에서 가능했고, 실제로 어떻게 행해졌는지에 대한 구체적인 지식이 필자에게는 마련되어 있지 못하다. 이들의 관계를 부적절한 관계 즉 불륜으로 단정하기에는 작품의 해석만으로는 불충분하다. 개연성만이 있을 뿐이다. 그러니까 이 사설시조는 두 가지 코드로 읽힐 수 있다. 사랑담과 불륜담이 그것이다. '청춘남녀의 사랑담'으로 혹은 '기혼들의 불륜담'으로 읽을 수 있다. 둘 다 개연성은 충분히 있기 때문이다. 그렇다면 과연 조선 후기 들어서 기혼간의 사랑, 불륜이 등장하는 사설시조는 없는가. 다음 작품을 보자.

> 개를 여라믄이나 기르되 요 개 같이 얄미우랴
> 미운 임 오며는 꼬리를 홰홰 치며
> 뛰락 나리뛰락 반겨서 내닫고
> 고운 임 오며는 뒷발로 버동버동 무르락 나으락
> 캉캉 짖어서 돌아가게 한다
> 쉰 밥이 그릇 그릇 난들 너 먹일 줄이 있으랴 -『진본 청구영언』

자신의 마음을 몰라주는 개에게 화풀이하는 내용이다. 일상적인 삶에서 느끼는 감정을 개에게 의탁한 참신하고 기발한 노래다. "꼬리를 홰홰 치"고, "버동버동" 등의 의태어가 실감을 더하여 생동감이 넘친다. "쉰 밥"을 먹이지 않겠다는 시적 화자의 발화는 진솔하고 소박한 심정의 표출이면서, 임에 대한 간절함을 드러낸다. 패러디한 작품도 있어 당시 유행했던 노래로 짐작된다.[14] 그런데 이 노래 역시 "님이 오마 하거늘~"처럼 수상쩍은 면이 있다.

통상 기생집에는 개를 기르지 않는다는 사실에 기초해 보건대, 공간적 배경이 여염집은 아니다. 시적 화자는 기혼일 가능성이 많다. 개가 꼬리를 흔들며 반기는 것으로 봐서 주인일 것이고, 여인은 주인을 미운 임으로 지칭하고 있기 때문이다. 개에게는 주인이면서 여인에게는 미운 사람이다. 그러니 미운 임은 남편이다. 이에 '고운 임'을 정부(情夫)로 보는 것은 자연스러운 추리이다. 그러면 이 노래는 정부를 집으로 끌어들이는 상황을 전제로 하였고, 화자는 과감하고도 용감무쌍한 여인이라 하겠다.

위에서 살핀 두 작품 공히 임에 대한 그리움과 애정을 전제로 하면서도 골계적으로 형상화하고 있다. 그러면서 텍스트 상황과의 사이에 묘한 긴장감을 형성한다. 독자의 욕망을 시적 화자의 행동으로 채우고자 하는, 일종의 자기 투사의 묘미가 존재하기 때문이다. 이런 의미에서 불륜이 조선시대에 실제로 빈번하였는가는 중요하지 않다. 적어도 이러한 욕망이 조선 후기에는 존재하고 있다는 사실 자체에 주목할 필요가 있다. "일상생활의 합리성이란 것의 밖에 존재하는 것"으로 놀이를 정의한 호이징하의 견해[15]와 이 당시 시조는 기방문화를 기반으로 주로 향유되었다는 사실은 의미심장하다. 기방은 "고

---

14) 『해동가요』(주씨본)에 김수장이 지은 것으로 되어 있는 것과 『청구영언』(육당본)에 무명씨 작품으로 전해지는 것이 있다.

15) J. 호이징하, 김윤수 옮김, 『호모 루덴스』, 까치, 1981, 20면.

립되고 울타리가 쳐진 신성한 금역으로서 그 안에서는 특수한 법률이 통용"되는 공간이라 할 수 있다. 일상생활에서 떠난 어떤 행위가 수행되는 곳, 마력적인 힘을 가진 공간[16]에서 위 작품들은 향유되었을 것으로 짐작된다. 다소 위험함을 무릅쓰고 속단하자면, 기방공간이라는 문화적 배경 속에서 이른바 불륜담은 창작되고 향유되었다고 할 수 있다. 위 두 작품과는 달리 불륜을 노골적으로 표면화한 작품도 있다. 다음의 작품들이 그렇다.

> 남산에 눈 날리는 모습은 흰송골매 죽지 끼고 빙빙도는 듯
> 한강에 배 뜬 양은 강산 두루미가 고기 물고 넘나드는 듯
> 우리도 남의 님 걸어 두고 넘나들어 볼까 하노라 －『악학습령』

> 본남편 그 놈 붉은 말총 벙거지 쓴 놈
> 샛서방 그 놈은 삿갓벙거지 쓴 놈 그 놈
> 본남편 그 놈 붉은 말총 벙거지 쓴 놈은
> 다 빈 논에 허수아비로되
> 밤중만 삿갓벙거지 쓴 놈 보면 샛별 본 듯 하여라
> －『육당본 청구영언』

> 어이려뇨 어이려뇨 시어머님아 어이려뇨
> 샛서방의 밥을 담다가 놋주걱을 덜컥 부러뜨렸으니
> 이를 어이 하려뇨 시어머님아
> 저 아기 하 걱정 마스라
> 우리도 젊었을 때 많이 꺾어 보았노라 －『진본 청구영언』

16) 위의 책, 22~25면.

위 작품들은 별다른 상황 추측을 요하지 않을 정도로 노골적이다. "남의 님"· "샛서방" 등 불륜의 대상이 거침없이 호명되고 있다. "흘깃"보지도 않으며, "개"를 통해서 표출할 필요도 없다. "넘나들고" 싶고, "샛별" 본 듯, 감정을 순화하지도 절제하지도 않는다. 지금도 생각하기 힘든 상황이 벌어지기고 하다. 시어머님에게 샛서방의 존재를 알리고, 고민을 토로한다. 게다가 느닷없이 등장한 제3자는 불륜의 선배를 자처하고 나서기까지 한다. 불륜이라는 숨김의 대상을 아무런 조절도 없이 거침없이 드러낸다. 기방 문화라는 조선 후기적 성격 없이는 설명이 난감한 작품이라 할 만하다. 앞서 말한 대로, 조선 후기 사회에 불륜이 어느 정도의 역사적 · 보편적 사실로 자리하고 있었는가를 확인하는 것은 그다지 유효하지 않다. 현실과 예술은 항상 단순한 대응관계를 보이는 것이 아니다. 모순 · 갈등 · 역설 등 균열로 나타나기 십상이다.[17] 다만 사랑의 상대자가 사랑의 대상으로는 부적절한 '남의 님'이기에 불안하면서도 설레는, 내밀한 애욕이 존재하고, 또 표출되고 있었다는 사실을 확인할 수 있을 뿐이다.

합리성의 계산을 넘어서는 비합리적이고 맹목적 에너지에 지배된 정념과 정욕의 표출[18]은 사설시조에만 국한되지 않고, 야담과 고전소설에서도 나타난다는 점에서 조선 후기 욕망[금지된 사랑에 대한 욕망]의 한 단면을 엿볼 수 있다.

17) M. 칼리네스쿠, 이영욱 외 옮김, 『모더니티의 다섯 얼굴』, 시각과 언어, 1994, 53~54면.

18) 김흥규, 「조선 후기 시조의 '불안한 사랑' 모티프와 '연애 시대'의 전사」, 39면.

2) 야담과 소화의 경우 – 유교적 이데올로기의 대변

「용산차부(龍山車夫)」에서는 천민인 차부와 별감의 아내가 등장한다. 날이 저문 어느 날 차부는 집으로 돌아가는 중 수각교 근처에서 소변을 보게 된다. 그 모습을 엿본 별감의 부인은 차부를 집으로 끌어들이고, 바로 동침할 것을 요구한다. 그때 마침 꿈자리가 뒤숭숭했던 남편이 들이닥친다. 남편은 원래대로라면 당직을 서고 있어야 했다. 느닷없는 남편의 출현에 당황한 부인은 차부를 다락에 숨긴다. 그런 후 부부관계를 요구하는 남편을 설득하여 당직소로 돌려보낸다. 남편이 떠나자 차부와 처음보다 더 심한 음사를 한 판 벌인다. 일이 끝나자 부인은 피곤하여 곯아떨어져 잠이 든다. 그런데 차부는 잠을 쉽게 못 이룬다. 깨달은 것이 있었기 때문이다.

> 저의 본부(本夫)가 나보다 백배나 훌륭하고, 나는 한갓 지나가는 사람인데, 무단히 끌어들여 이런 음란한 짓을 하니 이는 전혀 음욕 때문이다. 아까 본부가 백방으로 달래도 안 들은 것은 내가 다락에 있어서겠지. 저의 부모가 부부로 짝 지워 주었거늘 추행이 이 같구나. 사람이란 누구나 혈기가 있는 법인데, 하물며 눈으로 보고서야 가만 둘 수 있나.[19]

이 독백이 끝난 후 바로, 잠자고 있는 별감의 아내를 칼로 죽인다. 그런데 부인을 죽인 사람으로 본래 남편인 별감이 지목된다. 왜냐하면 별감이 당직소에서 나와 집으로 들어가는 장면을 누군가 목격을 했고, 이를 증언했기 때문이다. 이 상황을 보다 못한 차부가 관가로 가 모든 것을 실토한다. 이로 인해 차부는 "한 음녀를 죽이고 한 무고

---

19) 이우성·임형택 역편, 「용산차부」, 『이조한문단편집 상』, 일조각, 1996, 321면.

한 자를 살렸"다 하여 의인으로 평가받고, 천민의 신분을 벗고 양인(良人)이 된다. 포상은 여기에 그치지 않는다. 본부는 차부를 은인으로 여겨 재산의 절반을 떼어주기까지 한다.

상호 간에 이루어진 간통임에도 불구하고, 처벌의 대상은 여성으로 국한된다. 차부인 남성은 용서의 대상이다. 나아가 여성을 스스로 처벌함으로써 도덕의 심판자로 탈바꿈하여 의인으로 칭송을 받는다.[20] 이는 남성 중심의 가부장적 사회의 시각이다. 물론 모든 야담과 소화집의 불륜담이 이데올로기의 대변자로서의 역할만을 한다고 단언할 수 없다. 그러나 앞서 살핀 고전시와 비교해 볼 때, 야담 혹은 소화집에 등장하는 몇몇 불륜담은 유교적 이데올로기를 드러내 도덕적 행위를 독려하려는 경향을 띠고 있음은 분명 확인된다. 『속어면순』의 〈힐녀방마(詰女放馬)〉의 스토리 라인은 이렇다.

> 남편과 말을 타고 여행하다가 여관에 든 부인이 있었다. 그녀는 길에서 우연히 만나 같은 여관에 든 선비와 사통하기 위해 꾀를 낸다. 당시 여관에는 한 방에 한 팀만 투숙하는 것은 아니었다. 손님들이 온 순서대로 아랫목을 차지하며 함께 자는 것은 다반사였다. 선비가 투숙한 방에도 이미 다른 팀과 그들을 따라온 머슴들이 있었다. 이때 부인이 오줌을 눈다는 핑계로 밖으로 나간다. 그리고는 타고 온 말고삐를 모두 풀어놓는다. 남편을 비롯한 말 주인들은 각자 말을 좇아 허둥지둥 나가고 그들이 멀리 사라진 틈을 타서 부인은 선비의 이불 속으로 들어간다. 남편이 돌아왔을 때 부인은 이미 가쁜 숨을 가누고 제자리로 돌아와 있었으니 완전범죄였다.[21]

20) 최기숙, 「'관계성'으로서의 섹슈얼리티 : 성, 사랑, 권력」, 『여성문학연구』 제10집, 한국여성문학학회, 2003, 252면.

남편의 눈을 피하기 위해 기지를 발휘하는 유부녀가 나온다. 잔꾀를 부려 욕망을 채우고 있다. 흥미진진한 이야기이다. 남편을 지척에 두고 행하는 간통행위는, 보는 이로 하여금 긴장하게 만든다. 그런데 이 글에는 말미에 "소인이 임금을 속이고 간사한 짓을 행하는 것도 이와 비슷할 것이다."라고 논평한다. 음담과 교훈의 어색한 연결이다. 음담을 읽고 깨달아야 할 교훈치고는 다소 거창하기 때문이다.[22] 이러한 현상은 아마도 야담과 소화집 등의 향유 상황에 기인한다고 생각해 볼 수 있다. 한문으로 되어 있던 문헌이기에 향유 계층의 대부분은 사대부였을 것이다. 남성중심적인 가부장적 사회였고 특히 유학을 신봉했던 사대부였기에 포장을 할 필요가 있었던 것으로 판단된다.[23]

3) 고소설의 경우 – 자기 찾기

19세기 후반 한문단편 소설인 〈포의교집〉은 앞의 거론한 것과는 불륜의 성격이 다르다. 〈포의교집〉은 조선 후기의 변화된 서울의 성격을 배경으로 한 소설이다. 유교적 공간이 해체되고, 개인으로서의 주체성의 표현이 등장하게 된 조선 후기 서울의 성격을 〈포의교집〉은 그대로 반영하고 있다.[24] 무능한 한량 이생과 천민출신이지만 교양과 미모를 갖춘 유부녀 초옥과의 사랑 이야기이다.

---

21) 제시한 스토리라인은 류정월의 글을 따랐다. 류정월, 『오래된 웃음의 숲을 노닐다』, 샘터, 2006, 210~211면.

22) 위의 책, 290면.

23) 서대석, 「한국 전통 소화에 나타난 웃음의 성격」, 『한국의 웃음문화』, 소명, 2008, 120면.

24) 김경미, 앞의 논문, 203면.

이 소설 속 불륜이 여타 작품과 다른 이유는 전적으로 초옥 때문이다. 그 당대적 시각에서 보건대, 초옥은 독특하고 새로운 여성이다. 신분은 미천하면서도 〈통감〉·〈사략〉 등 많은 문헌을 접했다. 미모도 뛰어났다. 많은 양반들이 초옥을 어떻게 해볼까 하는 생각에 수없이 추파를 던졌지만 거절한다. 각 도에서 온 기생들도 초옥이란 이름을 알고 있었다 한다. 나름 유명세도 탔다. 우유부단하기만 한 이생과는 달리 초옥은 적극적이다. 둘의 사랑은 초옥이 던진 봉선화 꽃가지로 시작된다. 초옥이 추구했던 사랑도 다른 여인과는 변별적이다. 포의지교(布衣之交)! '벼슬 안 한 선비들의 사귐'이 초옥의 바라는 사랑이었다. 그래서 육체적 쾌락에 눈 먼 남정네들의 구애는 번번이 실패로 돌아간다. 이생과의 사랑을 원했다. 물론 오해의 소산이긴 했지만 말이다.

> 장사선이 이생에게 말했다.
> "양파의 마음이 이미 형을 떠났는데, 형 생각은 어떻소?"
> "길가의 우물을 어찌 혼자 마실 수 있겠소? 하물며 본디 내 물건이 아니었는데, 뭘."[25]

중약이란 사람이 양파[초옥]를 갖겠다고 호언장담을 한 후에 장사선과 이생의 대화이다. 물론 장사선의 말은 거짓이었다. 양파의 마음이 이생을 떠난 적은 없었다. 장사선이 이생의 마음을 떠본 질문이라 하겠다. 여기에 대한 이생의 대답에서 초옥에 대한 생각을 알 수 있

25) 김경미·조혜란 역주, 『19세기 서울의 사랑 절화기담, 포의교집』, 여이연, 2003, 175면.

다. 이생은 초옥을 노류장화(路柳墻花)쯤으로 여기고 있다. 이생에게서 진정성을 찾기란 힘들다.

> 이날 이후로 밤이면 밤마다 만났는데, 꼬리가 길면 반드시 밟힌다는 것을 미처 생각하지 못했다. 어느 날 새벽 이생이 양파를 찾아가니, 양파가 나와서 이생을 맞이하였다. 그런데 방으로 들어가 문을 닫자마자, 갑자기 양노인이 밖에서 문을 잡아당겼다.
> 양파는 아무 생각 없이 대답했다.
> "여기 이서방님이 와 계십니다."
> 양노인이 이에 문을 열어 잠깐 보고는 도로 문을 닫고 나가며,
> "나는 다른 사람인 줄 알았다."
> 하고는 자기 방으로 돌아갔다. 이생이 양파에게 말했다.
> "이제 반드시 변고가 나겠는걸."
> 양파가 웃으며 말했다.
> "상관없어요. 제가 낭군과 이러한 일을 벌인 것은 온 동네가 다 알고 있는 일이랍니다. 그러니 무슨 변고가 생기겠어요?"
> 그리고는 조금도 난처해하는 기색이 없이 이생과 함께 예전처럼 행동하였다. 그러나 이생은 마음이 매우 불안했다.[26]

여기서 양노인은 초옥의 시아버지이다. 불륜의 현장을 시아버지에게 들킨 것이다. 이처럼 당당할 수 있는가. 불안해하는 이생과는 아주 다른 태도다. 초옥이 이렇게 단호하고 당당할 수 있었던 것은 이생을 향한 진정성에 기인한다. 초옥은 이생과의 사랑을 불륜으로 보지 않고 '정행(貞行)'으로 여기고 있음을 다음 구절에서 확인할 수 있다.

---

26) 위의 책, 183면.

"해와 달이 비록 이지러진다 해도 밝음에 무슨 손상이 되며, 강과 바다가 비록 탁해진다 해도 넓이에 무슨 해가 됩니까? 저의 언행이 비록 칭찬받기에는 부족하지만 또한 정절에 무슨 해가 되겠습니까?[27]

초옥의 갈망은 사회 통념상 불륜이기에 그 시대가 요구하는 도덕률에 정면으로 위배된다. 그럼에도 불구하고 초옥은 자신의 행위를 정행으로 여김으로써, 사회에서 인정하는 가치에 우선하여 개인의 욕망을 긍정하고 있다. 그래서 〈포의교집〉의 초옥은 근대적 주체로서 형상화되는 근대소설의 여성과 더 친연성이 있어 보이기까지 한다.[28]

이상에서 조선 후기 불륜담의 양상을 세 장르를 통해 살펴보았다. 물론 극히 일부분을 대상으로 하였기에 전체적인 모습을 단정 지을 수는 없다. 그리고 전체상을 단언하는 데에 본고의 목적이 있지 않다. 그 전에는 뚜렷한 모습을 보이지 않던 '불륜'이라는 주제가 조선 후기 들어서 부각되었고, 지금에 와서는 어떤 주제 못지않게 빈번하고도 지속적으로 등장하는 문학적 주제라는 점에 주목하였다. 그래서 고전과 현대의 소통의 길을 여는 데에 유효한 주제라고 판단하였고, 이러한 작업의 일환으로 조선 후기 고전을 먼저 살펴본 것이다.

문학은 사회와 동떨어진 채로 진공상태에 존재하지 않는다. 문학과 사회는 끊임없는 상호작용을 하기 마련이다. 문학이 사회 · 문화적 자장에서 자유로울 수는 없다. 가령 〈포의교집〉의 사랑 유형은 서울의

27) 위의 책, 201면.

28) 조혜란, 「〈포의교집〉 여성주인공 초옥에 대한 연구」, 『한국고전여성문학연구』 제3집, 한국고전여성문학회, 2001, 217~222면.

공간적 성격 변화를 배경으로 하고 있다. 유교적으로 젠더화된 공간 해체가 완전히 이루어지지는 않았지만, 그전과는 다른 모습으로 서울의 공간 성격은 변화하고 있었고, 이것이 〈포의교집〉의 여기저기에 포진되어 있는 것이다. 조선 후기는 사회 여러 부면에서 전과는 이질적인 성향을 띠게 되었고, 이러한 배경하에 전과는 다른 형태의 사랑을 노래하고 표현할 수 있었던 것으로 생각된다. 그 중 하나가 '금지된 사랑' 즉 '불륜'이라고 판단하였고, 〈님이 오마 하거늘~〉·〈개를 여나믄이나 기르되~〉도 그러한 자장에 포함시켜 해석하고자 했던 것이다. 지금은 '불륜'의 시대라 명명하여도 지나친 말을 아닐 것이다. 현대문학 속에서 불륜은 어떠한 양상을 보이고 있는가. 불륜을 주된 테마로 활발한 작품 활동을 하고 있는 작가로는 권지예가 대표적이다. 그의 소설 〈뱀장어 스튜〉를 장을 달리하여 살펴보도록 하자.

3. 현대소설 〈뱀장어스튜〉의 경우
– 사랑의 불가능성과 불륜인식의 흐릿함

'금지된 사랑'에서 '금지'는 사회적 통념에 기반한다. 사회가 변하면 '금지'가 '금지가 아닌 것'이 되기도 한다. 금기시하고 있는 사랑이 어느 시대에 와서는 보편적 사랑이 될 수도 있다.

지금은 '금기'와 '금기 아닌 것'의 경계가 허물어지고 있는 시대이다. 연상연하 커플·동성애·호모와 레즈비언·혼전동거에 대한 반감은 여전히 존재하지만, 반감의 정도는 차츰 엷어지고 있다. 불륜도 마찬가지다. 불륜을 개인적 사랑의 영역으로 인정하고 합법화하자는 시각이 있다. 정당한 사랑의 한 형태로 간주하자는 것이다. 개인의 사랑을 국가 권력이 맘대로 해서는 곤란하다는 시각이 깔려있다. 결혼은 생활의 편의를 도모하고 가부장적 질서를 공고히 하는 데는 아주 유효한 제도이지만, 개인의 영역에 들어서면 거추장스러운 제도에 불과하다. 지금의 인간은 결혼의 제도적 편리를 누리면서도 개인의 자유를 누리고 싶어 하는 이중욕망에 시달리고 있다 하겠다.[29)]

불륜을 범죄로 여기는 사고는 가부장적 질서의 유지에서 비롯되었다는 시각이 있다. 도덕이란 원래 기득권자를 위해 존재할 가능성이 농후하기 때문이다. 불륜과 사랑을 나누는 기준은 제도에 의해 생겨난다. 제도는 남성의 목소리를 대변한다. 제도는 너무도 간단히 선과 악, 아름다움과 추함을 나눈다.[30)] 그러기에 불륜은 사회적 통념이자 가부장적 질서에 대한 반항의 의미를 어느 정도는 지니기 마련이다. 〈포의교집〉의 초옥을 읽는 독법이 여기에 있다. 초옥은 이생과의 사랑을 통해 세상의 불합리성을 고발하고 있다. 이와 다른 모습이 권지예의 〈뱀장어 스튜〉에 등장한다. 불륜이란 사고 자체가 희석되어 있다.

〈뱀장어 스튜〉의 그녀에게는 불륜으로 인한 도덕적 갈등은 없다. 불륜이란 관념 자체가 없는 듯 보이기에, 불륜을 그리면서도 사회에 대한 반항으로 느껴지게 하지는 않는다. 남편 혹은 '그 남자'와의 섹스는 사랑을 찾는 행위지만 결핍의 확인으로 귀결된다.

그녀에게는 두 개의 상처가 있다. 오른손목 자벌레처럼 오톨도톨

---

29) 안남연, 「한일 불륜소설 연구」, 『한국문예비평연구』 제19집, 한국현대문예비평학회, 2006, 184면.

30) 김미정, 「불가능한 사랑, 영원히 도주하는 타자들에 대해서」, 『문학동네』 41호, 2004 겨울호. (http://webdb.booktopia.com : 검색일자 2010.8.31.)

한 흉터[자해로 인해 생긴 흉터]와 자궁에서 아이를 꺼내느라 생긴 아랫배의 철삿줄 같은 흔적이 그것이다. 이 트라우마를 따스하게 감싸준 것이 지금의 남편이다.

> 그 상처를 지닌 스무 살부터 많은 남자를 만났지만, 그녀에게 모욕감을 느끼게 하지 않고도 그 상처들을 따뜻하게 핥아 주는 남자는 남편이 처음이었다. 치유되고 있는 느낌이었다. 남편은 아무 것도 묻지 않았다. 환부를 오랫동안 들여다본 의사처럼, 상처를 아주 잘 이해했다는 듯이 첫 섹스 후에 남편은 말했다.
>
> "당신은 말이야, 당신은 …… 당신은 삶을 정말 사랑할 수 있는 여자요."[31]

남편은 자기와는 상관없이 생긴 그녀의 상처를 따스하게 핥아준다. 그녀는 상처의 치유를 느낀다. 그리고 이 남자와 결혼하였다. 그러나 결혼은 결핍의 충족과는 거리가 멀었다. 결혼한 지 오 년이 지나서 갑자기 떠나게 된 여행에서 그들 사이에 균열이 일어난다.

> 그 순간 남편이 오른손목에 입술을 오랫동안 가만히 대고 키스를 해 주었으면 하고 잠깐 바랐으나 그런 일은 일어나지 않았다.[32]

갑자기 떠난 여행길에서 갑자기 왼손잡이도 아니면서 왜 오른손목을 그었냐는 질문에 대한 그녀의 느낌을 술회한 부분이다. 그러면서 여행이 어그러지기 시작한다. 자식을 낳자마자 입양을 보냈는데, 이 여행길에서 자기 자식은 아니지만, 입양아를 만난다. 그 후 다시 이

31) 권지예, 「뱀장어 스튜」, 『2002년 이상문학상 수상작품집』, 문학사상사, 2002, 37면.
32) 위의 책, 38면.

런 술회를 한다.

> 몸이 몹시 떨려서 남편의 두 팔이 그녀를 꽁꽁 묶어 주길 바랐지만 그런 일은 일어나지 않았다.[33)]

영원의 지속을 꿈꾸는 사랑 · 결혼은 환상일 뿐이다. "사랑은 없다"는 쇼펜하우어의 말은 여기서도 유효하다. 결혼은 결핍의 확인 과정이라 할 수 있겠다. 사랑은 결핍의 충족을 위해서 한다. 사랑의 결과 중 하나가 결혼이라고 할 때, 결혼은 사랑의 결핍을 확인하고 공고히 하는 역설적 결과는 낳는다.

입양된 아이의 아빠인 '그 남자'를 그녀는 불규칙한 기간을 두고 습관적으로 찾는다. 〈뱀장어 스튜〉의 중반부터는 이 남자와의 이야기인데, 동물원 우리에서 갑자기 사라진 암컷 원숭이 이야기와 치매에 걸린 어머니가 첫사랑의 고향을 반복적으로 되뇌다가 돌아가신 이야기가 나온다. 두 이야기는 공히 마음속 고향을 찾는 이야기이다.

> 암컷은 어디에 갔을까요. 그녀는 정말 탈출을 시도했던 걸까요. 그녀는 갇혀있는 우리 밖이 자신의 고향인 아프리카의 평원이라고 생각했던 걸까요. 어쩌면 그녀는 짧은 여행을 떠났었는지도 모르겠어요.[34)]

> "우리 어머니, 황혼녘만 되면 큰 형님네 집 현관문 앞에서 당신 신내놓으라고 떼쓰셨다. 작년에 돌아가셨는데. 치매로 한 오 년 간 고생

---

33) 위의 책, 41면.

34) 위의 책, 43면.

> 하셨지. (중략) 어머니는 솔미재라는 우리가 알지 못하는 지명에 줄곧 집착하면서 (중략) 어머니가 한 동네 살던 아버지에게 시집오기 전에 남몰래 사랑한 총각이 강 건너 솔미재에 살았었다는 거야.[35)]

아프리카 평원을 찾으려는 원숭이, 첫사랑의 공간인 솔미재를 무의식중에 갈구하던 어머니는 그녀의 또 다른 나다. 원숭이가 아프리카 평원을 갈 수 없듯이, 어머니가 가려던 솔미재는 이미 갈 수 없는 공간이 되었듯이, 그녀가 습관적으로 찾는 그 남자 역시 공허한 메아리만 울리는 존재일 수밖에 없음을 깨닫는다.

> 여자는 다시 자신이 모래밭의 두꺼비집인 것처럼 생각됐다. 속의 공동(空洞)을 넓히느라 손을 넣어 모래를 파내고 속을 비우는 찰나 무너져 내리는 모래집. 남자는 갈퀴손처럼 여자를 한없이 비우고, 여자는 부서져 내리고. 남자는 더 깊어지는 허기로 결국엔 나가떨어질 것이다. 늘 그랬다.[36)]

따스한 위안을 주던 남편과의 섹스도, 온 몸이 나른해지도록 격렬했던 그 남자와의 섹스도 그녀에겐 사랑의 영원 지속 불가능성만을 확인시켜주는 것에 지나지 않았다.[37)] 그녀는 결국 평화로움에 길들여지는 길을 택한다. 평화로움에 길들여지는 길이란 집으로의 귀환을 의미한다. 스튜 냄비처럼 "인생은 화려하지도 않고, 더군다나 장엄하지도 않으며 다만 뱀장어의 몸부림과 같은 격정을 조용히 끓여

---

35) 위의 책, 49~50면.

36) 위의 책, 54면.

37) 김미정, 앞의 글.

내는 것이 아닐까." 집으로 돌아가 남편과 용서를 주고받는다. "그녀는 이제 집으로 돌아가"려 하고, "남편은 집으로 돌아온 그녀에게 삼계탕을 끓여 주고 싶어 한다." 그렇게 평화로움에 길들여지는 길, 이것이 사랑을 찾아 떠난 긴 여정의 종착지였다.

〈뱀장어 스튜〉의 작가 권지예는 불륜과 사랑이라는 이분법적 인식을 탈피하려 했다. 잣대를 도덕적 이데올로기가 아닌 개인적 삶의 열정 문제로 대체하려 한 것 같다. 불륜담이기에 흔히들 기대하는 짜릿한 육체적 향연, 금기를 깨는 것에 대한 관음적이고도 통속적 흥미는 〈뱀장어 스튜〉에는 없다. 사랑이라는 이름의 섹스가 그녀에게는 오직 상처를 거듭 확인하는 과정으로 이어지기 때문이다.[38] 〈뱀장어 스튜〉에서 불륜은 공허한 삶의 돌파구이자 진정한 사랑 찾기이다. 성적 욕망에서 비롯된 일탈행위가 아니다. 진정성 있는 사랑의 다른 이름이 불륜이다. 그러나 결과적으로 결핍의 확인이 되고 만다. 영원한 사랑이란 도달할 수 없는 먼 곳에 있거나 혹은 애초에 존재하지 않는 허상일 수도 있음을 깨닫는 과정을 불륜이란 테마를 통해 말하고 싶었는지도 모를 일이다.

4. '불륜담'의 문학적 변전 양상

불륜은 인류 통성에 기반한 행위인지도 모르겠다. 동서고금을 막론하고 여기저기에 산재해 있음이 확인된다. 그리고 인간은 누구나 자기애(自己愛)를 가지고 있는데, 바로 여기에 바탕을 둔 행위가 불륜이

38) 권영민의 심사평, 『2002년 이상문학상 수상작품집』, 19~20면.

기 때문이다.[39] 유교적 질서가 강조되었던 조선 후기에 불륜담이 문학적 테마로 출현하였다 하여 놀랄 일도 아니다.

불륜은 기본적으로 삼각구조이다. "그와 그녀, 그리고 그녀" 혹은 "그녀와 그, 그리고 그"의 구도가 불륜의 구도이다. 이 삼각구도는 조화를 기대하기 힘들다. 공평하게 이득을 나누어 갖는 것은 이론상에서나 가능하기 때문이다.[40]

> 내가 이 세기에 용납되지 않는 최후의 한꺼풀 막이 있다면 그것은 오직 「간음한 아내는 내어 쫓으라」는 철칙에서 영원히 헤어나지 못하는 내 곰팡내 나는 도덕성이다.[41]
>
> －「貞操」 부분

어느 누구보다 시대를 고민했고, 파천황적인 문학을 남긴 이상(李箱, 1910~1937)의 글이다. 몸 파는 아내를 두고 살아가는 이의 삶과 고민을 그린 소설을 쓴 이상에게도 불륜은 견디기 어려운 일이었던 듯하다. 지금이라고 하여 사정이 달라지진 않았다.

현재 185개의 문화권에서 일부일처제는 명문화하고 있는 곳은 16퍼센트에 불과하다고 한다. 이렇게 보면 일부일처제는 인류의 보편적인 제도는 아니다. 그럼에도 불구하고 우리는 일부일처제를 선호하고 있다. 이것은 오랫동안 축적된 문화적 성과이다. 실제 성적 자유를 허용하는 개방적인 부부는 전체 부부의 2퍼센트에 불과한 것으로 나타났다고 한다. 그런데 여기서 중요한 것은 성적 개방을 추구하

39) 게르티 젱어, 함미라 옮김, 『불륜의 심리학』, 소담출판사, 2009, 32면.
40) 위의 책, 17~28면.
41) 문학사상자료연구실 편, 이어령 교주, 『이상수필전작집』, 갑인출판사, 1977, 127면.

는 부부라고 하여 다른 사람과의 관계에 고통을 덜 받는 것은 아니라는 사실에 있다.[42]

불륜은 인류의 통성이자 인간의 본능적 욕구이지만, 삶 속에 조화와는 먼 거리에 있으며, 여전히 고통스러움을 동반하기 십상이다. 그래서 인류학적 관점에서 성공적인 진화 원칙은 '은밀한 외도와 함께 하는 일부일처제'라고 하였다.[43] 불륜은 인간의 본능이면서 은밀한 개인적 행위이면서, 그것의 표출양상은 사회 · 문화적 산물이다. 본고는 문학이 사회 · 문화적 자장 속에서 자유롭지 못하다는 것을 전제로 하여, 불륜이란 문학적 테마를 가지고 조선 후기부터 현대까지의 작품을 살펴보았다.

범박하게 말해, 불륜은 파트너와의 정신적 · 육체적 결핍을 충족하기 위한 은밀한 행위다. 조선 후기와 현대 문학 속 불륜도 이에서 벗어나지 않는다. 그럼에도 불구하고 두 시기에 불륜의 양상은 상당히 이질적이다. 현대소설인 〈뱀장어스튜〉에서 불륜은 무표성을 띠면서, 배경으로서의 기능이 강하다. 혹은 작가 스스로가 무표화 전략을 설정하였을지도 모를 일이다. 무표성을 띠든 무표화 전략에 의한 것이든 간에 불륜은 일상적 삶 곁에 흔하게 존재하는 사랑의 한 형태가 되었음을 보여준다고 해석 가능하다.

어떠한 체계이든 대립의 바탕 위에 놓인다. 대립은 두 항목으로 구성된다. 대립 항목 중 특징을 가지고 있는 대립항은 유표성을 지닌다. 없으면 무표성을 지니게 된다. 그런데 유표성과 무표성은 사회적·문화적 맥락에 의해 좌우되기도 한다. 한 문화체계 속에서의 대립항 중

42) 게르티 젱어, 앞의 책, 103~105면.

43) 위의 책, 105면.

유표항은 더 특수하고 제한된 것으로 나타난다.[44] 이에 불륜은 정상적 부부관계에 대한 유표항이다. 정상적인 부부관계를 이야기하는 사람은 없을 것이다. 무표항인 '倫'에 '不'을 붙임으로써 유표적임을 보여준다.

조선 후기 문학 속 불륜은 유표적이다. '정상/비정상'의 가치개념을 '부부관계/불륜관계' 대립항은 전제하고 있으며, 보편적 관계를 '부부관계'로 보고 있기 때문이다. 그런데 〈뱀장어 스튜〉에서는 그 양상이 달라진다. 불륜의 유표화가 약화되는 경향을 보이기 때문이다. '불륜관계/부부관계'에 '비정상/정상', '초점화/비초점화' 등의 자질이 뚜렷한 경계를 보이고 있지 않으며 혼재되어 있다. 흐릿한 경계의 흔적만 보일 뿐이다. 즉 불륜은 유표성에서 무표성으로 그 문학적 성격을 달리하면서 전개되고 있다 하겠고, 이는 현대의 사회적·문화적 맥락이 그 전과는 급격히 변화하고 있는 상황임을 짐작 가능하게 해준다. 물론 서론에서 언급했듯, 몇몇 작품의 단선적인 비교를 통해 시대적 흐름을 잡아낸다는 자체가 무리한 작업이다. 이런 점에서 본고의 한계는 이미 출발선에서부터 노정되어 있었다. 분석 대상을 좀 더 확대하고, 다양한 현대 장르를 아우를 때, 더 확고한 논의가 될 수 있으리라 믿는다.

---

44) 송효섭, 『문화기호학』, 민음사, 1997, 118~123면.

사설시조의 거리두기 양상

1. 서론

본고는 진본(珍本)『청구영언(靑丘永言)』「만횡청류(蔓橫淸類)」 소재 사설시조를 대상으로, 시적 화자의 성격을 토대로 시적 화자와 대상 간의 거리두기 양상과 종장의 종결 양상이 갖는 시적 효과를 통한 거리두기 양상을 밝혀, 이것이 갖는 의미를 구명하는 데에 목적이 있다. 이러한 연구는 사설시조가 갖고 있는 본질적 속성을 파악할 수 있는 단서를 마련할 수 있다는 점에서 의미 있는 작업이 될 것으로 여겨진다.

그동안 김학성·신은경·박애경·장순조[1] 등 여러 선학에 의하여 사설시조가 지닌 특성에 대한 고찰이 이루어져 왔다. 특히 신은경은 사설시조의 시학적 접근을 통하여 사설시조는 여러 가지 문학적 장치를

1) 김학성, 「사설시조의 미의식 연구」, 서울대학교 석사학위논문, 1971; 김학성, 「사설시조의 장르 형성 재론」, 『대동문화연구』 20집, 대동문화연구소, 1986; 신은경, 『사설시조의 시학적 연구』, 개문사, 1995; 박애경, 「조선후기 시조의 통속화 과정과 양상 연구」, 연세대학교 박사학위논문, 1997; 장순조, 「사설시조의 통속문학적 특성에 관한 연구」, 숙명여자대학교 박사학위논문, 1999.

통해 사실적 색채가 강한 경향성을 띠고 의미화된다고 밝히고 있다. 이러한 논의는 주로 문학 내적 원리를 통하여 사설시조의 사설시조다움을 밝히는 의미 있는 작업임에도 불구하고, 사설시조의 시학적 원리가 의미하는 바까지 논의가 진전되지 못했다는 한계를 안고 있다. 예를 들어 사설시조가 의미화 체계에 있어서 사실적인 경향성을 띠고 있다고 할 때, 사실적 경향이 함유하고 있는 의미를 찾아내는 데까지 논의가 나아가지 못했다는 점에서 아쉬움이 있다.[2)]

한편 박애경은 조선 후기 이루어진 통속화 과정에서 사설시조의 의미를 찾아내고 있다. '통속' 그 자체는 부정적인 의미가 없음을 전제로, 역사적·인식적·양식적 범주로 통속성의 의미를 파악하고, 사설시조에 나타난 통속성으로 일탈적 욕망의 긍정·육체적 감각성·과장된 희화화 등을 언급하였다.[3)] 이러한 논의는 사설시조의 특성을 통속성으로 파악했다는 점에서는 신은경의 논의가 갖는 한계점을 나름대로 극복하고 있다고 여겨진다. 그러나 몇 가지 주체적 특징 그 자체를 통속성과 바로 연결하고자 하는 면에서 한계가 있다. 육체적 감각성이나 과장된 희화화 그 자체가 통속성을 의미하지는 않기 때문이다. 따라서 육체적 감각성 등이 어떠한 조건 하에서 통속성을 발휘하게 되는지에 대한 고찰이 병행되어야 할 것으로 생각된다.

이에 본고는 사설시조의 본질적 속성에 대한 시학적 조건을 거리두기 양상을 통하여 살펴보고자 하는 것이다. 이러한 작업을 하기 위하여 본고는 진서 간행본『청구영언』「만횡청류」를 대상으로 하고자 한다.

진서 간행본『청구영언』은 최초의 시조집이라는 면에서뿐만이 아

2) 신은경, 앞의 책, 23~24면.

3) 박애경, 앞의 논문, 62~88면.

니라 「여항육인(閭巷六人)」과 「만횡청류」란을 별도로 설정하였다는 점에서 시조사적 가치가 있다. 특히 본고의 고찰 대상인 「만횡청류」는 그 당시까지 불린 사설시조를 묶고 서(序)를 달아놓아 그 당대의 사설시조의 실상과 그에 대한 평가를 알 수 있다. 그리고 「만횡청류」는 그 이후 창작되고 향유되었던 사설시조의 내용·문체 등에 막대한 영향력을 행사했다는 점에서 중요하다. 즉 「만횡청류」는 사설시조의 전범(典範)으로 기능하고 있다. 따라서 「만횡청류」를 대상으로 밝혀진 속성이나 특성은 그대로 전체 사설시조의 특성이라 할 수 있겠다.

2. 거리두기가 갖는 시적 의미

같은 사물·사건이라도 보는 이가 어떤 각도, 어떠한 심정에서 보느냐에 따라 의미하는 바는 달라진다. 즉 동일한 사실이라도 감정의 개입 여부 혹은 양상에 따라 전혀 다른 사실로 해석될 수 있다. 이러한 현상이 시에서는 '심리적 거리'로 나타난다. 시에서 심리적 거리를 어떻게 설정하느냐에 따라 의미의 해석이나 미학적 느낌이 다르게 되고, 이에 따라 시적 효과가 결정된다.[4]

시인에 있어서는 자기표현이, 독자로서는 정서의 고취가 시를 쓰고 읽는 목적이다. 시는 시인에게는 감정의 표현이며 독자에게는 감정의 고취인 것이기에 시의 거리조정은 감정의 개입도[5]에 의해 다른 양상을 보이게 된다. 따라서 시에 있어서 거리두기는 크게 두 가지

4) 김준오, 『시론』, 삼지사, 1996, 247면.

5) 위의 책, 250면.

측면에서 고찰해야 한다. 하나는 시적 화자의 대상과의 관계이며, 다른 하나는 시와 독자와의 관계이다. 시적 화자와 대상과의 관계를 고찰하면서 경험적 자아와 시적 화자의 거리를 고려할 수 있다. 이와 마찬가지로 시와 독자와의 관계를 살필 때 독자의 사회적 지위, 향수 방식 등을 함께 고찰의 대상으로 여길 수 있다. 즉 실제 작가와 시적 화자의 관계, 시적 화자와 대상 간의 거리, 시와 독자와의 관계, 독자를 둘러싼 여러 문제(계층과 그 성격, 향유 방식 등) 등을 동시에 고려할 때 종합적이고 타당성 있는 거리두기에 대한 논의가 이루어지리라 생각한다. 거리두기는 단순한 문제가 아니며, 하나의 장르에서 거리두기에 대한 일정한 양상을 드러난다면 이것은 바로 그 장르의 본질을 파악할 수 있는 유용한 잣대가 될 수 있다.

본고는 이러한 전반적이면서도 종합적인 거리 조정의 문제를 다루기 위한 일환으로서 시적 화자와 대상과의 거리를 중심으로 논의를 전개하고자 한다. 이러한 논의를 하기 위해 본고가 다루고자 하는 구체적인 대상은 시적 화자의 성격과 감정 노출의 정도 및 방식, 그리고 종장의 결말 맺기 방식이다.

첫째, 시적 화자의 성격은 공적인 혹은 사적인 성격 중 어느 것이 강화되어 있느냐의 여부를 기준으로 살펴볼 것이다. 시적 화자의 성격에 따라 그 시의 내용도 달리 나타나며, 시 안으로 끌어온 소재 혹은 대상에 대한 태도 또한 달라질 것이다. 따라서 시적 화자의 성격은 거리두기의 양상을 살필 때 기본적으로 이루어져야 할 고찰 대상인 것이다.

둘째로 감정의 노출 정도 및 그 방식에 대해 고찰을 할 것이다. 이것은 두 가지로 나누어 살펴보아야 하는데, 감정의 노출과 감정의 억제, 다른 하나는 감정의 노출에 있어서 양식화를 통하여 노출되었느냐 아니면 비양식화를 통하여 노출되었느냐의 문제이다. 양식화란 예술적 장치를 말하는데, 본고에서는 객관적 상관물을 기준으로 살펴볼 것이다. 같은 감정의 노출이 이루어진다 하더라도 양식화 여부에 따라 그 양상과 효과는 달리 나타날 수밖에 없기 때문이다.

마지막으로 종장의 종결 양상과 그 시적 효과에 대하여 고찰을 할 것이다. 시조에서 종장은 의미의 완결과 종결이 이루어지는 곳이고, 시적 화자의 태도 및 가치관이 분명히 드러나는 자리이기에 때문에, 거리두기 양상을 살펴보는 데에 있어서 상당히 중요한 의미를 지니고 있기 때문이다.

이러한 논의 과정에서 밝혀진 사실을 토대로 사설시조의 거리두기의 양상을 찾아내고, 이것이 가진 의미를 살펴보는 것으로 본고의 논의를 마치고자 한다. 여기서는 사설시조의 본질적 속성 혹은 특성을 거리두기의 기준으로 볼 때, 어떠한 면을 설명하고 해결할 수 있는지를 논의하고자 한다.

3. 사설시조의 거리두기

1) 시적 화자의 성격과 거리두기

시 속에서 말하고 있는 인물 즉 시적 화자는 시적 구성물로 보아야 한다.[6] 일상적 이야기와는 달리 시는 언어를 유기적으로 배열·연결

---

6) 박철희·김시태 편역, 『문학의 이론과 방법』, 이우출판사, 1986, 215면.

함으로써 형상화되기 때문이다. 시는 일상적 언어를 일정한 목적하에 형식상의 질서를 부여해줌으로써 만들어진다. 이러한 시각은 경험적 자아와 시적 화자를 동일시해서는 안 된다는 의미를 내포하고 있다. 그러나 이러한 시각을 기본적으로 견지하고 있더라도, 실제 작가의 사회적 위치, 가치관에 대한 정보는 시를 이해하는 데에 일정 정도의 실마리를 제공할 수 있다는 사실을 부인할 수는 없을 것이다. 특히 언뜻 보기에 유사한 내용을 담고 있지만 사실 서로 다른 가치관이 투영된 시조를 분석하면서 작가의 삶과 사회적 위치, 역사적 배경은 중요한 가늠자의 역할을 할 수 있기 때문이다.[7] 그리고 이러한 시각에서의 문학 연구 혹은 감상 태도는 전통적인 동양적 시관(詩觀)이기도 하다.[8]

거리두기의 양상을 살펴볼 때, 경험적 자아와 시적 화자의 거리는 별도의 자리에서 살펴보아야 할 중요한 문제이다. 이때 경험적 자아란 좁게는 실제 작가를, 넓게는 그 당대의 시조 창작 계층이 지니고 있었던 가치관을 대표하는 추상적 자아를 의미한다. 그런데 앞서 언급하였듯이, 본고는 일단 경험적 자아를 배제하고 시적 화자만으로 고찰 대상을 한정하였다. 그래서 본격적으로 경험적 자아를 찾아내고 시적 화자와의 관계를 본고에서 논할 수는 없겠으나, 실제 작가가 분명히 알려진 평시조의 경우 범박한 수준에서나마 경험적 자아의 존재를 염두에 둔 논의를 할 생각이다. 먼저 시적 화자의 성격을 시적 맥락 속에서 찾아내는 것을 전제로 하고 경험적 자아의 존재를 확인

7) 김홍규의 「강호자연과 정치 현실」에서 이 방법론에 대한 유효성을 증명하였다. 김학성·권두환 편, 『고전시가론』, 새문사, 1984.

8) 『孟子』 「萬章」, "頌其詩, 讀其書, 不知其人何乎."

할 수 있는 경우에 이를 활용하고자 한다.[9]

青山은 엇졔ᄒᆞ여 萬古에 프르르며
流水ᄂᆞᆫ 엇졔ᄒᆞ여 晝夜애 긋지 아니ᄂᆞᆫ고
우리도 그치지 마라 萬古常靑 ᄒᆞ리라(37)[10]

江原道 開骨山 감도라 드러 鍮店졀 뒤해 우둑션 전나모 긋헤
숭구루혀 안즌 白松骨이도 아므려나 자바 질드려 쩽山行 보내ᄂᆞᆫ듸
우리ᄂᆞᆫ 새님 거러두고 질 못드려 ᄒᆞ노라(465)

위 두 시조 종장 첫 구에 '우리'라는 시어가 공통적으로 보인다. 여기서 '우리'는 시적 화자를 포함한 동일한 성향을 띠고 있는 인물군(人物群)을 의미할 것이다. 그런데 '우리'는 두 시조에서 각각 다른 양상·성격을 지니고 의미화되고 있다.

첫 번째 시조는 「도산십이곡(陶山十二曲)」의 후육곡(後六曲) '언학(言學)' 중 하나이다. 자연을 매개로 하여 학문에의 끊임없는 정진을 노래한 시조이다. '청산'과 '유수'가 지닌 '만고에 프르'르고 '긋디 아니'하는 속성을 끌어와 끊임없이 학문의 길을 나아가겠다는 시적 화자의 의지를 보인다. 이 시조에서 거론된 '청산'과 '유수'는 대상 자체로서보다는 그것이 담고 있는 속성이 더욱 중요한 의미를 지닌다. 즉 '청산, 유수'는 감상 대상으로서의 자연이기보다는 관념적인 존재로 자리하고 있다.

소재가 관념적 성격을 띠고 있다는 것은 시적 화자의 성격 또한 관

9) 대부분 사설시조는 작자를 알 수 없다. 학자들마다 의견을 달리하고 있는 실정이다. 따라서 경험적 자아를 염두에 둔 분석은 평시조에만 해당된다.

10) 진본 『청구영언』에 표기된 번호.

념적임을 의미한다. '청산'과 '유수'가 함유한 항구성을 제시하고 학문에 관한 태도를 말하는 것은 개인적 특유의 경험을 토대로 한 것이라기보다는 공공적인 이념의 표출로 보는 것이 온당할 듯하다. 따라서 첫 번째 시조의 종장에서 보이는 '우리'는 그 당대의 보편적으로 공감대를 형성할 수 있는 사회적 자아로서의 성격을 지니고 있다. 구체적인 작가가 이황(李滉)임을 고려하여 말한다면, 수기(修己)를 유가적(儒家的) 이상(理想)을 실현하기 위한 전제로써 여기는 사대부들의 보편적인 관념을 기본적인 성격으로 하면서 시적 화자는 형상화되고 있다.

두 번째로 제시하고 있는 사설시조는 '새님'과 '백송골'의 대비를 통하여 시적 화자의 안타까움을 표출하고 있다. '백송골'을 길들여 꿩사냥을 보내고 있는 상황을 초·중장에서 제시하고, 이와 대조적으로 '새님'을 길들이지 못해 한탄하고 있는 시적 화자의 상황을 종장에서 제시하고 있다. '새님'을 길들이지 못한 안타까움을 드러내기 위한 매개자로서 끌어온 '백송골'은 구체적인 사물로서의 성격을 지니고 있다. 추상적인 관념을 드러내기 위한 상징으로서의 소재가 아니라 잘 길든 '백송골' 그 자체로서의 의미를 지닌다. 그리고 시적 화자의 상황도 '새님'을 길들이지 못한다는 개인적이고 일상적인 성격을 띠고 있다. 이러한 사실은 이황의 시조에 나타난 시적 화자의 성격과 대비해 볼 때, 극히 일상적이며 개인적인 상황을 노래함으로써, 시적 화자의 성격 또한 관념적이고 보편이기보다는 구체적이고 개성적으로 형상화된다.

우리도 놈의 님 거러두고 기픠를 몰라 ᄒᆞ노라 (537)
우리도 새님 거러두고 플더겨 볼가 ᄒᆞ노라 (479)
우리도 져머신 제 만히 것거 보왓노라 (478)
우리도 새님 거러두고 나죵 몰라 ᄒᆞ노라 (562)

'우리'라는 시어가 출현하는 시조들을 모았다. 여기서 '우리'는 모두가 남편 아닌 다른 남자와의 관계, 젊었을 때 겪었던 일 등 개인적이고 개성적인 경험을 통하여 느낀 동류의식을 강조[11]하는 시어로 파악된다.

성급한 결론일 수 있겠으나, 시적 화자의 성격에 있어서 사설시조는 평시조에 비해 개인적 성향을 띠고 있는 경향이 있다. 즉 시적 화자의 설정에 있어서 평시조는 경험적 자아의 개성은 크게 작용하지 못하고 그 당대의 보편적이면서 공공적인 이념을 대표하는 성격을 지니고 있는 반면에, 사설시조에서는 개인적인 경험이 강화된 상태에서 시적 화자는 목소리를 내고 있는 것이다. 다른 말로 하자면 평시조의 시적 화자는 관습적인 모습을 띠고 있는 데에 반해, 사설시조는 개인적인 성격을 띠고 있다.

사설시조의 시적 화자가 지니고 있는 개인적이고 개성적인 성격은 내용과 깊은 관련을 맺고 있다.

어리려뇨 어이려뇨 싀어마님아 어리려뇨
쇼대 남진의 밥을 담다가 놋쥬걱을 잘를 부르쳐시니 이를 어이ᄒᆞ려뇨 싀어마님아

11) 조규익, 『만횡청류』, 박이정, 1996, 124면.

져 아기 하 걱정마스라 우리도 져머신 제 만히 것거 보왓노라 (478)

白髮에 환양노는 년이 져믄 書房 ᄒᆞ랴ᄒᆞ고
셴머리에 黑漆ᄒᆞ고 泰山峻嶺으로 허위허위 너머가다가 과그른 쇠나기에 흰동정 거머지고 검던 머리 다 희거다
그르샤 늘근의 所望이라 일락배락 ᄒᆞ노매 (507)

高臺 廣室 나는 마다 錦衣 玉食 더욱 마다
銀金 寶貨 奴婢 田宅 緋緞 치마 大緞 쟝옷 密羅珠 겻칼 紫芝 鄕織 져고리 ᄯᅡᆫ 머리 石雄黃으로다 ᄭᅮᆷᄌᆞ리 ᄀᆞᆺ고
眞實로 나의 平生願ᄒᆞ기는 말 잘ᄒᆞ고 글 잘ᄒᆞ고 얼골 ᄀᆡ자ᄒᆞ고 품자리 잘ᄒᆞ는 져믄 書房 이로다 (559)

위에 제시한 사설시조들은 늙은 여자가 젊은 서방을 찾으려다가 망신당하는 이야기, 샛서방[간부(間夫)] 때문에 주걱 부러지는 이야기, 품자리 잘하는 젊은 서방이 좋다는 이야기 등등 개인적이고 개성적인 생활의 경험에서 빚어질 수 있는 내용이 제시되어 있다. 사설시조는 시적 화자의 성격에 있어서 개성적인 경험이 강화된 경향을 띠고 있으며, 내용에 있어서도 보편적인 관념보다는 개인이 겪은 구체적 생활상을 주된 대상으로 설정하고 있다.

다음으로 이러한 시적 화자의 성격을 토대로 시적 화자의 대상 간의 관계를 살펴보고, 감정의 노출 양상과 그 정도를 살펴봄으로써 시적 화자와 대상 간의 거리두기 양상을 구명해 보고자 한다.

江湖에 期約을 두고 十年을 奔走ᄒᆞ니

그 모른 白鷗는 더듸 온다 하건마는
聖恩이 至重ᄒᆞ시니 갑고 가려 ᄒᆞ노라 (102)

窓 내고쟈 窓을 내고쟈 이내 가슴에 窓 내고쟈
고모장지 세살장지 들장지 열장지 암돌져귀 수돌져귀 비목걸새 크나큰 쟝도리로 뚱닥바가 이내 가슴에 窓 내고쟈
잇다감 하 답답ᄒᆞᆯ 제면 여다져 볼가 ᄒᆞ노라 (541)

102는 이항복의 시조이다. 초·중장에서는 자연에서의 삶에 대한 개인적 욕구가, 종장에서는 성은을 갚기 위한 정치 생활이 제시되어 있다. 시적 화자는 자연에서의 삶과 정치 생활 사이에서 팽팽하지는 않더라도 일정 정도의 갈등을 전제로 하여 목소리를 내고 있다. 시적 화자는 당대 사대부라면 보편적으로 갖고 있음직한 사고방식인 출(出)과 처(處) 사이의 갈등을 내면에 간직하고 있다. 시적 화자는 개인적이기보다는 사대부들의 집단의식을 그대로 견지하고 있는 그래서 공공의 이념을 대표하는 성향을 띠고 있다.

그런데 여기서 주목하고자 하는 것은 '백구(白鷗)'에 대한 시적 화자의 태도이다. '백구'는 시적 화자를 자연으로 오라고 재촉한다. 성은을 갚기 위해 분주한 시적 화자와 대비되어 '백구'는 자연에서 생활한다. 시적 화자와 '백구'는 상황적으로 대립되는 성격을 어느 정도는 갖고 있다. 그러나 '백구'는 시적 화자의 또 다른 모습으로 파악하는 것이 온당할 듯하다. 자연에서의 삶의 욕구를 원하고 있는 시적 화자의 또 다른 모습으로 '백구'를 파악할 수도 있다. 즉 '백구'는 자연 속에서 즐기는 '백구' 그 자체가 아니라 시적 화자의 감정이 이입된 객

관적 상관물로서의 의미를 강하게 지니고 있는 것이다. 이렇게 자연에서 살고 싶은 시적 화자의 감정과 같은 정서를 띤 대상으로서 '백구'를 제시하였다. '객관적 상관물'이라는 예술적 장치를 통하여 시적 화자의 정서를 표출하고 있다.

이에 반해 〈창 내고쟈~〉 소재의 성격은 다른 양상이다. 무슨 이유에서 그런지 모르겠으나 이 사설시조의 시적 화자는 너무 답답한 상황 속에 놓여 있다. 그래서 끌어온 소재가 '고모장지, 셰살장지' 등이다. 이런 소재는 시적 화자의 감정에 의해 윤색된 소재가 아니다. 물론 중장에서 거론되고 있는 사물들을 일상적인 사물 그 자체로 해석하는 것은 무리가 있다. 무언가를 상징하는 혹은 원관념을 드러내기 위한 보조관념으로서의 성격을 어느 정도 지닌 것도 사실이다. 암수의 관계를 통한 성적(性的) 표현으로 볼 수 있게끔 사물을 배치하고 있어서 더욱 그러하다.[12)]

그러나 이 소재가 앞에 언급한 '백구'가 지니고 있는 성향과 같은 양상을 띠느냐의 문제는 다시 한 번 살펴볼 필요가 있다. 시적 화자의 상황과 상반되는 상징성을 내포하고 있는 소재를 선택했을 뿐이지 객관적 상관물로 볼 수는 없기 때문이다. 〈창 내고자~〉의 소재는 그 사물 자체가 지니고 있는 속성이 그대로 드러내고 있다. 오히려 〈창 내고쟈~〉의 소재는 답답한 시적 화자의 마음을 나름대로 해결해주는 도구로서의 성격이 강하게 표출되었다고 보는 것이 온당할 듯하다. 사설시조에 선택된 소재가 지니고 있는 이러한 성격은 다음 사설시조에서도 확인 가능하다.

---

12) 위의 책, 96면.

青天에 썻는 기러기 흔 雙 漢陽城臺에 잠간 들러 쉬여갈다
이러로셔 져리로 갈 제 내 消息 들어다가 님의게 傳ᄒᆞ고 져리로셔 이리로 올 제 님의 消息 드러내손딗 브딕 들러 傳ᄒᆞ여 주렴
우리도 님 보라 밧비가는 길히니 傳홀동말동 ᄒᆞ여라 (555)

池塘에 비 색리고 楊柳에 닉 씨인 제
沙工은 어듸가고 뷘 비만 믹엿는고
夕陽에 싹일흔 골며기는 오락가락 ᄒᆞ노매 (305)

위 사설시조의 시적 화자는 한양에 있는 임에게 나의 소식을 전하고 싶고, 동시에 임의 소식을 애타게 기다리고 있다. 이러한 내용을 담고 있는 대개의 시조는 위에 제시한 305번 시조와 같이, 시적 화자의 심정과 같은 정서를 지니고 있는 기러기를 등장시킨다. 기러기는 감정을 이입한 대상임은 물론이다. 그러나 이 사설시조의 기러기는 시적 화자의 정서를 외면한다. 이렇게 사설시조에 등장하는 시적 대상들은 감정 이입된 객관적 상관물이 아닌 사물 그 자체의 성격을 그대로 지니려는 성향을 띤다. 즉 사설시조는 시적 화자의 감정을 예술적 장치라는 양식화를 하지 않은 채 표출하고 있다.

사설시조는 시적 화자가 대상을 대하는 데에 있어서 평시조와는 다른 양상을 띠고 있다. 개인적이면서 개성적인 성향을 띠고 있는 시적 화자가 일상적인 생활 속에서 느낀 감정을 있는 그대로를 표출하려는 경향을 띠고 있다. 즉 실제의 정서를 객관적 상관물을 통해 환기되는 정서로 표출하지 않는 것이 사설시조의 경향이라 할 수 있다. 즉 사설시조는 실제 정서(emotion)를 양식화를 통해 정서(feeling)로 전환시

키지 않고, 실제 정서(emotion) 그대로를 노출한다. 그리고 시의 소재는 주체의 관심이 지향된 대상(object)으로 인식하기보다는 사물(thing) 그 자체로의 성격을 간직한 채 표출되고 있다.

2) 결말의 시적 효과와 거리두기

사설시조 종장의 종결 양상을 살펴보기 위해, 비교 대상으로 평시조 한 수를 들어보면 다음과 같다.

> 내가슴 헤친 피로 님의 양주 그려내여
> 高堂素壁에 거러두고 보고지고
> 뉘라셔 離別을 삼겨 사름 죽게 ᄒᆞᄂᆞᆫ고 (131)

상촌 신흠의 시조이다. 이별에서 오는 고통을 토로하고 있다. 시적 화자의 갈등은 이별에서 비롯되었다. 갈등을 해결하려는 시적 화자의 몸부림은 초·중장의 진술로 그 정도를 헤아릴 수 있을 듯하다. 피로 그려놓은 임의 모습은 갈등의 해결이라기보다는 오히려 임에 대한 그리움의 강도를 높여주었다. 죽겠다는 심정을 토로하는 데까지 이르게 되었다. 초·중장에서는 해결의 노력을, 종장에서는 그로 인해 생겨난 시적 화자의 심정이 직설적으로 토로되면서 시는 종결되었다. 초·중장에서는 시적 화자의 행위가 묘사적 성격을 띠면서 서술되고, 종장에서는 시상의 전환이 이루어져 화자의 정서를 서술하였다.

그런데 여기서 중요한 것은 초·중장이 어느 정도 종장의 내용을 암시하고 있다는 점에 있다. 이별에 대한 진정한 해결은 만남에 있는

데, 그림을 본다 하여 그리움은 상쇄되지 않는다. 피로 임의 그림을 그리고 본다는 것은 그리운 정도를 나타내주는 것일 따름이다. 따라서 종장에서 그리운 감정의 고조는 충분히 예상할 수 있다. 시상은 정서의 일관성을 유지하면서 전개되고 있다. 각 장은 정서적인 면에서 서로 등가적인 관계에 있다.

예서 놀애를 드러 두세번만 부츠며는
봉래산 제일봉 고온님 보련마는
ᄒᆞ다가 못ᄒᆞᄂᆞᆫ 일은 닐러 무슴ᄒᆞ리 (67)

정철의 시조이다. 봉래산 꼭대기에 날아서 올라가면 사랑하는 임을 볼 수 있지만, 불가능한 일이다. 자조적 한탄으로 시상을 종결하고 있다. 대개의 평시조는 시적 화자의 정조가 일관되게 유지한다. 기실 정서의 일관성은 보편적 양상이다. 그런데 사설시조는 다른 양상을 보인다.

ᄋᆞ자 나 쓰던 되 黃毛筆을 首陽梅月을 흠벅지거
窓前에 언젓더니 댁더글 구우러 쏙 너라지거고 이제 도라가면 어들 법 잇건마ᄂᆞᆫ
아모나 어더가져셔 그려보면 알리라 (476)

위 사설시조는 초·중장에서 자기가 쓰던 좋은 붓이 창 밖으로 떨어졌다는 것을 진술하고 있다. 종장의 진술은 다소 엉뚱하다. 다른 사람이 얻어가 쓰게 되면 붓의 진가를 알 수 있다고 말한다. 황모필이

'임'을 상징한다면 상황은 상당히 심각하지만, 화자의 태도는 너무도 간단히 결론지어 버린다. 각 장 간에 정서의 일관성이 긴밀히 유지되고 있지 못한다. 시적 화자의 입장이 관조적 자세로 변화하고 있기 때문이다. 감정이 최고조로 격앙되어야 지점에서 관조적인 태도를 취한다.

이러한 경향은 478번 사설시조도 마찬가지이다. 간부와 얽힌 이야기이기에 심각하다. 이를 시어머니에게 말한다. 시어머니의 대답은 실소를 머금게 한다. 초·중장에서 드러난 정서가 종장까지 이어지지 못하고 차단되면서 정서의 전환이 발생한다. 시적 화자의 정서를 차단하는 종결 방식은 앞에서 제시한 555번 사설시조에서도 보인다. 나와 멀리 떨어져 있는 임의 소식을 알려달라는 시적 화자의 심정에 대한 기러기의 반응은 냉담하다. 기러기는 시적 화자의 감정 따위에는 아무런 관심을 보이지 않는다. 정서의 차단은 시적 화자와 시적 대상 사이에 일정한 거리를 존재하게 한다.

4. 사설시조의 거리두기 양상과 그 의미

이 장에서는 3장에서 살핀 시적 화자의 성격, 감정 표현의 양상, 결말 맺기의 양상을 토대로 사설시조에 나타난 거리 조정 양상을 살피고자 한다. 사설시조에서 시적 화자의 소재를 포함한 시 자체와의 거리 양상을 살피기 위해, 상정될 수 있는 시조의 여러 양상을 도식화하면 다음과 같이 나타낼 수 있다.

시적 화자의 성격	사회적/관념적 → 보편적 자아	a
	개인적/구체적 → 개성적 자아	b
감정의 표출 양상	양식화를 통한 감정 노출(feeling) → 감정의 억제 / object	c
	비양식화를 통한 감정 노출(emotion) → 감정의 표출 / thing	d
결말 맺기	일관된 정서를 통해 정서 심화	e
	정서의 객관화를 통한 정서 차단	f

평시조는 사회적이고 관념적인 그래서 보편성을 띤 시적 화자가 객관적 상관물을 통하여 감정을 표출하고 있으며, 종장은 초·중장의 정서를 그대로 이어받아 정서를 심화 내지는 유지한다. 평시조는 'a, c, e'의 경향성을 보인다. c와 e는 모두 시적 화자의 정서가 직·간접적으로 표출하고 있음을 뜻한다. 시적 화자와의 거리는 가깝다. 좀 더 자세히 말하면, 화자의 '관념성'과 객관적 상관물이라는 양식화를 통한 '감정 표출'을 고려할 때 시적 화자와 대상 간의 거리는 모자라지도 넘치지도 않는 '적정한 거리두기'이다.

사설시조는 'b, d, f'의 양상을 띤다. 즉 사설시조는 개인적이고 구체적인 그래서 개성적인 화자가 소재의 속성이나 특성을 통해 감정을 여과 없이 표출하고 있으며, 종장은 초·중장과는 다른 정서를 나타낸다. 시적 화자의 정서가 유지되지 못하거나 차단되는 방향으로 종결하고 있다. 이를 좀 더 자세히 살피기 위해, 'b+d' 결합과 'b+f' 결합의 의미를 나누어 설명하고자 한다.

b와 d의 결합은 개성적 자아로서의 시적 화자가 객관적 상관물과 같은 양식을 통하지 않고 비양식화를 통한 감정 표출을 의미한다. 시적 소재는 감정 이입의 대상이 아니기에 시적 화자와는 거리가 존재한다. 소재는 그 사물이 지닌 그대로의 성격을 간직한 채 자리하기에

구체성을 지닌다. 소재가 본래의 성향을 지니고 있으면서 화자의 감정이 직접 표출된다는 것은 감정 노출이 직설적이란 의미이다.

한편, b와 f의 결합은 초·중장에서 이루어진 정서가 종장에 이르러 차단됨을 의미한다. 개성적이면서 개인적인 시적 화자의 정서와는 다른 정서가 종장에 보임으로써, 시적 화자는 대상과 거리를 두게 되는 현상이 일어난다. 임에 대한 그리움을 해소해줄 것이라 믿었던 기러기의 대답과 샛서방과의 관계에서 생긴 며느리의 고민에 대한 시어머니의 대답은 시적 화자로 하여금 정서의 유지하거나 심화가 이루어지지 못하고 멈추게 된다. 일종의 반전이라 할 수 있겠다.

경우에 따라서 b, d, f가 결합된 사설시조도 있다. 설명과 이해의 편의를 돕기 위해 앞서 거론된 사설시조를 다시 제시하면 다음과 같다.

> ᄋᆞ자 나 쓰던 되 黃毛筆을 首陽梅月을 흠벅지거
> 窓前에 언젓더니 댁딕글 구우러 쏙 너라지거고 이제 도라가면 어들 법 잇건마는
> 아모나 어더가져셔 그려보면 알리라 (476)

화자는 자기가 쓰던 '황모필'을 창밖으로 떨어뜨린 특별한 경험이 있다. 벌어진 사건이 개인적이어서 시적 화자는 개성적 성격(b)을 지닌 존재이다. '황모필'에 대하여 화자는 이렇다 할 감정을 투여하고 있지 않으며 정서 또한 뚜렷이 제시되지 않았다.(d) '황모필'은 아끼던 물건이고 창밖으로 떨어졌다는 상황은 일종이 갈등인데, 이에 대한 시적 화자의 태도는 의아스럽다.(f) 다른 사람이 주어가 쓰게 되면 '황모필'의 진가를 알 수 있다는 것이다. '황모필'을 사랑하는 임의 상

징이라면, 종장은 낯선 종결이다. 시적 화자는 지나치게 관조적이고 방관자적이다.

사설시조는 개성적 화자의 비양식적 감정 표출로 인해 개인적인 신세 한탄이나 넋두리의 성향을 띤다. 때로는 종결의 이질적인 정서 표출로 인해 시적 화자는 방관자적인 입장에 서기도 한다.

이상에서 살펴본 바, 사설시조는 시적 화자와 대상 간에는 일정한 거리가 존재하다. 종장의 종결 양상 때문이다. 시적 화자와 대상 간에, 시적 화자와 시 전체의 정서 간에 일정한 거리가 존재하는 사설시조의 거리두기 양상과 그 효과는 평시조와는 다르다. 이는 시적 화자의 특징에서 비롯된다. 사설시조의 시적 화자는 개인적이고도 구체적인 사건을 경험한 개성적 인물이기에, 개인적인 신세 한탄이나 넋두리 혹은 관조적이고 방관자적으로 존재한다.

5. 결론 : 앞으로의 연구 방향

본고는 「만횡청류」를 고찰 대상으로 하여 시적 화자의 성격과 시적 화자와 대상간의 거리, 종결 방식의 시적 효과에 따른 거리두기 양상에 대하여 살펴보았다.

고찰 결과 시적 화자는 개인적이고 개성적인 경향을 보였고, 대상은 사물 그 자체로서의 의미가 강화되고 감정이 이입되지 않았다. 종결의 내용이 초·중장과는 이질적인 정서를 담고 있어 정서의 심화가 이루어지지 못했다. 오히려 정서 차단의 효과가 빚어졌음을 살펴보았다. 그리고 시적 화자와 대상 간에, 시적 화자와 시 자체 간에 일정한 거리가 존재함을 알아내고, 이것이 함유하고 있는 의미를 정리해 보았다. 사설시조의 시적 화자는 개성적인 성향을 띠었으며, 이로 말미암아 개인적인 신세 한탄이나 넋두리 혹은 관조적이고 방관자적인 느낌을 갖게 되었다.

이러한 특성이 사설시조의 본질적 특성과 어떠한 관계가 있느냐가 중요하다. 개인적인 신세 한탄과 넋두리, 관조적이고 방관자적인 시적 화자의 위치가 사설시조를 사설시조답게 하는 사설시조의 본질적 특성과의 관련 양상을 살피는 작업을 위한 전초 작업의 성격을 본고는 갖는다.

필자는 개인적인 신세 한탄·넋두리·방관자적 자세 등을 '진지성'과 관련하여 생각하고자 한다. 본고에서 찾아낸 사설시조의 양상은 진지함을 회피하거나 진지함의 차원을 달리하는 성향을 내포한다고 판단하였다. 사설시조의 본질적 속성을 필자는 '즐김, 가벼움'에서 찾고자 한다. 그런데 본고의 고찰 내용과 가볍게 즐기는 문학으로서의 사설시조와의 관련 양상을 살피기 위해서는 아래 사항을 점검해보아야 한다.

첫째, 진지함과 즐김의 관계에 대한 이론적이고 철학적인 깊은 이해가 뒷받침되어야 한다. 진지함과 즐김은 상반되는 개념이 아니다. 진지하면서도 즐거운 일이 얼마든지 존재할 수 있고, 실제로 존재하고 있기 때문이다. 둘째, 첫째와 관련되는 문제로서 이해의 용이성과 즐김의 관계이다. 깊은 생각을 동반하여 이해하는 것과 듣는(혹은 보는) 즉시 이해할 수 있는 것 사이에는 즐김의 차원이 다르다고 생각하기 때문이다. 셋째, 독자 측면에서 살펴보아야 한다. 작품과 독자와의 거리, 독자층을 이루고 있는 주요 사회계층, 이 계층의 성격 및 성향, 그리고 독자를 둘러싼 사회의 성격 등의 고찰이 병행되어야 한다. 독자를 배제한 즐김이란 상상할 수 없기 때문이다. 넷째, 시적 화자의 계층적, 신분적 다양성에 대한 종합적 고찰이다. 본고에서 살폈듯이, 시적 화자의 성향 및 성격은 시적 구성물을 형성하는 데에 상당히 중요한 기능 및 역할을 하기 때문이다.

이 외에 수사 방식(언어유희·패러디 등), 소재의 성격 등도 주요 고찰 대상이 되어야 한다. 이러한 후속 작업이 본고의 논의와 유기적 관련을 맺으면서 수행될 때, 사설시조의 사설시조다움을 밝히는 데에 보다 나아간 이해의 길이라 믿는다.

사설시조의 미적 기반

1. 문제 제기

본고는 사설시조의 미적 기반이 조선 전기 시조의 미적 기반과 다름을 사설시조에 나타난 병렬구조의 분석을 통하여 밝히는 데에 목적이 있다. 조선 후기 들어서 성행하게 된 사설시조가 조선 전기와는 다른 미적 기반을 갖추고 있음은 주지의 사실이다. 그런데도 본고에서 다시 살펴보려는 이유는 이제까지 종래의 연구는 주로 거시적 차원에서 이루어져 왔다는 데에 있다.

사설시조가 진솔한 표현, 대담한 성적 욕망의 표출 등 이전 시가(詩歌)에서 흔하지 않던 주제를 다루고 있다는 점을 사설시조의 연행 주체의 성격·연행 상황 등과 관련하여 살핀 결과, 사설시조의 특징을 서민적 미의식·탈중세적 근대성 혹은 반대로 퇴영적·기생적 성격 등으로 파악해 온 것이 종래 연구의 큰 흐름 중 하나였다. 이렇게 사설시조에 대한 기존 논의의 결과가 두 극단 현상을 보이는 사설시조를 진지한 문학이라는 기준만으로 보았다는 점과 주제·미의식·향유계층의 성격 등 주로 거시적 차원에서 다루어졌다는 데에 있다고 판단된다. 이로 인해 기존 논의가 지닌 일면의 값진 성과에도 불구하고 문제성 또한 적지 않았다고 생각한다. 문학이 진지함을 절대적 요소로 지닐 필요는 없으며, 문학은 거시적 차원보다는 미시적 차원 즉 매개 층위라 할 수 있는 시적 표현 장치에 의해 그 문학의 방향이 달라질 수 있기 때문이다.

같은 소재 혹은 주제라 하더라도 그것을 어떻게 표출시키느냐에 따라 작품의 의미 지향이나 미의식은 다르게 나타날 수 있다.[1] 다시 말해서 시적 기법은 단순한 기법 차원에 머무르지 않고, 작품의 미적 기반과 관련되어 있다. 이에 본고는 사설시조가 구체적으로 어떠한 미적 태도를 보이는가를 병렬구조라는 시적 기법의 양상을 통해 밝히고자 하는 데에 목적이 있다. 그리고 이를 통해 사설시조를 진지한 문학으로서가 아닌 순수 유희적 문학으로 바라보는 시각도 일면 필요함을 말해보고자 한다.

물론 병렬구조만으로 사설시조가 기반을 두고 있는 미적 태도의 전반을 살핀다는 것은 무리이다. 이에 본고는 시론적(試論的) 성격을 다분히 지니고 있다.[2]

---

1) 김흥규, 「사설시조의 시적 시선 유형과 그 변모」, 『한국학보』 68집, 일지사, 1992, 3면.

2) 김흥규가 역주한 『사설시조』에는 총 429수의 무명씨 사설시조가 소재 혹은 주제를 기준으로 7개 항목으로 나뉘어 수록되어 있다. 이중 사설시조의 특징을 잘 드러내는 항목은 "그리움과 시름·갑남을녀(甲男乙女)·세월아, 세월아·풍류(風流)와 취락(醉樂)·말놀음"으로 총 314수다. 여기서 84수가 병렬구조를 보여 약 26.7%를 차지하였다. 이 통계수치가 유의성을 지니려면 다른 시가 장르와의 비교 등의 작업이 선행되어야 하겠지만, 어느 한 장르에서 하나의 시적 장치의 빈도수가 26.7%에 다다른다면 어느 정도의 유의성은 확보된다는 것이 본고의 판단이다.

그리고 병렬구조가 사설시조의 장르 특성인 장형화와 관련하고 있기에 더욱더 유의미하다 하겠다. 이 정도면 사설시조의 미적 기반을 밝히는 중요한 단서를 제공하

2. 장형화에 기여하는 병렬구조

병렬(parallelism)은 동일성을 전제로 나타난다. 구(phase)나 행(line) 등을 단위로 의미와 형식에 있어서 동질성을 띨 때 병렬구조라 한다. 그런데 같은 구조의 반복이 같은 의미의 반복으로 생각해서는 곤란하다. 형식과 내용의 동일한 반복을 병렬이라고 하지는 않기 때문이다.[3)] 같은 구조로 병렬되더라도 '긴장'을 형성해야 하며, 의미론적으로도 유사 혹은 대조를 통해 화자의 감정을 심화시키거나 시적 전환을 통한 풍부한 주제의식을 내포하고 있어야 한다.[4)] 이러한 면에서 병렬은 반복에 포함된 것이면서 동시에 반복과 구별돼야 한다.[5)]

Leech에 의하자면, 병렬에는 '전경화된 규칙성'과 '전경화된 불규칙성'이 동시에 공존해야만 한다. 병렬은 변하지 않는 요소와 변화하는 요소의 결합을 통해 하나의 작품을 구성[6)]하는 중요한 시적 장치 중 하나가 된다. 즉 의미와 이미지 등의 단순한 반복에서 벗어나 변화와 굴절을 일으키고, 특히 비교 또는 대립적 구조를 형성할 때 병렬이라 부를 수 있다.[7)]

이러한 병렬은 시대와 장르를 초월하여 존재한다. 상고대 시가에

는 데에 한묶할 수 있다고 판단하였다.

3) Geoffrey N. Leech, *A Linguistic Guide to English Poetry*, Longman, 1969, p.66.

4) Jonathan Culler, *Structuralist Poetics*, Cornell University, Press, 1975, p.126.

5) 김수경·정끝별, 「수사적 전통과 패러다임의 변모」, 성기옥 외, 『한국시의 미학적 패러다임과 시학적 전통』, 소명출판, 2004, 244~246면.

6) 위의 논문, 247면.

7) 위의 논문, 246면.

서부터 조선시대를 거쳐 지금의 현대시에 이르기까지 중요한 시적 장치로 사용됐다. 그런데 병렬의 시적 기능과 효과는 시대와 장르에 따라 양상이 다르다. 단순한 병행구문을 통하여 시적 자아의 감정을 심화시키는가 하면, 변형과 굴절을 통해서 복잡한 삶의 형태를 드러내 주기도 한다. 병렬이 함유한 시적 기능과 효과의 차이는 시대적인 것일 수도 있고, 장르적 차이에서 비롯된 것일 수도 있다. 이에 특정 장르에 나타난 병렬의 표출 양상과 그것이 지닌 시적 기능 및 효과를 밝혀내는 작업은 작게는 그 장르의 특징을 드러내는 것이면서, 동시에 넓게는 그 시가 장르가 성행되었던 그 시대적 특징을 찾아내는 것이기도 하다.

이 장에서는 본고의 고찰 장르인 사설시조의 병렬구조가 지닌 특성을 먼저 살펴보고자 한다. 사설시조의 병렬구조가 지닌 특성은 사설시조의 장형화에 이바지한다는 데에 있다고 판단되는데 그 구체적 양상은 크게 두 가지이다. 하나는 같은 구조의 많은 나열로 인한 장형화이고, 다른 하나는 같은 통사적 구조에 많은 수식적 시어들의 첨가로 인한 장형화이다. 현대적 개념으로 하자면, 전자가 병렬되는 행이 많아지는 것에 의한 장형화라면, 후자는 행 안에서 수식적 시어들을 첨가함으로써 행 자체가 장형화되는 것을 의미한다. 먼저 동일한 구조의 많은 나열로 인하여 장형화된 사설시조들을 살펴보기로 하겠다.

萬里長城 役事時에
金도 나고 銀도 나는 花樹盆이 보배런가
照東前後 十二乘하든 夜光珠가 보배런가
辟塞玉 辟塵犀 和氏璧

大者 六七尺 珊瑚樹가 보배런가
木難火齋 瑪瑙 琥珀 寶石 金光石이 보배런가
아마도 世上 天下 萬古 千古今에
盜賊도 못 가저 가는 無價寶는 文章인가. –『고대본 악부』

위 사설시조는 진정한 보배는 '문장(文章)'에 있음을 초·중장의 병렬구조를 통해 강조하고 있는 작품이다. 흔히들 보배라고 일컬어지고 있는 화수분·화씨벽 등을 '~가/이 보배런가'라는 같은 통사적 구조를 기반으로 병렬시키고 있다. 초·중장에서 나열하고 있는 보물들은 모두 물질적인 보물이다. 그래서 도적이 가져갈 수 있는 보물이고, 있다가도 없고 없다가도 있는 그런 존재이다. 이런 의미에서 앞서 나열한 보물들은 값진 보물이긴 하지만 진정한 보물은 아니다. 위 사설시조는 '각종 보물 : 문장 = 가치의 유한성 : 가치의 무한성 = 물질 : 정신'의 대립구조를 기본 틀로 하면서 물질적 세계에 대한 부정을 통해 정신적 세계의 진정성을 강조하고 있는 작품이라 할 수 있다.

그런데 위 사설시조에서 보이는 병렬은 같은 구조에 동일한 의미범주를 지닌 어휘를 단순하게 되풀이하고 있다. 병렬구조를 통해 새로운 의미를 도출하기보다는 종장의 내용을 강조하기 위한 기능만을 할 뿐이다. 위 네 개의 병렬 중 어느 하나를 생략하더라도 작품의 의미에는 뚜렷한 변화를 주지 않기 때문이다. 다소 거칠게 말해서 병렬이라기보다는 단순 나열의 의미가 더 강하다고 판단된다. 다음의 사설시조를 보자.

竹杖 집고 芒鞋 신고 萬福寺를 드러가니
여러 중이 모와 안저 춘양 정곡 애석히 역여
지성으로 축원헐제
엇던 중은 광쇠 들고
엇던 중은 죽비 들고
엇던 중은 모시 장삼에 실띄를 씌고
엇던 중은 목탁을 들고
또 엇던 중은 가사 책보 것처 메고
구불구불 염불을 할 제
광쇠는 쾅쾅하고 죽비는 철철
조고마헌 상좌중놈 북채를 갈너쥐고
두리 둥둥 법고만 친다 -『평주본 시조』

만복사에 들어가 중들의 축원 장면을 보고 쓴 작품이다. 주제는 확실하지 않지만 만복사에서 벌어지고 있는 중들의 행동을 묘사한다는 것만은 분명하다. 중장이 병렬구조를 이루고 있다. '엇던 중은 ~A하고'라는 같은 통사구조를 지니고 염불을 하는 행위를 나열하고 있다. 약간의 변형이 나타나기는 하지만 종장까지 동일한 병렬구조를 지속하고 있다 해도 과언은 아니다.

그런데 여러 중의 염불하는 행위를 나열하고 있을 뿐 새로운 의미를 도출해 내지 못한다. 물론 중들의 염불 행위를 중첩하여 여러 번 서술함으로써 춘향의 애절한 사랑에 대한 안타까움을 강조한다고 볼 수도 있지만, 전체적 형상화 방식과 관련하여 볼 때, 이러한 시각은 어울리지 않는다. 시종일관 객관적인 시각을 견지하고 있기 때문이다. 감정이 전혀 개입하지 않다고는 할 수 없겠지만, 감정을 단적으로 알 수 있는 시어가 보이지 않고, 있다고 해도 상당히 절제된 상태에서 진술한다. 이렇게 사설시조에 나타난 병렬은 병렬된 시행 혹은 구들 간에 상호 침투 융합되는 것이 아니라 병렬된 시행들 자체로 하나의 의미가 완결된 채 나열되고 있다. 같은 의미의 많은 나열로 인하여 다소간의 지루함을 자아낼 수도 있다고 판단되기까지 한다.

九九八十 一光老는 呂東濱 차저가고
八九七十 二君不事 濟王蜀의 忠節이요
七九六十 三老董公 漢太祖를 遮說한다
六九五十 四皓先生 商山의 바독 두고
五九四十 五子胥는 東門의 눈을 걸고
四九三十 六秀夫는 輔國忠誠이 지극하다
三九二十 七六國은 戰國이 되고
二九十 八陳圖는 諸葛亮의 兵法이요
一九 九宮數는 河圖 洛書가 이 아닌가 －『평주본 시조』

일종의 수시(數詩)이다. 1부터 9까지의 숫자와 관련된 인물이나 상황을 언급하고, 다시 그 해당 숫자를 거론하기 위해 앞에 구구단을 설정하여 놓았다. 따라서 구구단은 그 자체로는 의미가 없고, 뒤에 나오는 숫자를 끌어내기 위한 수단의 기능만을 하고 있다. 그런 점에서 구구단은 일종의 언어 유희적 성격을 띠고 있다. 이러한 수시는 일종의 잡체시로서 단순한 숫자놀음을 넘어 의미심장한 내용이 담겨 있는 경우가 많다.[8] 그러나 위 사설시조는 그렇지 않다. 1~9까지의

8) 정민, 『한시미학산책』, 솔, 1996, 295~297면.

수가 각각 하나의 행을 이루고, 다시 해당 숫자와 관련된 고사가 각각의 내용을 구성하고 있다. 그런데 각 행에 진술된 내용은 그 자체로 의미가 있을 뿐 다음 행과 연결되지 못한다. 각행이 중국 인물과 그 인물에 대한 특징을 서술하고 있는데 그치고 있으며, 인물들 간의 연관관계가 없기 때문이다.

이렇듯 사설시조의 병렬구조에서 나타나는 특징은 동일한 구조와 의미범주를 지니면서 다소 장황하게 나열하고, 각 행 간에 의미적 상호 교융 양상은 나타나고 있지 않다. 사설시조 병렬구조에 나타난 이러한 특징은 다음의 사설시조에서도 확인할 수 있다.

1 각시님 믈너 눕소 내 품의 안기리
2 이 아희놈 괘심ᄒᆞ니 네 날을 안을 소냐
3 각시님 그말 마소 됴고만 닷쳐고리 크나 큰 고양남긔 도라가며 제
 혼자 다 안거든
4 내 자ᄂᆡ 못 안을가
5 이 아희놈 괘심ᄒᆞ니 네 날을 휘울소냐
6 각시님 그말 마소 됴고만 도샤공이 크나 큰 대듕션을 제 혼자 다
 휘우거든
7 내 자ᄂᆡ 못 휘울가
8 이 아희놈 괘심ᄒᆞ니 네 날을 붓흘소냐
9 각시님 그말 마소 됴고만 벼록 블이 니러곳 나게 되면 청계라 관악
 산을 졔 혼자 다 붓거던
10 내 자ᄂᆡ 못 붓흘가
11 아 아희놈 괘심ᄒᆞ니 네 날을 그늘올소냐
12 각시님 그말 마소 됴고만 ᄇᆡᆨ지당이 관동 팔면을 제 혼자 다 그늘오

거든
13 내 자닉 못 그늘올가
14 진실노 네 말 곳틀쟉시면 빅년 동쥬 하리라

–『고금가곡(古今歌曲)』

1과 14를 전체적 틀로 하면서, 2~13은 '묻고 답하기'의 같은 형식과 통사구조를 이루고 있다. 병렬되고 있는 각각의 통사구조는 다음과 같이 나타낼 수 있다.

각 시 님 : 이 아희놈 괘심ᄒᆞ니 네 날을 (A)소냐
시적 화자 : 각시님 그말 마소 됴고만 (B)거든 내 자닉 못 (A)가

1에서는 각시님을 안고 싶다는 화자의 욕망이 표출되어 있으며, 14에서는 욕망에 대한 각시님의 긍정적인 대답이 나온다. 2~13에서는 각시님의 긍정적인 대답을 이끌어내기 위한 대화로 이루어져 있으며, 2/3, 4/5, 6/7, 8/9, 10/11, 12/13을 단위로 같은 통사 구조로 나열되고 있다. 전체적으로 보면 병렬되고 있는 각각의 행이 같은 의미범주로 반복되고 있으며, (A)의 내용을 보면 하나의 스토리가 전개되는 양상이다. 각시님의 질문에 화자가 답을 할 때, 질문과 대답이 한 사건의 연속이라는 성격을 띠면서 서술되고 있기 때문이다. '안다 → 휘어잡다 → 붙다 → 뒤덮다'를 남녀 간에 이루어지는 성관계의 진행 과정으로 해석할 수 있다.

위 사설시조는 시적 화자와 각시의 성적 욕망을 대화체로 표출하고 있다. 그런데 이 사설시조는 남녀의 관계를 심각한 대상이 아닌 유희

의 대상으로 여기고 있는데, 이렇게 볼 수 있는 근거는 위의 도식에서 병렬되고 있는 (B)의 진술 양상에 있다.

(A)를 할 수 있느냐는 각시님의 질문에 시적 화자는 (A)를 할 수 있다고 대답한다. 시적 화자가 (A)를 할 수 있다고 대답하는 근거는 (B)에서 제시된다. 그런데 사실 (B)에 나오는 내용은 (A)를 할 수 있는 근거가 아니다. 시적 화자가 각시를 안을 수 있다는 사실과 딱따구리가 고양나무를 돌아가면서 안는다는 사실은 전혀 상관이 없기 때문이다. 딱따구리가 고양나무를 안는다는 것과 시적 화자가 각시님을 안을 수 있다는 것 사이에는 음성적 유사성만 있을 뿐이다. 언어유희를 통해 말장난을 하는 것이다.

이렇게 〈각시님~〉 사설시조는 일상적인 대화체라는 형식을 반복하여 나열함으로써 병렬구조를 이루고 있다. 그런데 병렬되고 있는 각각은 음성적 유사성에 기반을 둔 언어 유희적 성격을 지니고 있으면서 성관계의 과정을 진술하고 있다. 병렬되고 있는 각각이 상호 관계를 이루고 있다는 면에서 앞서 제시한 사설시조들과 차이를 드러내고 있지만, 상호 교융이 이루어지면서 새로운 의미를 지각하는 데에까지 나아가지 못하고 있다는 점에서는 동일한 양상을 보인다. 행이 많이 나열되면서 이루어지고 있는 병렬구조는 사설시조를 장형화하는 하나의 요인이라고 할 수 있겠는데, 이에 대한 효과 혹은 의미에 대하여는 장을 달리하여 살펴보고자 한다.

다음으로 행 안에서 수식적 시어의 첨가로 인하여 장형화되고 있는 사설시조를 대상으로 살펴보자.

1 싀어마님 며느라기 낫바 벽바흘 구로지 마오

2 빗에 바든 며ᄂᆞ린가 갑세 쳐온 며ᄂᆞ린가
3 밤나모 서근 들걸 휘초리 나니 ᄀᆞᆺ치 알살퓌신 싀아바님
4 볏 뵌 쇳동 ᄀᆞᆺ치 되죵고신 싀어마님
5 三年 겨론 망태에 새 송곳 부리 ᄀᆞᆺ치 샢족ᄒᆞ신 싀누으님
6 당피 가론 밧틔 돌피 나니 ᄀᆞᆺ치 싀노란 외곳 ᄀᆞᆺ튼 피ᄯᆞᆼ 누ᄂᆞᆫ 아ᄃᆞᆯ ᄒᆞ나 두고
7 건 밧틔 멋곡 ᄀᆞᆺ튼 며ᄂᆞ리를 어듸를 낫바 ᄒᆞ시ᄂᆞᆫ고

–『진본 청구영언』

제삼자를 내세워 며느리를 무작정 미워하는 시어머니를 비판하고 있는 작품이다. 동시에 시아버지를 비롯한 가족들에 대한 부정적인 생각을 이미지를 통해 표출하여 그 실상을 구체적으로 드러내고 있다. 여러 병렬구조가 복잡하게 얽혀 있는데, 이를 구체적으로 살펴보겠다.

중장(2~6)은 두 가지의 병렬이 나타나 있다. 2와 3~6의 병렬이 그것이다. 2에서 핵심어 '며느리'를 기준으로 빚 대신에 받아온 며느리도 아니며, 값을 치르고 데리고 온 며느리도 아니라고 진술한다. 이것은 초장에서 시적 화자가 시어머니에게 며느리의 무엇이 나빠 부엌 바닥을 구르는가 하고 비판한 것에 대한 근거로 역할한다. 즉 2에서의 내용은 며느리를 푸대접해서는 안 되는 이유를 병렬구조로 반복하여 제시하고 있다. 따라서 내용상 초장과 중장 2가 긴밀하게 연결된다.

중장 3~6에서는 가족 구성원들에 대한 비판의 목소리를 병렬구조를 통하여 진술한다. 시아버지·시어머니·시누이·남편이 그 구체적인 비판 대상이다. 'A같이 B한 누구'식의 동일한 통사 구조를 지니고

있고, A와 B에 부정적인 이미지를 담고 있는 사물과 그 상태를 서술함으로써 해당 인물의 부정적인 면을 부각하고 있다. 그런데 통사적으로 같은 구조를 지니면서 병렬되고 있지만 그 구체적인 진술 양상에서는 각 인물에 대한 수식적 부언의 시어를 첨가하여 묘사함으로써 단정한 형식을 유지하지 않고 있다.

특히 6은 세심한 분석을 필요로 한다. 왜냐하면 3~5에서 보이는 형태와 약간 다른 통사적 구조를 지니고 있기 때문이다. 전체적으로 보자면 3~5와 동일한 통사적 구조처럼 보이지만 자세히 보면 'A같이 B같은 C한 누구'의 구조임을 알 수 있다. 즉 '당피 가론 밧티 돌피 나니 ㄱ치'에서 서술이 끝났다면 위의 3~5와 동일한 통사적 구조이겠지만, '싀노란 외곳 ㄱ튼'이라는 시적 진술이 덧붙어 있다. 즉, 6은 수식적 시어가 이중으로 되어 있기에 엄밀한 의미에서 3~5와 동일한 통사적 구조가 아니다. 그런데 6의 진술 뒷부분에 덧붙여진 부분은 종장과 통사적 구조나 내용면에서 병렬구조를 이룬다. 만약 '돌피 나니 ㄱ치'를 빼놓고 본다면 6과 7은 정확히 같은 통사적 구조와 의미를 지니고 병렬관계를 형성한다. 6은 '돌피 나니 ㄱ치'를 통해서 3~5와 통사적 긴장을 유지하는 동시에, 나머지 부분은 7과 병렬관계를 이룬다. 그리고 내용상으로도 6과 7은 아들과 며느리를 대조하고 있기에, 6은 3~5와 병렬관계를 이루면서 7과도 병렬관계를 형성하고 있다. 즉 6은 3~5와 시집 식구라는 대립 양상을 보이면서 동시에, 7과는 부부라는 점에서 대립 양상을 보인다.

위 사설시조는 복잡하면서도 유기적인 병렬구조를 지녔다. 세 가지 병렬구조가 복합적으로 이루어져 초·중·종장을 형성한다. 초장과 중장2의 관계는 시적 화자의 주장과 그 근거이다. 3~6은 시집 식구들의 부당한 태도를 구체적인 이미지로 서술하였다. 종장은 중장2와 비슷한 내용을 담고 있지만, 적극적인 이유를 들어 며느리를 구박해서는 안 된다는 주장이다. 중장6과 종장은 사람 구실 못하는 남편과 메꽃같이 쓸모 있는 며느리를 대조하여 시적 화자의 진술을 한층 강조하고 있다. 만일 3~6이 없었다면, 초·중·종장은 내용상 등가성에 의해 병렬구조를 형성하였을 것이다. 전체적으로 며느리는 이 집안에서 쓸모 있는 존재라는 진술로 의미상 등가를 이루고 있으며, 세부적으로 며느리가 쓸모 있는 존재라는 의미가 점점 더 강하게 표출되고 있다. 이를 위해서 3~6행을 시집 식구의 부정적 태도 혹은 성격을 병렬로 표현한 것이다.

이렇게 수식적 시어의 첨가 때문에 장형화되고 있다. 앞서 살펴본 사설시조가 행 자체가 많아지면서 장형화되었다면, 〈싀어마님~〉는 행 자체가 많아지기보다는 행 속에서 수식적 시어의 첨가로 인하여 장형화되었다.

> 콩 밧틔 드러 콩 닙 쁘더 먹는 감은 암쇼
> 아므리 이라타 뽀츤들 제 어듸로 가며
> 니불 아레 든 님을 발노 툭 박츠 미젹미젹 ᄒᆞ며셔
> 어셔 가라 ᄒᆞᆫ들 날 ᄇᆞ리고 제 어드로 가리
> 아마도 빠호고 못 마를 슨 님이신가 ᄒᆞ노라. －『진본 청구영언』

초·중장이 병렬을 이루고 있으며 구체적인 성격을 떤 서술을 함으로써 장형화되고 있는 작품이다. "~ 제 어드로 가"를 핵심어로 하여

병렬되고 있다. 초장에서는 '감은 암쇼'의 상황을 자세하게 서술하고 있으며, 중장에서는 이불 속에 있는 임을 내쫓는 장면이 자세하게 서술되고 있다. 〈싀어마님~〉과 같이 수식적 시어 혹은 자세한 상황 서술을 통해 장 자체가 장형화되고 있는 작품이다. 그런데 중요한 점은 덧붙여진 수식적 시어들이 지닌 성격에 있다. 어떠한 성격을 지닌 시어들이 덧붙여지는가에 따라 작품의 어조는 달라지기 때문이다. 이에 대한 자세한 고찰을 장을 달리하여 살펴보고자 한다.

이상에서 병렬구조가 사설시조를 장형화하는 데에 주요 원인으로 작용하고 있음을 살펴보았다. 병렬을 이루는 행들이 종적으로 횡적으로 확장되면서 사설시조를 장형화하고 있다. 다음 장에서는 사설시조의 병렬구조가 지닌 성격을 밝히고, 그것을 통하여 사설시조의 미적 기반이 어디에 있는가를 살피기로 하겠다.

3. 병렬구조의 특성을 통해 본 사설시조의 미적 기반

앞 장에서 사설시조의 병렬을 장형화하는 방식을 기준으로 두 가지로 나누어 살펴보았다. 많은 행을 나열하는 병렬구조와 행 속에서 수식적 시어의 첨가가 특징인 병렬구조가 그것이었다. 이 장에서도 병렬구조를 두 가지로 나누어 각각의 병렬구조가 어떠한 특징을 가지고 있으며, 빚어내는 효과 혹은 기능은 무엇인가를 고찰하고자 한다.

앞 장과 같이 먼저 많은 행이 나열되면서 병렬구조를 이루고 있는 사설시조를 대상으로 고찰하겠다. 앞 장에서 살핀 〈萬里長城~〉의 경우, 병렬구조를 이루는 행들 사이의 관계에서 알 수 있는 특징은 행과 행 사이에서 긴장관계가 형성되지 못한다는 데에 있다. 소재의 나열적 성격을 다분히 띠고 있을 뿐이다. 병렬구조를 이루고 있는 구나 행 사이에 상호 의미 교융을 통해 새로운 의미를 창출하기보다는 의미를 그대로 유지하는 양상을 보여준다. 그런데 구체적인 이미지가 등가적으로 병렬되면, 자칫 단순해지기 쉬워서 시적 긴장을 떨어뜨릴 수도 있다.[9] 병렬이 새로운 의미의 창출 없이 단순한 등가성을 지닌 채 나란히 놓이게 되면 시적 긴장은 떨어지게 마련이다. 병렬이 병치(juxtaposition)와 종합(synthesis)에 의해 새로운 의미를 창조하는 교유적 방식일 때에만 시적 긴장이 유발[10]되기 때문이다. 병렬구조를 이루고 있는 시구와 시구의 관계가 이질적이거나 단절적인 표현으로 되어 있으면서도, 이를 통해 이것이 담고 있는 이미지의 공통성이나 유사성 등의 등가적인 요소를 찾아낼 때 비로소 새로운 의미를 형성하게 된다. 이는 다시 신선한 긴장을 유발하고 사상과 정서의 깊이를 더할 수 있다.[11] 즉 병렬관계를 이루고 있는 시어와 시어, 행과 행 사이에 의미 혹은 이미지의 유사성을 찾아낼 수 없을 정도로 이질적일 때, 리빠테르의 용어로 하나의 하이포그램(hypogram)[12]에 속하지 않는 시어들이 병렬되었을 때 시적 긴장은 유발되기에 십상이다.

한때 나는 한 봉지 솜과자였다가
한때 나는 한 봉지 붕어빵였다가
한때 나는 坐板에 던져진 햇살였다가

9) 김대행, 『한국시의 전통 연구』, 개문사, 1980, 52면.
10) 필립 휠라이트, 김태옥 역, 『은유와 실재』, 한국문화사, 2000, 77~87면.
11) 오세영·장부일, 『시창작론』, 방송통신대학교 출판부, 1994, 52~53면.
12) 미카엘 라파떼르, 유재천 역, 『시의 기호학』, 민음사, 1993, 25~28면.

中國집 처마밑 鳥籠속의 새였다가
먼 먼 輪廻끝
이제는 돌아와
梧柳洞의 銅錢 (박용래, 「梧柳洞의 銅錢」 전문)

사설시조와 마찬가지로 동일한 통사구조의 병렬로 이루어져 있다. 4행 이후에 약간의 변형이 되고 있지만 이 시는 전체가 병렬이다. '솜과자 · 붕어빵 · 햇살 · 새 · 동전'이라는 시어가 결국엔 동일한 의미망을 형성하면서 등가성을 드러낸다. 4행 이후는 시어의 생략과 율격적 파격으로 인해 1~3행과 다른 구조처럼 보이지만, 기본적 구조에서는 동일하므로 이 시는 전체가 병렬구조로 이루어져 있다고 할 수 있다.

여기서 주목하고자 하는 것은 병렬적 위치에 있는 시어들의 의미범주이다. 이 시어들의 공통적인 의미범주를 찾아내려면 소급 독서가 필요하다. 1차 독서를 통해서 '솜과자 · 붕어빵 · 햇살' 등의 시어가 지니고 있는 의미망을 찾아내기란 쉽지 않기 때문이다. 시어들의 사전적인 의미는 하나의 하이포그램 속에 포함되지 않는다. 즉 솜과자, 붕어빵 등의 시어가 의미하는 바는 '먼 먼 윤회끝 / 이제는 돌아와'에 이르러서야 비로소 윤곽을 드러내고, '동전'이라는 현재 시적 자아의 상태를 이미지화한 시어를 통해 그 의미의 범주를 파악할 수 있다. 물론 '햇살 · 새' 앞에 놓인 식어가 '솜과자' 등 앞 시어의 의미를 파악하는 단서로 주어지고, '솜과자'와 '붕어빵'이 다만 한 봉지에 불과하다는 시적 진술을 통해 그 의미를 대충 파악할 수는 있다. 그러나 그 윤곽이 비교적 뚜렷하게 부각되는 것은 '먼 먼~'으로 시작되는 행에서 이루어진다.[13] '한 봉지 솜과자' · '한 봉지 붕어빵'에서 '한 봉지'라든가, 따스하게 쏟아지는 '햇살'이 아니라 '던져진'이라든가, 자유로이 날아다니는 '새'가 아니고 '조롱 속'에 갇혀 있다든가 하는 수식어들은 시적 자아의 현재 모습이 '오류동의 동전'임을 깨닫게 될 때 그 의미가 명확하게 드러난다.

박용래의 시에 나타난 병렬은 이질적인 요소를 나열함으로써 시어들 사이에 긴장이 유발되고, 그 시어들의 이미지들이 교융하면서 새로운 의미를 창출하고 있다. 즉 보조관념들의 상호 교융을 통하여 원관념의 실체가 파악되는 일종의 병치 은유적 성격을 띠고 있다. 이에 비해 〈萬里長城~〉에서 알 수 있듯, 사설시조의 병렬은 병렬적 위치에 있는 시어들의 관계가 사전적 의미를 그대로 간직하고 있다. 병렬적 위치에 있는 시어들이 상식 차원에서 충분히 예상할 수 있는 것들이다. 사설시조는 병렬구조를 통해서 구체적인 이미지의 제시로 더 생한 느낌과 즉각적 이해를 가능하게 하지만 시적 긴장은 이완된다. 이러한 양상은 "竹杖 집고 ~"나 "九九八十~"의 경우도 마찬가지이다. 즉 많은 행의 나열로 병렬구조를 형성하고 있는 사설시조에서 나타나는 특징은 생생한 느낌·즉각적 이해·시적 긴장의 이완으로 종합해 볼 수 있으며, 여기에 앞 장에서 언급한 바와 같이 언어 유희적 성격을 또 다른 특징으로 지적할 수 있겠다.

〈각시님~〉의 경우, 병렬을 이루고 있는 행들이 성관계의 과정을 진술함으로써 행과 행 사이에 일정 정도의 관계를 형성하고 있다. 그러나 각 행이 언어 유희적 성격을 띠면서 서술되고 있기에 긴장관계를 형성한다기보다는 웃음을 유발하는 결과로 나타나기 십상이다.

13) 최윤정, 「박용래 시 연구」, 서강대학교 석사학위논문, 1997, 30~31면.

〈각시님~〉은 전체적으로 유추 해석이 필요 없는 단순한 일상적 대화로 이루어져 있으면서, 육담(肉談)을 말장난으로 표현한 작품이다. 내용이 육담이기에 흥미를 유발하며, 단순한 일상적 대화로 되어 있기에 이해하기 쉬우며, 말장난으로 이루어졌기에 웃음이 나오는 작품이다. 이에 이 사설시조 역시 병렬구조에 의한 시적 긴장은 부각되지 않거나 약화한 채 나타나고 있다.

이상에서 살핀 바와 같이 행 자체가 많이 나열되면서 이루어진 사설시조의 병렬구조는 시적 긴장을 획득하기보다는 구체적인 이미지로 인한 생생한 느낌을 자아내며, 단순하게 반복되거나 일상적인 문체를 그대로 사용함으로써 이해를 즉각적으로 해주며, 음성적 유사성에 의한 언어 유희적 성격을 띠고 있다. 이러한 사설시조의 병렬구조와 그 효과 및 기능은 민요와 많이 닮아있다.[14)]

옹솥에다 삶을까
가온데 솥에다 삶을까
가마솥에다 삶을까
가마솥에다 삶아서
조랭이로 건질까
숟가락으로 건질까
주걱으로 건질까
저까락으로 건질까 『임동권·Ⅰ-1589』[15)]

---

14) 사설시조와 민요는 상호 교류가 빈번했다. 예를 들어, "九九八十~"은 민요이다. 장르 착종 현상은 조선 후기 시가 장르에서 빈번히 일어나는 현상으로, 조선 후기 시가사(詩歌史)를 조망함에 있어서 중요한 연구 대상이다. 그런데 이는 본고의 고찰 대상이 아니기에 사설시조의 병렬구조가 지닌 의미 및 기능을 살피기 위한 비교 대상으로만 논의를 한정하고자 한다.

방귀 뽕뽕 뽕나무
물에 똥똥 똥나무
바람 솔솔 솔나무
방귀 쌀쌀 싸리나무
십리 절반 오리나무 『임동권· Ⅰ-1487』

위 민요들은 앞서 언급한 사설시조의 특징과 비교하여 대동소이함을 알 수 있다. 단순한 반복·구체적인 이미지·언어유희·일상적 시어로 인한 즉각적 이해 등등이 그것이다. 이것은 이미 김대행과 김수경에 의해 고찰된 바 있기도 하다. 그렇다고 하여 민요와 사설시조의 병렬이 동일한 의미만 있는 것은 아니다. 다음에서 살필 병렬구조에서는 이질적인 성향을 나타내고 있기 때문이다.[16)]

다음으로 병렬을 이루고 있는 행 속에서 수식적 시어의 첨가로 장형화되고 있는 사설시조를 대상으로, 그것의 효과 및 기능을 살펴보기로 하자. 사설시조의 특징인 장형화와 감정의 가감 없는 노출은 서로 긴밀한 관련이 있다. 감정의 과다 노출은 절제하지 않는다는 것이고, 절제하지 않는다는 것은 압축적이고 함축적인 방향이라기보다는 있는 그대로 풀어내는 방향으로 형상화되었음을 의미하기 때문이다. 자연스럽게 시가 길어지는 결과를 낳게 된다.

---

15) 본고에서 인용한 민요는 김대행의 『한국시의 전통 연구』에서 인용한 것을 재인용하였다.

16) 총 429수 중에서 98수에서 병렬구조를 보인다. 이 중 병렬되는 행 수가 많은 경우는 30수이고, 수식적 시어의 첨가로 행 자체가 길어진 병렬은 68수이다. 사설시조 병렬의 특징은 후자에서 더 강하게 나타난다.

나는 님 혜기를 嚴冬雪寒에 孟嘗君의 狐白裘 밋 듯
님은 날 넉이기를 三角山 中興寺에
니 색진 늙은 즁놈의 살 셩긘 어레빗시로다
明天이 이 뜻즐 아오샨들 돌녀 ᄉᆞ랑ᄒᆞ게 ᄒᆞ쇼셔.

『국악원본(國樂院本) 가곡원류(歌曲源流)』

임에 대한 그리움과 시름을 형상화한 작품이다. 초장과 중장은 통사적으로 동일한 구조에 의한 병렬구조를 이루면서, 내용상으로는 임과 나의 상반된 처지를 토로하고 있다. 초장에서는 주체인 '나'가 대상인 '임'을 맹상군의 호백구로 여긴다는 내용이 서술되어 있다. 호백구는 여우 겨드랑이의 흰 털이 있는 부분의 가죽으로 만든 것으로 천금의 값어치가 있다고 알려져 있다. 이렇게 초장에서는 엄동설한이라는 배경 아래에 임을 호백구로 비유함으로써 시적 화자가 임을 얼마나 소중한 존재로 인식하고 있는가를 보여주고 있다. 이에 반해 중장은 주체인 '임'에게 대상인 시적 화자는 머리카락이 없는 중에게는 쓸모없는 빗으로 비유된다. 즉 '임'에게 있어서 '나'는 쓸모없는 존재이다. 그리고 중 中에서도 이 빠진 늙은 중, 빗 중에서도 살이 성긴 빗으로 설정됨으로써 시적 화자의 처절함은 한층 강조되고 있다. 이렇게 초장과 중장이 통사적 유사성을 지닌 병렬구조를 이루고 있다.

이러한 시적 화자의 갈등은 종장을 통해 더욱 고조된다. 하늘이 자기 뜻을 헤아려 임의 생각을 돌아서게 해서 자신을 사랑하게 해달라는 기원이 표출되고 있기 때문이다. 이렇게 이 사설시조는 초·중장은 병렬구조를 통하여 시적 갈등을 유발하고, 종장에서는 시적 화자의 간절한 기원을 담고 있어 시적 화자의 그리움을 심화시키고 있다.

초·중장에서 갈등을 진술하고 있다면, 그 갈등에 대한 시적 화자의 기원을 종장에서 진술하고 있다. 여기서 초·중장은 내용상 대립적 성격을 지니고 있지만, 임을 사랑하는 시적 화자의 심정은 등가성을 이루고 있다. 이것은 야콥슨이 말한 등가성이 선택의 축에서 결합의 축으로 투사된 전형적인 모습이며, 따라서 이 작품은 시적 기능이 발휘되고 있다.

> 나는 님 혜기를 孟嘗君의 狐白裘요
> 님은 날 녁이기를 즁놈의 어레빗시로다
> 明天이 이 뜻즐 아오샨들 돌녀 ᄉᆞ랑ᄒᆞ게 ᄒᆞ쇼셔.

〈나는 님 혜기를~〉 사설시조를 평시조 형식으로 필자가 임의로 변형하여 보았다. 물론 시(詩)가 단순한 내용 전달에만 목표가 있다고는 할 수 없겠지만, 위에 변형된 시조로서도 내용은 충분히 전달됐다고 판단된다. 가지런한 병렬구조를 이룰 수 있음에도 불구하고, 여러 가지의 시적 진술이 추가되어 사설시조는 형상화되고 있음을 확인할 수 있다. 이에 두 시조의 문체적 차이점이 어떠한 언어학적 요소들에 의해 빚어지는가를 분석함으로써 사설시조의 문학적 지향점을 찾아낼 수 있으리라 생각한다.[17)]

초장에서 '맹상군의 호백구 밋 듯' 앞에 계절적 배경인 '엄동설한(嚴冬雪寒)'이 덧붙어 서술되어 있고, 중장 '즁놈'에는 '삼각산 중흥사에 니 색진 늙은'이라는 공간적 배경과 수식어가, '어레빗'에는 '살 셩귄'이라는 수식어가 덧붙어 서술되어 있다. 이렇게 덧붙여진 시·공

17) Peter Barry, *Beginning Theory*, Manchester University Press, 1995, p. 214.

간적 배경이나 수식어의 성격 및 기능에서 사설시조 특유의 특성을 발견할 수 있다고 판단된다.

앞서 언급한 바와 같이 덧붙여진 시어들은 시적 화자의 생각이나 처지를 구체화함으로써 실감나게 하는 효과를 발휘하고 있다. 시적 화자인 '나'는 '님'을 맹상군이 아끼던 호백구라는 가죽옷으로 비유하면서 그 계절적 배경을 겨울로 설정함으로써 호백구의 가치를 높이고 있다.

이렇게 초장에서 덧붙여진 '엄동설한'은 시적 화자의 임에 대한 생각을 실감나고 절실하게 표출한 것이다.

> 六月ㅅ 보로매 아으 / 별해 ᄇᆞ룐 빗다호라
>
> 十月애 아으 / 져미연 ᄇᆞᄅᆞᆺ다호라 / 것거 ᄇᆞ리신 後에 / 디니실 ᄒᆞᆫ부니 업스샷다 〈동동〉

〈동동〉을 보건대 '벼랑에 버린 빗', '져민 보리수나무'라는 진술로도 임에게 버림받는 시적 화자의 처지를 전달하기에 충분하다. 즉 시적 화자의 처지는 중에게 빗과 같은 존재라고만 해도 충분히 알 수 있다. 그런데 사설시조는 부연적인 수식어를 첨부함으로써 다른 효과를 자아내고 있다. 첫째, 중도 그냥 중이 아니라 늙은 중이다. 그리고 '즁놈'으로 진술된다. 즉 별 볼 일 없는 중임을 나타내고 있다. 그런데 중에 대한 묘사가 여기서 끝나지 않는다. 이가 빠진 중이다. 왜 하필 삼각산의 중흥사를 거론했는지를 알 수 없으나, 등장하고 있는 중은 '즁놈'인데다가 늙고 이까지 빠져있다. 즉 중은 보잘것없는 존재로 묘사된다. 그런데 그런 보잘것없는 중의 얼레빗이 바로 시적 화자이다. 앞서 말했듯이 중에게 있어서 얼레빗은 소용없는 물건이다. 게다가 그 빗은 살이 성긴 빗이다. 빗도 온전한 빗이 아니다. 중에게 얼레빗은 소용없는 물건이다. 중은 보잘 것 없는 존재이다. '중놈'이라는 표현으로 봐서는 폄하의 대상이기까지 하다. 그리고 빗도 온전치 못한 빗이다. 이렇게 임에게 있어서 나는 소용없는 존재임을 부각하기 위해 4가지의 의미를 중첩하고 있다. '보잘것없는 중·중놈·살성긴 얼레빗·중에게 빗'이라는 표현을 중첩시킴으로써 임에게 버림받은 시적 화자의 상황 내지 처지를 실감나게 표현하고 있으며, 그 묘사된 모습을 통해 웃음을 자아내고 있다. 즉 실감실정(實感實情)과 유희성이 수식된 시어에 의해 표출되고 있다.

수식적 시어의 첨가로 장형화가 이루어지고 있는 사설시조의 특징은 앞 장에서 살핀 〈싀어마님~〉에서도 같다. 밤나무 썩은 등걸에 휘초리 난 것 같다는 시아버지의 묘사를 통해 웃음과 구체성을 확보하고 있기 때문이다. 시어머니의 경우는 말라 빠진 소똥으로 묘사함으로써 시아버지보다 한층 강도 높은 웃음을 자아내기도 한다. 그런데 시집 식구에 대한 이러한 서술은 민요에서도 보인다.

> 시아버니 호랑새요 시어머니 꾸중새요
> 동세 하나 할림새요 시누 하나 뾰족새요
> 시아지비 뾰중새요 남편하나 미련새요 〈시집살이요〉

민요에서 행 자체가 수식적 시어에 의해 장형화되는 예는 찾을 수 없다. 즉 행수가 길어져서 장형화되는 경우는 있으나, 수식적 시어의 첨가로 시가 길어지지 않는다. 〈시집살이요〉를 〈싀아마님~〉과 비교해보면 구체적인 차이점을 알 수 있다. 〈시집살이요〉에서는 시아버지를 '호랑새'로 표현하여 화를 잘 내는 시아버지의 성격을 상징적으로 표출시키고 있는 반면에, 〈싀어마님~〉에서는 '밤나모 서근 들걸 휘조리 나니 곳치 알살뮈신'으로 시아버지의 특징을 구체적인 사물로 표현함으로써 행 자체가 장형화되고, 이로 인해 민요에서는 미약하게 획득되었던 구체성이 확연히 드러나게 된다. 민요나 사설시조 공히 부당한 시댁 식구에 대한 비판의식을 병렬구조를 통하여 해학적으로 풀어냈다는 점에서 동일한 양상을 띠고 있지만, 그것의 구체적인 표출 방식에서는 다른 점을 드러낸다. 이러한 차이는 연행 상황에 의해 빚어진 것으로 판단된다.

민요가 율격적 제약을 받아 가지런한 병렬구조를 견지함에 비해 사설시조는 정형화 된 모습을 지니고 있지 못하다. 이러한 차이는 민요가 집단 향유 양상을 띠고 있음에 반해 사설시조는 소규모로 향유되었다는 데에서 비롯되었다고 판단된다. 민요가 집단 가창 형식으로 연행되었다면, 사설시조는 개인 가창 형식으로 연행되었음을 의미한다. 〈싀어마님~〉은 정형화 된 병렬구조를 보이지 않기에 율격적 정형성을 띠지 못하고, 이에 따라 사설시조를 집단 가창하기란 불가능하기 때문이다.

이렇게 보면 민요와 사설시조는 연행을 중심으로 향유되었다는 점에서 같은 기반을 갖추고 있지만, 민요가 집단 가창을 통한 집단적 향유라면, 사설시조는 개인 가창을 통한 소규모 향유라는 양상을 띠고 있다는 점에서 다른 미적 기반을 가졌다고 볼 수 있겠다. 이러한 사설시조 연행 상황과 향유 양상의 성격은 4장에서 살펴보고자 한다.

이상에서 사설시조에 나타나고 있는 두 가지 병렬구조가 사설시조를 장형화하는 데에 이바지하고 있으며, 그 효과나 기능은 구체성[실감실정]·웃음[戱化]·즉각적 이해·시적 긴장의 이완 등에 있음을 함께 살펴보았다. 그리고 민요와의 대비를 통해 그 미적 기반이 개인적 가창 연행과 소규모 향유 방식에 바탕을 두고 있음도 아울러 살펴보았다.

그런데 사설시조의 병렬구조에 나타나고 있는 이러한 특징들은 그 이전의 평시조를 포함한 고전시가 장르에서는 좀처럼 부각되는 것들이 아니다. 즉 그 미적 기반에 있어서 사설시조는 다른 시가 장르와는 이질적인 성격을 띠고 있다고 판단된다. 구체성·웃음·즉각적 이해·시적 긴장의 이완은 진지함으로부터 거리가 있는 것이면서, 이해의 용이성을 주된 속성으로 지니고 있다 할 수 있겠는데, 이러한 속성들은 도덕적 이데올로기 혹은 삶에 대한 깊은 성찰 등을 주된 속성으로 지니고 있었던 그전 시가와 비교해 볼 때 이질적인 것이라 아니할 수 없기 때문이다.

4. 사설시조의 미적 기반이 갖고 있는 의미

사설시조의 병렬구조를 통하여 보건대, 사설시조의 미적 기반이 전대와는 달리 진지함의 회피와 이해의 용이성이라는 경향성을 띠고 있음을 앞장에서 살펴보았다. 그리고 민요와의 비교를 통해 연행 환경에 있어서 차이가 있음을 아울러 살펴보았다. 그런데 이러한 사설시조의 미적 기반이 지닌 의미가 무엇인가는 조선 후기 복잡한 문화 현상과 관련하여 다루어져야 하기에 중요하면서도 복잡한 문제이다. 조선 후기 들어서 이루어지고 있는 문화 현상에 대한 면밀한 분석과 그에 따른 특성을 올바로 잡아내고, 그 안에서 사설시조의 문화사적 의미를 궁구해야만 우리가 소망하는 결과를 도출해 낼 수 있기 때문이다. 이러한 장황하고도 복잡한 문제를 이 논문에서 다룰 수는 없다. 이에 본 장에서는 사설시조의 향유 양상과 관련하여 조선 후기에 드러난 특징들을 지적하면서, 사설시조의 미적 기반이 의미하는 바를 시론적(試論的) 수준에서 살펴보고자 한다.

사설시조가 연행을 중심으로 향유되었다는 것은 주지의 사실이다. 조선 후기 들어서 예술 주도 계층으로 새로이 부각된 중인층 중에는 가객집단이 자리하고 있다. 이들 가객은 경화사족을 패트론으로 삼고 왕성한 활동을 하였는데, 그 결과로 수많은 시조집이 발간되었으며 가곡창의 분화가 급속히 이루어졌다. 특히 사설시조를 얹어 불렀을 것으로 추정되는 농(弄)·낙(樂)·편(編)을 중심으로 가곡창의 분화가 이루어졌다는 사실은 사설시조가 연행을 중심으로 향유되었음을 알려주는 단적인 근거라 할 수 있겠다. 이 밖에도 연시조의 창작이 급격히 줄어들었다는 것과 사설시조만을 전문적으로 연행하는 가객들이 존재한다는 것, 하나의 사설시조가 후대가집에 끊임없이 계속해서 약간의 변개(變改)를 거치면서 실리고 있다는 사실 등은 사설시조가 연행을 위주로 향유되었음을 알려주는 중요한 단서가 된다. 이렇게 사설시조는 전대의 시조와는 이질적인 성격을 띠면서 향유되었다.[18)]

18) 시조는 조선 후기 들어 '한바탕'으로 향유되었다. '한바탕'은 우조와 계면조로 나누어 전개되는데, 사설시조는 주로 뒤에 불렀다. 가곡은 언롱에서부터 차차 자유로운 분위기가 조성되면서 질탕하게 늘게 된다고 한다. 앞부분에서는 평시조를, 언롱부터

그런데 더 주목해야 하는 것은 사설시조를 연행하고 향유하였던 계층이 지닌 성격에 있다. 사설시조의 연행과 향유에 주된 담당층은 경화사족과 중인 가객층이라고 할 수 있는데 이들이 지니고 있었던 문화적 성향은 다분히 소비적이고 유흥적이다. 특히나 경화사족은 막대한 권력과 부를 지닌 이른바 벌열가문으로서 이들의 문화 향유 양상은 소비적이면서도 유흥적이었다는 사실은 이미 여러 논자에 의해 상론(詳論)된 바 있다.[19]

이렇게 사설시조는 소비적이면서 유흥적인 문화를 향유하였던 계층에 의해, 주로 연행을 중심으로 하여 향유되었다. 이렇게 보면 사설시조는 기록문학으로서의 성격보다는 구술문학으로서의 성격이 더욱 강한 장르라 할 수 있다. 따라서 우리 앞에 현재 놓여있는 사설시조 텍스트는 '원창작자 → 작품 → 창자의 암기 → 연행 → 청자 → 재수록(작품의 변형이 이루어짐) → 암기 → 연행 ……→'의 순서를 거쳐 이루어진 텍스트일 것이라 추정할 수 있겠다. 사설시조에 병렬구조가 다른 시가 장르에서보다 두드러지게 나타난다는 사실은 사설시조가

는 주로 사설시조를 불렀다.

이에 같은 현장에서 평시조와 사설시조가 향유되었지만 그것이 향유되던 순간의 공간 성격은 다르다고 할 수 있다. 평시조는 근엄하고 장중한 분위기 속에서 향유하였다면, 사설시조는 술을 마시며 질탕하게 노는 자유로운 분위기에 즐겼던 듯하다. 장사훈, 『국악총론』, 정음사, 1976, 245~272면.

19) 강명관, 남정희, 김홍규 등이 고찰하였다. 사설시조의 주된 담당층에 관한 문제는 별다른 자료가 나오지 않는 이상 뚜렷한 합의점을 찾기 어렵다. 이에 본고에서는 범박한 수준에서 그 다이 문화 주도층인 경화사족과 가객을 사설시조의 담당층으로 설정하고 논의를 전개하였다. 이에 대한 자세한 논의는 아래 제시한 자료를 참고하길 바란다.

강명관, 『조선시대 문학예술의 생성공간』, 소명, 1999; 남정희, 「18세기 경화사족의 시조 향유와 창작 양상에 관한 연구」, 이화여자대학교 박사학위논문, 2002; 김흥규, 『한국 고전문학과 비평의 성찰』, 고려대학교 출판부, 2002.

구술문학적 장르라는 사실을 뒷받침해주는 중요한 단서가 될 것이다. 왜냐하면 병렬구조는 암기의 용이성, 즉각적 이해를 본질적 속성으로 지닌 구술문학에서 빈번히 나타나는 기법이기 때문이다.

이상 살핀 바와 같이 조선 후기 들어서 성행하게 된 사설시조는 경화사족과 가객들을 중심으로 다분히 소비적이고 유흥적인 분위기 속에서 연행을 중심으로 향유되었다. 이에 사설시조는 구술적 성향을 띠게 되었고, 병렬구조가 작품 형성 원리로서 중요한 역할을 한 것이라 추정된다. 그리고 이러한 병렬구조를 통하여 이해의 용이성과 진지성의 회피를 본질적 속성으로 지니게 되었다고 판단된다. 즉 소비적이고 향락적인 분위기 속에서, 특히나 연행을 중심으로 향유되었던 사설시조에 가장 요구되는 요소는 바로 즉각적 이해와 웃음, 구체적 이미지의 제시 등이었을 것이고, 이에 사설시조의 병렬구조 역시 이러한 성격을 띠면서 작품 형성 원리로 기능하였다고 판단된다.

이렇게 본다면 사설시조는 즐기기 위한 문학에 합당한 미적 기반을 가지고 있다고 볼 수 있을 듯하다. 사설시조는 진지한 문학으로서 기능하기보다는 즐거운 유흥을 위한 문학으로서 좀 더 강한 성향을 띠고 있다고 할 수 있겠다. 조선 전기 시조가 도덕적 이데올로기를 대표로 삶의 성찰이라는 미적 기반에서 향유되었다면, 조선 후기 특히 사설시조는 유흥적인 분위기 속에서 유흥에 이바지하는 경향성을 좀 더 강하게 띠면서 향유되었다. 즉 조선 전기의 시조가 진지한 문학으로서의 경향성이 강한 미적 기반을 갖추고 있다면 조선 후기 사설시조는 유흥 문학으로서의 경향을 강하게 띤 미적 기반을 두고 향유되었다고 할 수 있겠다.

본고는 병렬구조라는 시적 장치를 통해 사설시조가 기반을 두고 있는 미적 태도에 대하여 시론적으로 고찰해보았다. 병렬구조라는 하나의 시적 장치에 국한하여 살펴본 것이기에, 사설시조에 대한 거시적 특성에 대한 전반적이고도 타당한 결론에 도달하기에는 여러 한계가 이미 출발 자체에서 노출되어 있다 할 수 있겠다. 좀 더 많은 미시적 지표를 가지고 사설시조를 살펴보는 작업을 통해 본고가 지닌 한계를 극복하는 과정이 사설시조가 지니고 있는 미적 기반을 올바로 이해하는 길이라 믿는다.

‘샛서방’ 등장 사설시조의 특성

1. 연구 목적

본고는 ‘샛서방’이 등장하는 사설시조를 분석하여 그 성격을 밝히는 데에 목적이 있다. 사설시조에는 ‘소대남편, 남의 임, 중, 장사치’ 등 다양한 인물이 기혼녀의 불륜 상대로 등장한다. 이중 ‘샛서방, 소대남진, 後ㅅ남편’ 등 여러 호칭으로 불리는 인물이 등장하는 사설시조는 여타 불륜담과는 이질적 성향이 있는데, 비교 고찰하여 그 구체적 특성을 밝혀내고자 한다. 연구 목적의 설정 이유와 고찰 내용을 서술하면 아래와 같다.

기존 논의는 사설시조의 가치를 ‘탈중세’적 성격에서 찾으려 했다. ‘근대적 패러다임’으로 읽든, ‘유흥적 쾌락 코드’로 해석하든 모두 중세적 세계관에서 벗어난 근대 바로 전(前) 단계의 특징으로 간주하려는 연구가 대세를 이루었다. 분명히 이전에는 없었던 문학 현상이기에 타당성은 충분하다. 그럼에도 적잖은 염려가 도사리고 있다. 이 두 패러다임은 막강한 영향력을 행사하여 작품 자체가 지니고 있을 고유성과 해석의 다양성을 덮을 수 있기 때문이다. 이를 2장에서 다루고자 한다.

그러니깐 어떠한 입장에 서있든 간에 중요한 것은 그 입장을 뒷받침할 타당한 근거가 작품으로부터 마련되느냐에 있다는 점을 2장에서 설명할 것이다. 이러한 시각에서 '샛서방'이 등장하는 사설시조의 성격을 4장에서 살펴볼 예정인데, 이를 효과적으로 설명하기 위해서 먼저 '샛서방'이 아닌 불륜남이 등장하는 사설시조를 3장에서 분석할 것이다. 그러고 나서 이 작품군이 갖는 특성을 어떻게 평가해야 하는가를 논의하면서 후속 연구의 구체적인 방향을 설정하고자 한다. 후속 연구의 방향 설정 논의를 요령 있게 기술하기 위해 기존 논의 검토를 통상과는 다르게 후미에 위치시켰다.

2. 본고의 기본 입장

사설시조는 조선 후기 이전의 국문시가와는 여러 부면에서 이질적으로 느껴질 수 있다. 그 이유 중 하나가 과감한 성교 장면의 묘사를 비롯한 성적 욕망의 가감 없는 표출에 있다. 공개된 장소에서 읽기가 민망할 정도의 내용을 담고 있는 작품도 있는데, 예외적인 성격의 작품으로 치부하기에는 수적(數的)으로 적지 않다.

> 드립더 ᄇᆞ득 안으니 셰 허리지 ᄌᆞ늑ᄌᆞ늑
> 紅裳을 거두치니 雪膚之豊肥ᄒᆞ고
> 擧脚蹲坐ᄒᆞ니 半開ᄒᆞᆫ 紅牡丹이 發郁於春風이로다
> 進進코 又退退ᄒᆞ니 茂林 山中에 水春聲인가 ᄒᆞ노라.
>
> –『진본 청구영언』

부드럽게 휘청거리는 가느다란 허리, 치마 속에 숨겨진 하얀 피부의 풍만함이 육감적이다. 여성의 성기를 '홍모란', 성교 행위를 '진진, 퇴퇴, 수용성'으로 표현하여 구체화하였고, 조탁 없는 시어로 자극을 더하였다. 표현에 압도되어 주제 파악은 뒷전으로 물러난 듯싶다. 기실 조선 후기 이전에는 찾아보기 힘든 국문시가의 소재이자 주제이다.

위 같은 노래의 출현은 조선 후기 이전 시대에는 없었던, 문학적으로는 낯선 현상이다. 성적 욕망의 과감한 노출은 낯설기에 중세와는 확연히 다른 모습으로 여겨진다. 이 점에 대해서 대개 연구자는 별다른 이의를 제기하지 않는다. 그런데 '성적 욕망의 과감한 노출'의 의미 혹은 가치에 대해서는 견해를 달리한다. 이 이견들은 "이쯤되면 우리는 그간 수많은 성과에도 불구하고, 사설시조의 기본적인 시적 지향에 대해서조차 다시금 의문을 갖지 않을 수 없다."[1]라 할 정도로 간극은 좁혀지기 힘들어 보이는데, 대표성을 지닌 두 견해를 제시하면 다음과 같다.

노골적인 성적 욕망의 발설을 유교 질서에 대한 반항 의식의 발로로 보려는 견해가 있다. 이는 사설시조를 진지하고 진중한 태도로 감상해야할 문학으로 여기고, 연구자들은 주제 중심의 독법을 통해 이념 지향적 성향의 연구를 수행한다. 이와 달리 사설시조를 가벼운 문학[Light Literature, 輕文學]으로 간주하여 진지한 문학과는 미적 기반을 달리하는 것으로 보려는 시각이 있다. 표현 중심으로 읽어서 그 자체가 주는 수사적 즐거움을 얻으려는 경향이 강하고, 연구 또한 이

1) 이형대, 「사설시조와 성적 욕망의 지층들」, 『민족문학사연구』 17권, 민족문학사학회, 2000, 173면.

러한 방향에 중점을 두고 행해진다. 이를 도식화 하면 아래와 같다.

	A	B
성적 욕망 표출의 의미	반(反)유교	이질적 코드의 출현
미적 기반	이념 지향	놀이 지향
연구자의 시선과 독법	진지함, 주제 중심	웃음, 표현 중심

그런데 A와 B가 평행선을 이루어 서로를 인정하지 않아도 그리 문제 될 것은 없다. 아니 문제가 되더라도 어쩔 도리는 없다. 형상화된 문학을 통해 언표화되지 않은 작품의 '의도·의미·가치' 등을 분석·판단·설명하는 작업을 문학연구의 주된 업무라고 할 때, 연구자가 밝혀낸 '의도·의미·가치'란 필연적이지 않고 개연적이며 다분히 주관적일 수밖에 없다. 연구의 개연성과 주관성은 연구자의 가치관을 토대를 두기에 생기는 현상이다. 연구자의 가치관이 개입되지 않은 작품 해석은 이론적으로나 가능한 일이다.

A와 B견해는 객관성을 어느 정도 띤 작품 해석에 기반을 둔 것이기도 하겠지만, 연구자의 가치관과 더욱 긴밀한 연결고리를 형성하고 있다고 봐야 한다. 따라서 A와 B가 평행선을 그으면서 서로 만나기 힘든 것은 자연스럽고 당연한 결과일 수 있고, 문젯거리가 되지 못한다. 다만 "거시적 설명 논리를 세우려는 데에 집착한 나머지 작품 이해의 실질이 불충분"2)하다면 곤란하다. 연구자의 가치관을 입증할 수 있는 충분한 근거에 입각한 작품 해석이 뒷받침 되어야 마땅하다. 이러한 면에서 "'근대, 탈중세, 담당층' 등의 담론으로부터 오는 압박

2) 김흥규, 「사설시조의 애정과 성적 모티프에 대한 재조명」, 『한국시가연구』 제13집, 한국시가학회, 2003, 198면.

을 일단 보류하고, 사설시조라는 갈래의 경험 양상들과 인물형, 화법, 미의식'을 탐사하여 미시적으로 포착하는 일이 긴요"3)하다는 견해는 의미가 심장하다.

A이든 B이든 작품 자체에 중점을 둔 연구이든, 연구자 자신의 가치관과 이에서 비롯된 연구 시각을 공고하게 다질 수 있는 타당한 근거 마련을 위한 노력이 작품의 해석적 지평을 넓히는 방향으로 이루어져야 한다는 것이 본고의 기본 입장이다.

3. 시적 화자의 태도, 감춤
: '샛서방' 외의 인물이 등장한 사설시조

예나 지금이나 불륜은 불법적 행위이기에 손가락질의 대상임에도 존재하지 않던 시대는 없었다. 사회 성향과 구조에 따라 모습을 달리하면서 표출되었을 뿐이다. 시가의 사적(史的) 전개에서는 조선 후기 사설시조에서 유독 두드러지게 부각되고 있다.

ᄉᆞ람마다 못할 것은 남의 님끠다 情 드려 놋코
말 못ᄒᆞ니 ᄋᆡ연ᄒᆞ고 통ᄉᆞ정 못ᄒᆞ니 나 죽깃구나
ᄭᅩᆺ이라고 ᄭᅩᆺ어를 내며 닙히라고 훌터를 ᄂᆡ며
가지라고 썩거를 ᄂᆡ며
ᄒᆡ동청 보라ᄆᆡ라고 제 밥을 가지고 굿여를 낼가
다만 秋波 여러 번에 남의 님을 후려를 내여
집신 간발ᄒᆞ고 아닌 밤중에

3) 김홍규, 『사설시조의 세계』, 세창출판사, 2015, 23면.

월장 도쥬ᄒᆞ야 담 넘어 갈 제
싀ᄋᆡ비 귀먹쟁이 잡녀석은 남의 속ᄂᆡ는 조금도 모로고
안인 밤중에 밤ᄉᆞ람 왓다고 소ᄅᆡ를 칠 제
요 ᄂᆡ 간장이 다 녹는구나
춤으로 네 모양 그리워서 나 못 살게네. —『고대본 악부』

'남의 님'을 갈망하는 여인이 주인공이다.4) 사람의 마음을 얻기가 쉽지 않다. 임자 있는 남자여서 사정이 여의치 못하다. 그래서 마음 얻기가 더더욱 수월치 않다. 여러 번 시도했다고 토로한다. 드디어 성공하여 월담을 강행하게 되었다. 그런데 예상치 못했던 훼방꾼이 나타났다. 시아버지가 월담하려는 여인을 보고 "도둑이 왔다"고 소리치는 바람에 산통이 다 깨지고 만 것이다.

화자는 죽겠다고 하지만, 독자는 화자의 그리움에 몰입하기 힘들다. 장황한 진술, 예상하지 못했던 방해꾼의 출현, 그리움의 상대가 은밀하고도 야릇한 존재인 '남의 님'라는 점 등이 맞물리면서 그리움의 어조는 상대적으로 희석되었기 때문으로 여겨진다. 그런데 여기서 눈여겨보고 싶은 진술은 "말 못 하니 애연하고 통사정 못 하니 나 죽겠구나"이다. 말을 못하니 슬프고, 안타까움을 털어놓지도 못하니 죽겠다는 시적 화자의 처지를 여실히 보여주는 구절이다. 말을 못하고 털어놓지도 못하는 이유는 무엇인가? 시적 화자가 기혼녀이고, 상대는 남의 임이기 때문이다.

기혼녀의 불륜 상대는 위 사설시조의 대상인 일반 남성에 그치지

4) 남자를 시적 화자로 설정할 수도 있다. 그런데 추파는 대개 여인이 남자를 향해 보내는 아름답고 은밀한 눈빛을 뜻하기에 시적 화자를 여자로 보았다. 또 작품 후미에 '시아버지' 호칭이 나오는 것으로 봐서 시적 화자를 여자로 설정하는 것이 온당하다.

않고 다양한데, '장사치'도 그 중 하나다. 장사치는 다른 불륜 상대와는 성격을 달리한다. 백거이는 〈비파행〉에서 "장사치는 이속에만 밝고, 이별은 가볍게 여깁니다."(商人重利輕別離)라 하였다. 장사치에게 사랑이란 일회적인 즉 하룻밤의 인연일 뿐인가 싶다. 즉흥적이고 충동적인 성향을 지니고 있다 하겠다. 직설적으로 말하면, 장사치와의 사랑은 짜릿한 쾌감을 위한 하룻밤의 정사에 그치기 쉽다.

술이라 ᄒᆞ면 몰 믈 혀 듯 ᄒᆞ고
飮食이라 ᄒᆞ면 헌 물등에 셔리황 다앗 듯
兩 水腫다리 잡조지 팔에 할ᄀᆡ눈
안 풋 셥장이 고쟈 남진을 만셕듕이라 안쳐 두고 보랴
窓 밧긔 통메 장ᄉᆞ 네나 ᄌᆞ고 니거라. －『악학습령』

식사는 하지 않으면서 술만 마신다. 다리는 붓고 팔은 가느다랗다. 눈은 한쪽으로 몰려있고, 곱사등이고, 성불능이다. 꼭두각시나 다름없는 남편이다. 그래서 찾은 것인 통메 장수다. '에라 모르겠다'는 심사가 내포되어 있는 듯한 표현이다. 이 사설시조의 시적 화자는 장사치를 대상으로 성적 욕구를 해결하려는 여인으로 해석할 수도 있다. 장사치는 하룻밤의 정사로 성적 욕구를 풀 수 있는 아주 유용하고 편리한 상대이다. 그래서 그런지 성에 굶주린 여인과 장사치의 대화체로 된 사설시조가 여러 수 있다.

ᄃᆡᆨ들에 丹著 丹술 사오
져 쟝ᄉᆞ야 네 황호 몃 가지나 웨는이 사쟈

알애들경 옷등경 걸등경 즈을이
수著 국이 동회 銅爐口 가옵네
大牧官 女妓 小各官 酒湯이
本是 뚤어져 물 조로로 흘으는 구머 막키여
쟝ᄾ야 막킴은 막혀도 後ㅅ말 업씨 막혀라. -『일석본 청구영언』

'덕들에'로 시작되는 사설시조는 어떻게 시작하든 끝은 성적 이야기다. 수저 묶음을 판다로 시작되었는데, 끝은 엉뚱하게도 구멍을 때우고 또 뒷말 단속을 하는 당부이다. 오직 관심의 초점은 성적인 데 있는 듯하다. 일상적 대화를 옮겨놓은 것이기에 이전 시가와 비교하여 생경하다고 보는 평가는 지나치게 단순한 독법이다. 앞에 열거해놓은 모든 물건은 성적 말놀음을 위한 일종의 포석으로 보는 것이 알맞다.

여기저기 떠돌아다녀야 하는 장사치에게 오랜 기간을 두고 쌓는 애틋한 정을 기대하기란 쉽지 않다. 하룻밤의 쾌락, 일회성의 관계일 뿐이다. 온갖 곳을 다니며 산전수전 다 겪은 장사치와 성적 농담에 꽤나 익숙한 여염집 아낙네의 농염한 농짓거리가 위 노래를 비롯한 '장사치-여인' 대화체 사설시조류의 일반적 지향점이라 할 수 있다.

위 노래는 장사치와 여염집 여인의 대화로 이루어져 있다. 그런데 이 노래의 목소리는 둘만의 은밀함을 전제로 하고 있다. 뒷말이 나오면 곤란하다. 〈쌍화점〉의 종결부와 비슷하다. 〈ᄉ람마다~〉가 임에 대한 그리움을 토로할 길 없는 답답한 마음에서 비롯된 노래라면, 〈덕들에 丹著 ~〉는 은밀한 대화가 주는 짜릿한 쾌감에서 비롯된 노래라 하겠다. 이 두 노래의 공통점은 시적 화자의 태도가 감춤을 전제로 한다는 데에 있다. 드러내기를 꺼려하기로는 '중'을 대상으로 하는 노래 역시 마찬가지이다.

즁놈도 사ᄅᆞᆷ이 냥ᄒᆞ야 자고 가니 그립ᄃᆞ고
즁의 숑낙 나 베읍고 내 죡도리 즁놈 베고
즁의 長衫은 나 덥습고 내 치마란 즁노 덥고
자다가 ᄭᅵᄃᆞ르니 듈희 ᄉᆞ랑이
숑낙으로 ᄒᆞ나 죡도리로 ᄒᆞ나
이튼날 ᄒᆞ던 일 ᄉᆡᆼ각ᄒᆞ니 홍글항글 ᄒᆞ여라. －『진본 청구영언』

스님과 여염집 아낙네의 불륜 현장을 노래하였다. 족도리 운운으로 봐서 기혼녀이다. 스님과의 관계가 얼마나 좋았던지 "홍글항글"이다. "홍글항글"은 그날의 기억을 되새김질한 결과이다. 그날을 떠올리며 남모르게 슬쩍 미소 짓는 엉큼함을 나타내는 의태어라 여겨진다.

스님과 맺은 쾌락적 성애의 즐거움은 상당했던 것으로 보인다. 『조선왕조실록』 여기저기에서 부녀자가 절에 올라가는 일체의 행위를 금하라는 사간원의 요청은 끊임없이 계속되고 있다.[5] 그럼에도 불구하고 여인의 스님 사랑은 여전하다. 은밀하고 야릇한 관계를 끊기에

5) 『태종실록』 4년 12월 8일조에 보면 다음과 같은 사간원의 요청이 있다. "佛氏의 도는 세간을 떠나서 속세를 멀리하는 것을 宗旨로 삼고, 婦女의 도리는 단정하고 정숙하여 스스로 정절을 지키는 것을 주로 삼습니다. 그런 까닭으로 국가에서 법령을 엄히 세워서, 무릇 부녀로서 절에 올라가는 자를 금단하는 법을 엄격히 시행하여, 風教를 밝게 하였습니다. 근래 법령이 폐지되고 해이해져 부녀가 절을 올라가는 것이 길에 끊이지 않으니, 공공연히 淫行을 저지르고 절개를 잃는 것이 이러한 까닭에서 비롯되는데, 심히 時政의 아름다운 법전을 밝게 하는 것이 아닙니다. 원하건대, 攸司로 하여금 부녀로서 절에 올라가는 자는 부모를 추모하는 법회는 물론이고 일절 모두 금단하여, 풍속을 바로잡게 하소서."

는 그 즐거움이 너무도 컸기 때문일까.

> 窓 밧기 어른어른 ᄒᆞᄂᆞ니 小僧이올소이다
> 어제 져녁의 動鈴ᄒᆞ랴 왓든 듕이올ᄂᆞ니
> 閣氏님 ᄌᆞᄂᆞᆫ 房 됵도리 버셔 거ᄂᆞᆫ 말 그텩
> 이 ᄂᆡ 쇼리 숑낙을 걸고 가자 왓소
> 져 듕아 걸기ᄂᆞᆫ 걸고 갈지라도 後ㅅ말이나 업게 ᄒᆞ여라.
>
> –『악학습령』

즐거움은 컸지만 드러내놓을 수는 없는 노릇이다. 〈덕들에 丹著~〉와 같이 뒤탈을 걱정하고 있다. 불륜을 드러내놓고 할 수는 없다. 간통죄가 폐지된 현재 역시 특수한 상황이 아니면, 결혼 후 찾아온 다른 이성과의 깊은 관계는 발각되기 전까지 숨기려고 노력한다. 법과 관례를 떠나서도 기혼자가 다른 이성과의 관계를 떳떳하게 드러낸다는 것은 인류 통성에 비춰봐도 부자연스러운 일이다. 이렇게 불륜을 모티프로 하는 사설시조 속 시적 화자의 태도는 은밀함, 숨김, 감춤을 기본 전제로 한다. 불륜 모티프는 감춤을 전제되기에 아래 사설시조와 같은 해프닝이 벌어지기도 한다.

> 임이 온다 하거늘 저녁 밥을 일찍 지어 먹고
> 중문 나서 대문 나가 문지방 위에 치달아 앉아
> 이마에 손을 짚고 오는가 가는가 건너 산 바라보니
> 거뭇희끗 서 있거늘 저야 임이로다
> 버선 벗어 품에 품고 신 벗어 손에 쥐고
> 곰배임배 임배곰배 천방지방 지방천방

진 데 마른 데 가리지 말고 위렁충창 건너 가서
정엣말 하려 하고 곁눈으로 흘깃 보니
작년 칠월 사흗날 갉아 벗긴 주추리 삼대
살뜰이도 날 속였겠다
모처라 밤이기망정이지 행여 낮이런들 남 웃길 번 하괘라[6)]

–『진본 청구영언』

밥을 해 먹었다는 것으로 보아 화자는 여자다. 기생은 아니다. 기생이라면 기다리던 임과의 만남을 위해 밥을 일찍 지어 먹을 필요는 없기 때문이다. 조선 후기에 오면 신분에 따라 나뉘었던 주거지가 섞여,[7)] 양반 규수일 수도 중인의 아내일 수도, 가능성은 희박하지만 평민의 아낙네일 수도 있다. 밥 운운으로 봐서는 기혼일 가능성이 높다.

기다리던 임은 누구였을까. 일단 남편은 아니다. 미리 말하고 집에 가는 남편은 없고, 아내가 남편과 만나기 위해 밥을 일찍 지어 먹을 리도 없다. 같이 먹어야 정상이 아닐까. 허겁지겁 달려가는 장면도 대상이 남편이기에는 너무도 간절하다. 남편 맞이를 이렇게 앞뒤 정황을 살피지 못할 정도로 할 경우란 그리 흔하지 않다. 조선 시대 혼인은 가문의 위상과 웃어른들의 판단으로 결정된다. 부부간의 정이란 숭늉처럼 구수할 뿐, 연정의 설렘을 느끼기는 어렵다.[8)] "위렁충창" 달려가서 마음속 말을 하려고 할 때, "흘깃" 볼 수밖에 없다. 떳떳

6) 현대역은 김홍규가 역주한『사설시조』(고려대학교 민족문화연구소, 1993)를 따랐다.

7) 김경미, 「서울의 유교적 공간 해체와 섹슈얼리티의 공간화」, 『고전문학연구』 제35집, 한국고전문학회, 2009, 194면.

8) 김홍규, 「조선 후기 시조의 '불안한 사랑' 모티프와 '연애 시대'의 前史」, 『한국시가연구』 제24집, 한국시가학회, 2008, 43면.

한 만남이 아니기 때문일까. 아래 노래 역시 감춤이 전제되어 있다.

> 이르랴 보자 이르랴 보자 내 아니 이르랴 네 남편더러
> 거짓 것으로 물 긷는 체하고
> 통을랑은 내려서 우물전에 놓고
> 또아리 벗어 통조지에 걸고
> 건너 집 작은 김서방을 눈짓해 불러 내어
> 두 손목 마주 덥석 쥐고 수군수군 말하다가
> 삼 밭으로 들어가서 무슨 일 하던지
> 잔 삼은 쓰러지고 굵은 삼대 끝만 남아
> 우줄우줄 하더라 하고
> 내 아니 이르랴 네 남편더러
> 저 아이 입이 보드라와 거짓말 말아스라
> 우리는 마을 지어미라 실삼 조금 캐더니라. —『진본 청구영언』

유부녀와 건넛집 김 서방 사이에 벌어진 불륜을 놓고 논쟁이 벌어졌다. 한 사람은 유부녀의 행위를 불륜으로 보고, 유부녀는 산삼을 캐는 행위였다고 궁색한 대응을 한다. 두 사람의 관점 차이가 말다툼의 출발점이다. 유부녀의 대답이 궁색한 변명에 불과하다는 사실은 종장에서 서술되고 있는 심상치 않은 묘사에 의해 자명해진다. 손목을 마주 잡고 말하는 행위, 잔 삼은 쓰러지고 굵은 삼은 끝만 남았다는 정황은 행위의 진실을 말해주고 있다.

거짓으로 물을 긷는 체한다. 물통을 내리고 또아리는 통손잡이에 걸었으니 물 긷는 일에는 애초부터 관심 밖이었다. 김 서방을 눈짓으로 불러냈으니 조심스럽고도 은밀한 행위이다. 만나자마자 손을 덥

석 잡는다. 서두름의 표현이기도 하겠지만 애절함의 깊이를 나타내기도 할 것이다. 수군수군 말을 한다. 야릇한 긴장감을 자아낸다. 삼밭에서의 묘사는 정사 외에 다른 것을 생각할 수 없다. 한 사람의 위협에 유부녀는 궁색한 변명을 내놓을 수밖에 없다. 변명 역시 일종의 감춤 행위이다.

이상 불륜을 모티프로 한 몇 편의 사설시조를 살펴보았다. 시적 화자의 태도가 감춤을 전제로 하고 있다는 점에서 이들 작품들은 공통되다. 그런데 다음에 살펴볼 사설시조들은 불륜을 모티프로 했다는 점에서는 같으나, 시적 화자의 태도에서는 다소 다른 양상을 보이고 있다.

4. 시적 화자의 태도, 드러냄 : '샛서방'이 등장한 사설시조

'샛서방, 소대남진, 뒷 남편' 등은 동일한 성격을 가진 인물군의 호칭으로 보이는데, 이들이 등장하는 사설시조에서 시적 화자의 태도나 행동은 은밀, 감춤과는 거리가 멀어 주목된다.

> 어이려뇨 어이려뇨 싀어마님 어이려뇨
> 쇼대남진의 밥을 담다가 놋쥬걱 잘늘 부르쳐시니
> 이를 어이ᄒᆞ려뇨 싀어마님아
> 져 아기 하 걱졍 마스라
> 우리도 져머신 제 만히 것거 보왓노라. —『진본 청구영언』

소대남편이 등장하는 시조 중 널리 알려진 작품이다. 며느리와 시어머니 사이의 대화이다. 며느리는 소대남편의 밥을 푸다가 놋주걱을 부러뜨린다. 소대남편은 사랑스러운 존재이다. 조금이라도 더 담기 위해 놋주걱으로 밥을 꾹꾹 눌렀다. 얼마나 많이 담으려고 했던가. 그만 놋주걱이 부러졌다. 이를 남편의 어머니인 시어머니에게 고백한다. 어떻게 이처럼 과감할 수 있는가. 불가능한 대화를 억지로 연출한 희극적 가상[9]이라고 생각하지 않고서는 이 상황을 설명하기 어렵다.

이제껏 유지했던 나름의 긴장은 "우리도 젊었을 때 많이 꺾어 보았노라"라는 말과 함께 풀린다. 이 발언의 주체는 시어머니일 수도 있고, 제삼자일 수도 있다. 주체가 시어머니일 경우, 등장인물인 시어머니와 며느리 모두 샛서방을 둔 적이 있거나 현재 두고 있는 아낙네들이다.[10] 주체가 제삼자일 경우, "우리"는 불특정 다수가 되어 샛서방을 둔 경험은 보편적인 경험으로 확대된다. 그렇다면 이 노래는 과감한 내용을 담고 있지만, 사실 보편적인 경험의 표출로 보려는 추론이 가능한 것일까?

"규범을 넘어서는 욕망의 힘", "도저히 있을 수 없는 자기폭로", "불가능성이 중첩된 작중상황은 웃음 속에서 현실적 개연성의 여지를 스스로 지워버린다"[11]로 논의될 정도로 〈어이려뇨~〉는 극단적이다. 3장에서 분석한 사설시조와는 시적 화자의 태도에 있어서 너무도 이질적이기 때문이다.

---

9) 김흥규, 『사설시조의 세계』, 200면.

10) 김흥규, 『한국 고전문학과 비평의 성찰』, 고려대학교 출판부, 2002, 43면.

11) 김흥규, 『사설시조의 세계』, 200~201면.

각시닉 내 妾이 되나 내 각시의 後ㅅ난편이 되나
곳 본 나뷔 물 본 기러기
줄에 조츤 거믜 고기 본 가마오지
가지에 젓이오 슈박에 족술이로다
각시닉 ᄒᆞ나 水鐵匠의 ᄯᆞᆯ이오 나 ᄒᆞ나 짐匠이로
솟 지고 나믄 쇠로 가마 질가 ᄒᆞ노라. -『진본 청구영언』

남성의 구애를 담은 노래이다. 각시가 첩이 되거나 내가 뒷남편이 되자고 하였다. 둘의 관계는 꽃을 본 나비 같고, 물 본 기러기다. 각시는 무쇠장이의 딸이고, 남자는 짐쟁이다. 천생연분임을 강조하는 이 노래는 처녀 총각이 아닌 유부남과 유부녀 사이에 오가는 내용이다. 첩과 뒷남편이란 시어가 이들의 입장과 처지를 말해준다. 그런데 여기서 '後ㅅ난편'은 특정 관계를 지칭하는 호칭인가, 아니면 본남편은 아니기에 무심코 붙여진 호칭인가? 아래 글은 이야기이기에 확실한 증거로서의 성격은 약하지만, 어느 정도의 단서는 제공해줄 수 있으리라는 생각에서 제시하였다.

갖바치가 없는 틈을 타 그의 집에 갔다. 갖바치의 처는 마침 임신 중이었다. 처녀의 아버지가 말했다.

"듣자니 그대가 임신을 했다는데 당신 자식이 귀가 없는 것을 아느냐. 내 특별히 귀를 붙여주러 왔네."

"임신이면 임신이지, 귀가 붙었는지 안 붙었는지는 어떻게 아세요?"

"갖바치의 아내는 남편을 둘 두지 않으면 귀 없는 아기를 낳지. 갖바치는 아기는 잘 만들지만 귀는 못 만들거든. 내 그대가 다른 남편[後夫]이 없다는 것을 알기에, 뱃속의 아기도 귀가 없다는 것을 알 수 있지."[12)]

갖바치가 거짓된 말로 자신의 딸을 범하자, 딸의 아버지가 갖바치 아내를 상대로 복수를 하는 이야기이다. 딸의 아버지의 말에 아내는 "귀 없는 아기를 낳느니 다른 남자와 자더라도 온전한 아기를 낳겠어요."라 대답한다. "다른 남자"는 원문에 '後夫'로 나와 있다. 이 대화를 보면 두 남편을 갖는 것이 존재했던 사회 현상임을 알 수 있을 듯하다. "내 그대가 다른 남편이 없다는 것을 알기에"는 後夫의 존재가 전제된 것으로 해석될 수 있기 때문이다. 그렇다면 〈각시네 내 妾이 되나 내 각시의 後ㅅ난편이 되나〉에서 "後ㅅ난편"는 특정한 관계로 보아도 되지 않을까 하는 조심스러운 추측이 가능하지 않을까 판단한다. "샛서방, 소대남편, 後ㅅ남편" 등으로 불리는 인물은 여타의 불륜 상대와는 성격을 달리하지 않을까하는 추측은 아래 작품을 읽으면 더욱 확고해진다.

밋남편 廣州ㅣ ᄊᆡ리뷔 쟝ᄉᆞ
쇼대난편 朔寧이라 ᄂᆡᆺ뷔 쟝ᄉᆞ
눈경의 거론 님은 ᄯᅮᄯᅡᆨ ᄯᅮ두려 방망치 쟝ᄉᆞ
돌호로 가마 홍도ᄭᅢ 쟝ᄉᆞ ᄇᆡᆼᄇᆡᆼ 도라 물레 쟝ᄉᆞ
우물젼에 치다라 ᄀᆞᆫ댕ᄀᆞᆫ댕 ᄒᆞ다가
위렁충창 풍 ᄊᆡ져 물 ᄃᆞᆷ복 ᄯᅥᄂᆡᄂᆞᆫ 드레곡지 쟝ᄉᆞ
어듸 가 이 얼골 가지고 죠릐 쟝ᄉᆞ를 못 어드리

-『진본 청구영언』

남성 편력이 상당한 여성이 화자다. 여인의 남성으로 등장하는 장

12) 정병설 풀고 씀, 『조선의 음담패설』, 예옥, 2010, 64면.

사꾼들이 파는 물건이 예사롭지 않다. 뚝딱 두드리는 듯한 방망이 장사, 도르르 감는 홍두깨 장사, 빙빙 도는 물레 장사, 물을 듬뿍 떠내는 드레꼭지 장사 등의 묘사는 성적 행위를 연상시킨다. 이 노래는 商행위와 性행위의 유사성을 은유 기법으로 표출한 일종의 말놀음이다.[13]

다섯 장사꾼들로는 만족할 수 없었던 여인은 조리 장사까지 얻고자 한다. 상식을 초월할 뿐만 아니라, 당대 여인에게 요구했던 유교적 이데올로기라고는 전혀 찾아볼 수 없는 행위다. 도전적이고 도발적인 여인의 행위를 당시 사회적 윤리에 대한 중대한 도전을 의미한다고 볼 수도 있겠다.[14] 여기서 눈여겨보고 싶은 것은 상대 장사꾼을 "밋남편"과 "쇼대난편", 그리고 나머지로 분류한다는 데에 있다. "쇼대난편"은 밋남편은 아니지만 그렇다고 눈 맞아 하룻밤으로 스쳐 지나는 관계도 아님을 나타내는 징표로 읽을 수도 있지 않을까 하는 생각이 들기 때문이다. 즉 소대남편은 일상적으로 일정한 관련을 맺는 존재로서의 성격을 지녔다고 보이기에 불륜의 분류 체계에서 위와 같은 위상을 갖게 된 것으로 여겨진다. 정병설은 '샛서방, 소대남편, 後ㅅ남편'에 대해 아래와 같은 설명을 하였다.

◆ 조선왕조실록이나 승정원일기를 보면 주로 평민들의 살인 사건과 관련하여 '후부'가 나온다.

◆하층의 여자가 집을 나가 다른 남자와 살면서 여전히 본남편과의 관

---

13) 류해춘, 「상행위를 매개로 한 사설시조의 성담론」, 『우리문학연구』 22집, 2007, 110면.

14) 같은 곳. 그런데 이런 해석을 하기에는 다소 석연치 않은 구석이 있다. 이 여인은 오직 성적 욕망만을 표출하고 있기 때문이다. 오직 성적 쾌락과 향락만을 추구하는 여인으로 규정하고 그대로 인정하자는 것이 나의 생각이다. 사설시조를 소비적이고 유흥적인 경향의 문학으로 보고자 한다.

계를 지속하는 일이 드물지 않았던 듯하다.

◆ 소대남편을 '샛서방'이나 '간부', 곧 남편이 있는 여자가 몰래 관계하는 남자로 풀이하기도 하지만, 그렇게 보기에는 소대남편은 어엿한 남편으로, 어느 정도는 공인된 부부 관계에 포함된다.

◆ 소대남편은 비록 본남편만큼 떳떳하지는 않지만, 어느 정도는 인정받는 부부 관계의 일부로 보인다.15)

이 견해는 좀 더 실증적인 조사를 토대로 검증할 필요가 있지만, 본 연구자는 작품의 내용을 분석한 결과로는 동의하는 입장에 있다. 〈어이려뇨 어이려뇨~〉에서 언급하였듯, 다소 모순된 진술처럼 여겨졌던 '과감한 내용의 표출'과 '보편적 경험'이라는 분석 결과는 '샛서방, 소대남편'의 위치에서 비롯되었다고 판단한다. 그래서 아래와 같은 노래도 가능했다고 판단된다.

밋남진 그 놈 자총 벙거지 쁜 놈
소디 서방 그 놈은 삿벙거지 쁜 놈 그 놈
밋남진 그 놈 자총 벙거지 쁜 놈은
다 뷘 논에 졍어이로되
밤中만 삿벙거지 쓴 놈 보면 실별 본 듯 ᄒᆞ여라

－『육당본 청구영언』

'본남편/샛서방'의 대립은 '말총 벙거지/삿갓벙거지'의 대립과 병치된다. 화자의 입장에서 '허수아비/샛별'이라는 사뭇 다른 평가를 한다. 본남편은 말총 벙거지로 비유하고 허수아비로 평가한다. 샛서방

15) 정병설, 앞의 책, 66~67면.

은 삿갓 벙거지이며 샛별이다. '샛서방'은 한 번으로 스쳐 지나가는 존재가 아니다. 소대서방과는 어느 정도의 일상적 관계를 형성하였을 가능성이 농후하다. 이런 면에서 보자면 밋남편과 소대서방은 자연스러운 비교의 대상이다. 본 연구자는 아래에 제시한 노래 속 여인을 이른바 막장 드라마에서나 봄직하다고 판단한 적이 있었다.

개를 여라믄이나 기르되 요 개 같이 얄미우랴
미운 임 오며는 꼬리를 홰홰 치며
뛰락 나리뛰락 반겨서 내닫고
고운 임 오며는 뒷발로 버동버동 무르락 나으락
캉캉 짖어서 돌아가게 한다
쉰 밥이 그릇 그릇 난들 너 먹일 줄이 있으랴 -『진본 청구영언』

이 노래를 두고 본 연구자는 이전의 연구에서 다음과 같이 평했다.

자신의 마음을 몰라주는 개에게 화풀이하는 재밌는 이야기다. 자신의 감정을 개에게 의탁한 참신하고 기발한 노래다. "꼬리를 홰홰 치"고, "버동버동" 등의 의태어가 실감을 더 하여 생동감이 넘친다. "쉰 밥"을 먹이지 않겠다는 화자의 발화는 진솔하고 소박한 심정의 표출이면서, 임에 대한 간절함을 드러낸다. 패러디한 작품도 있어 당시 유행했던 노래로 짐작된다.

통상 기생집은 개를 기르지 않는다는 사실에 기초해 보건대, 공간적 배경이 여염집이다. 화자는 기혼일 가능성이 많다. 개의 행동이 임에 따라 달라지는데, 처녀라면 달라질 이유가 없다. 두 임 모두에게 개는 같은 행동을 해야 한다.

그렇다면 두 임은 각각 누구일까. 개가 꼬리를 흔들며 반기는 임은 주인이다. 여인은 주인을 미운 임으로 지칭한다. 개에게는 주인이면서 여인에게는 미운 사람이다. 그러니 미운 임은 남편이다. 이에 '고운 임'을 정부(情夫)로 보는 것은 자연스러운 추리이다. **그러면 이 노래는 정부를 집으로 끌어들이는 상황을 전제로 하였고, 화자는 과감하고도 용감무쌍한 여인이다.**[16)]

시적 화자를 "과감하고도 용감무쌍한 여인"으로 설명했는데, 이는 어쩌면 수정해야 할 판단일지도 모르겠다. "고운 임"이 샛서방을 뜻한다면, 어느 정도 공인된 존재를 집으로 들이는 행동은 자연스러운 행위일 수 있기 때문이다. 막장 드라마인 것 같다는 느낌 역시 수정을 요하는 견해라 할 수 있겠다.

'샛서방'이 등장하는 사설시조 속 불륜에 대한 시적 화자의 태도는 감춤과는 거리가 멀다. 겉으로 대놓고 드러낸다. 당당하기까지 한 느낌마저 든다. 여타 불륜담을 소재로 한 사설시조가 감춤을 전제로 한 것에 비하면 너무도 과감한 표출이라 할 수 있겠다. 불륜의 시대라고 해도 과언이 아닌 지금의 시점에서 보더라도 정도는 지나치다. 어째서 이러한 표출이 가능한 것일까, 조선 후기에서는 일상적 삶 속에서 벌어질 수 있는 한 장면이었기에 가능한 것일까, 아니면 무엇인가를 표출하기 위해 기획된 허구의 상황을 노래한 것일까? 기존 논의는 대개 무엇인가를 의도한 가상 허구의 상황의 표출로 해석하고 가치를 평가하였다. 5장에서는 이를 구체적으로 논의하면서 후속 연구의 방

16) 이수곤, 『조선 후기 탈중세적 징후들』, 서강대학교 출판부, 2014, 132~133면.

향을 설정하고자 한다.

5. 기존 논의 검토와 후속 연구의 방향

먼저 '샛서방'이 등장하는 사설시조에 대한 기존 논의를 점검해보자. 〈믯남진 그놈~〉에 대한 기존 논의는 대개 아래와 같은 경향을 보인다. 논의의 이해를 돕기 위해서 다소 장황하게 인용하였다.

> 붉은 말총 벙거지를 쓴 본남편은 빈 논의 허수아비처럼 성적(性的)으로 무력하되, 밤중에 찾아온 삿갓벙거지를 쓴 샛서방은 샛별 본 듯 반갑다는 것이다. 성적 차원의 비교 우위가 확연하게 드러나면서 본남편의 지위는 추락한다. 그러나 이것이 이 노래가 의미하는 바의 전부일까? 그녀는 육정의 화신과 같은 존재인가? 그렇게만 볼 수 없는 이유가 텍스트에 내재한다. 금방 얘기했듯이 남편과 정부 **두 상대에게 동일하게 비칭(卑稱)을 써서 냉소적 거리를 유지**한다는 사실이 그것이다. 본래는 아름다웠으나 추한 괴물로 변한 메두사처럼 이 여인도 간통이라는 금기적 모티프를 도입하여 가부장적인 규율 질서를 비웃어 버린 건 아닐까? 만약 그렇다면 이 노래의 진정한 의도는 달리 찾아야 할 것이다. **본남편과 샛서방은 물론 자신마저 희화적 대상으로 내던지면서 경직된 제도에 짓눌려 잃어버린 애정 가치에 대한 소중함을 반어적으로 제기**했을 수도 있기 때문이다.[17]

---

17) 이형대, 「사설시조와 여성주의적 독법」, 정출헌 외, 『고전문학과 여성주의적 시각』, 소명출판, 2003, 304~306면.

이 노래는 '놈'이 여덟 번이나 반복된다. '놈'을 본남편과 샛서방을 향한 호칭으로 간주하면, 지향점이 가부장적 규율 질서에 대한 냉소에 있다는 독법이 가능하다.[18] 그런데 '놈'은 성기를 지칭한다고 판단된다. 본남편은 부인의 성적 욕망을 채우지 못하기에 욕먹는 존재일 수 있겠으나, 그 반대 입장에 있는 샛서방까지 욕의 대상으로 보기는 어렵기 때문이다.

초장의 내용을 현대역하면, '본남편의 성기는 말총 벙거지처럼 생긴 놈이다' 정도가 아닐까 한다. "놈"을 남편을 향한 호칭으로 보고 남성에 대한 냉소로 보는 독법은 지나치게 여성 중심적 연구 시각에 경도된 데에서 비롯된 과도한 해석이 아닐까 한다. 이 노래는 본남편과 샛서방을 성기 그리고 잠자리의 만족도를 기준으로 비교하여, 자신의 성적 욕망을 노골적으로 표출한 노래로 보는 것이 타당하다고 판단한다. 〈본남편 그 놈~〉을 가부장적 질서에 대한 반항, 남성적 권위에 대한 냉소적 태도로 해석하려는 시도는 연구자가 설정해 놓은 이념의 틀을 염두에 두면서 발생된 현상으로 여겨진다. 〈어이려노 어이려뇨~〉를 두고 이루어진 해석 역시 이와 마찬가지다.

> 시어머니는 탈윤리의 연대를 형성하고 있다. 왜 연대를 행하였을까. 일상에 존재하는 권력관계에서 연대를 취하는 경우는 더 강한 공동의 적이 있을 때와 공동의 죄를 범하여 특정의 개인이나 집단으로부터 배제를 당할 위기에 있을 때다. 시어머니는 며느리와 관계에서는 절대 권력을 휘둘릴 수 있는 위상에 있지만, 가부장질서와 관계 속에서는 약자다. 시어머니는 며느리처럼 불륜의 죄를 저지른 경험을 공유하고 있다.

18) 같은 곳.

> **공동의 죄의식과 가부장에게 억압당하고 착취를 당하였다는 피해의식이 시어머니와 며느리 사이에 불륜의 연대를 구성한 바탕이 되었다.** …(중략)… 불륜의 연대가 향하는 화살은 가부장이다. 그러기에, **불륜의 연대는 가부장에 대한 저항의 연대로 전환한다.** 서로 적대적이었던 시어머니들과 며느리들이 남성으로부터 억압당하고 배제당하던 여성으로서 연대하여 **가부장과 가부장의 권력을 정당화하는 유교 이데올로기 및 훈육체계를 전면으로 거부하며 그들의 권력 기반인 가족질서와 재력에 균열을 가하겠다는 선언**을 하고 있는 것이다.[19]

조선시대나 지금이나 불륜은 알리기 꺼려한다. 발각되기 전까지는 말이다. 그런데 자발적으로 그것도 시어머니에게 토로한다는 것은 이해하기 어려운 행위이다. 시어머니는 누구인가, 남편의 어머니 아닌가. 게다가 본의 아니게 듣게 된 시어머니의 과거. 일련의 고백 시리즈가 가능한 것인가. 해석이 어렵다. 의미 찾기란 더더욱 곤혹스럽다. 그래서 가부장제를 공동의 적으로 설정하고, 외부의 강력한 적은 내부의 적을 동지로 만든다는 사회 법칙을 끌어와 "유교 이데올로기"와 "훈육체계"에 대한 전면 거부로 해석하였다.

사설시조를 삶의 진지한 성찰을 위한 문학으로 여기고, 이를 거시적인 틀로 정한 후 작품을 분석한 결과가 아닌가 한다. 과연 이 노래가 이러한 인식에 기초하고 있는가? 의도하지 않았다고 하여 이러한 인식이 없다고는 말할 수는 없다. 무의식중에 내포된 의미망일 수도 있기 때문이다. 다만 거시적 틀이 오히려 미시적 분석에 걸림돌로 작

---

19) 이도흠, 「사설시조 담론 주도층의 사회문화적 맥락과 예술적 지향성」, 『한국시가연구』 제36집, 한국시가학회, 2014, 109~110면.

용한 것이 아닌가 하는 점은 유의할 필요가 있다.

위의 두 해석에는 공통점이 있다. 언표화된 성적 욕망은 육욕(肉慾)이 아닌 가부장적 질서에 대한 거부감을 드러내기 위한 일종의 가상의 장치라는 것이다. 앞서 언급했듯이, 김흥규는 이를 "불가능한 대화를 억지로 연출한 희극적 가상"이라고까지 하였다. 그러니까 대개의 연구자들은 어떠한 의도를 표출하기 위해 실제 현실에서는 벌어지기 힘든 상황의 연출로 보고 있다고 해도 과언은 아닐 듯하다. 거개의 기존 논의는 이 점을 전제로 논의를 펼치고 있다고 판단된다.

만약, 이 작품들이 '샛서방'과 관련하여 빚어질 수 있는 일상적 삶에 극적 요소를 가미하여 표현하였다면 이에 대한 해석과 가치는 달라져야 할 것이다. 즉 가부장적 질서에 대한 반항의식의 발로로 보려는 기존 논의의 시도는 재고의 여지가 있게 된다. 끼득끼득거리는 은밀한 웃음을 머금게 하는, 그래서 다분히 유흥적으로 기능했던 작품으로 판단될 수 있기 때문이다.

사설시조의 가치는 이전에 없었던 이질적인 내용으로 되어 있다는 점, 그런데 그 이질적인 내용이 일상적 삶에 토대를 두고 있다는 점, 일상적 삶 그것이 성적 욕망과 관련된다 하더라도 가감 없이 노출하고 있다는 점, 가감 없는 노출을 진지한 어조가 아닌 가벼운 말놀이로 풀어내고 있다는 점 등에 있다고 생각한다. '샛서방' 등장 사설시조의 가치 역시 이에서 벗어나지 않는다. 4장에서 야담 등의 방증 자료를 통해 미흡하나마 견해를 말했듯, 본 연구의 입장은 '샛서방' 등장 사설시조의 상황이 일상적 삶으로서의 성격이 있다는 데에 방점이 있다.

이것이 타당한 논의가 되도록 하기 위해서는 문학 내·외적 자료를 폭넓게 조사하여 '샛서방'의 위상을 밝혀내는 작업이 수행되어야 할 것이다. 이것이 본고를 잇는 후속 논의의 구체적인 내용이 되겠는데 그 자료로는 우선, 당대의 풍속을 반영하고 있는 야담집인 〈기이재상담(紀伊齋常談)〉과 〈유년공부(酉年工夫)〉 등이 있다. 그리고 『조선왕조실록』, 정조 때 사형(死刑)에 대한 판결을 모아 놓은 『심리록(審理錄)』, 정약용의 『흠흠신서(欽欽新書)』 등의 문학 외적 자료도 주요 고찰 대상이 된다. 이들 자료를 통해 '샛서방' 위상의 구체적인 모습이 밝혀진다면 보다 균형적인 시각이 마련되어 사설시조의 진면목이 그 모습을 드러내리라 기대한다.

‘샛서방’ 등장 사설시조의 문학사적 의의

1. 연구 목적

「‘샛서방’ 등장 사설시조의 특성」에서 ‘샛서방’이 출현하는 사설시조의 특징으로 “겉으로 대놓고 드러냄”에 주목하였다. ‘샛서방’은 불륜 상황에서 등장하는 인물이기에, 샛서방과의 관계를 겉으로 대놓고 드러낸 시적 화자의 태도는 다소 상식에 벗어났다고 판단했기 때문이다.

ᄉᆞ람마다 못할 것은 남의 님씌다 情 드려 놋코
말 못ᄒᆞ니 ᄋᆡ연ᄒᆞ고 통ᄉᆞ정 못ᄒᆞ니 나 죽깃구나
쏫이라고 쏫어를 내며 닙히라고 훌터를 ᄂᆡ며
가지라고 썩거를 ᄂᆡ며
희동청 보라ᄆᆡ라고 제 밥을 가지고 굿여를 낼가
다만 秋波 여러 번에 남의 님을 후려를 내여
집신 간발ᄒᆞ고 아닌 밤즁에
월장 도쥬ᄒᆞ야 담 넘어 갈 제

싀ᄋᆡ비 귀먹쟁이 잡녀석은 남의 속ᄂᆡ는 조금도 모로고
안인 밤즁에 밤ᄉᆞ람 왓다고 소ᄅᆡ를 칠 제
요 ᄂᆡ 간장이 다 녹는구나
춤으로 네 모양 그리워서 나 못 살게네. －『고대본 악부』

사랑의 대상이 임자 있는 남자이기에 상황이 여의치 못하다. 누구에게 털어놓을 수도 없으니 사정이 딱하고 안타깝다. "통ᄉᆞ정 못ᄒᆞ니나 죽깃구나" 식의 탄식이 두 번이나 나온다. 불륜은 일부일처제 사회에서는 허용되지 않는 즉 법의 테두리를 벗어난 행위이기에, "드려놋코 말 못ᄒᆞ"는 시적 화자의 태도는 정상적이다. 그런데 '샛서방' 등장하는 사설시조는 달랐다. '샛서방'이 등장하는 4편의 사설시조 모두 감춤의 양상을 보이지 않았다. 이 점을 앞선 논문에서 주목하여 살펴본 것이다.

어이려뇨 어이려뇨 시어머님아 어이려뇨
소대남편의 밥을 담다가 놋주걱을 덜컥 부러뜨렸으니
이를 어이하려뇨 시어머님아
저 아기 너무 걱정 마라
우리도 젊었을 때 많이 꺾어 보았노라. －『진본 청구영언』

시어머니와 며느리의 대화인데, 그 내용이 파격적이어서 널리 알려진 사설시조이다. 바람난 이야기를 남편의 어머니인 시어머니에게 말하는 여인과 나도 젊었을 때 많이 그랬으니 너무 걱정하지 말라고 며느리에게 응답하는 시어머니를 어떻게 이해해야 하는가? 불륜의 시대라 해도 과언이 아닌 지금도 이런 상황은 쉽게 이해되지 않는다.

'샛서방' 출현 사설시조 4편 모두 감춤을 전제로 하지 않아 해석과 가치 판단이 쉽지 않은데, 이러한 작품 경향을 기존 논의는 어떻게 평가하고 있는가. 조금씩의 차이는 있지만, 대개 가부장적 질서에 대한 거부 의식의 발로 또는 유교 이데올로기에 대한 전면적 거부로 평가하고 있는 듯 보인다. 즉 반중세적 성향의 작품으로 이해하고 있다고 해도 되겠다.

기존 논의의 대체적인 경향은 이도흠의 연구 결과로 가늠할 수 있다. 이도흠은 〈어이려뇨~〉를 시어머니와 며느리가 불륜의 연대를 형성하였다고 보고, 그 이유를 "공동의 죄의식과 가부장에게 억압당하고 착취를 당하였다는 피해의식"의 발로로 파악하였다. 그러면서 "가부장과 가부장의 권력을 정당화하는 유교 이데올로기 및 훈육체계를 전면으로 거부하며 그들의 권력 기반인 가족질서와 재력에 균열을 가하겠다는 선언"으로 평가하였다.[1]

이러한 견해를 펼치기 위해, 즉 가부장적 질서에 대한 거부감을 표출하기 위해 대개 기존 논의는 〈어이려뇨~〉의 배경을 가상으로 설정된 인위적인 이야기로 상정하였다. 즉 배경이나 시적 상황이 현실적이지 않음을 전제로 논의를 개진한다. 김홍규는 "불가능한 대화를 억지로 연출한 희극적 가상"이라 하면서, "도저히 있을 수 없는 자기폭로"·"불가능성이 중첩된 작중상황은 웃음 속에서 현실적 개연성의 여지를 스스로 지워버린다."고 하였다.[2] 즉 어떠한 의도를 표출하기 위해서, 실제 현실에서는 벌어지기 힘든 상황을 연출한 것임을 전제

1) 이도흠,「사설시조 담론 주도층의 사회문화적 맥락과 예술적 지향성」,『한국시가연구』 제36집, 한국시가학회, 2014, 109~110면.

2) 김홍규,『사설시조의 세계』, 세창출판사, 2015, 200~201면.

로 논의를 펼치고 있다.

여기서 한 번 생각해볼 것은 현실과 작품의 관련 양상이다. 일찍이 최재서는 30년대 이상의 〈날개〉와 박태원의 〈천변풍경〉을 리얼리즘의 심화와 확대라 평가하였다. 〈날개〉는 작가의 내면세계를 탁월하게 그려내었고, 〈천변풍경〉은 청계천 주변 서민의 생활상을 카메라가 돌아가면서 찍듯 여실하게 형상화하였다고 평하였다. 그러니깐 〈천변풍경〉은 그 당대의 생활상을 있는 그대로 재현했다면, 〈날개〉는 당대의 생활상에 대한 작가의 인식을 상징적으로 형상화한 작품이라 할 수 있을 듯하다. 둘 다 현실에 발을 디디고 있지만, 〈천변풍경〉은 현실을 '재현'했고 〈날개〉는 현실에 대한 작가의 인식을 상징화하여 제시한 작품이다.[3]

이를 빗대어 설명하자면, 기존 논의는 〈어이려뇨 ~〉를 '리얼리즘의 심화'로 규정하였다고 할 수 있다. 〈날개〉처럼, 작가의 내면 인식을 드러내는 심리 기제가 작용하여 상징적으로 표상한 것이 〈어이려뇨 ~〉이다. 현실에서는 벌어질 수 없는 그리고 상상도 할 수 없는 일임에도 불구하고 노래한 이유는 가부장으로 대표되는 유교 질서에 대한 부당함을 역설하기 위해서이다. 이러한 의미를 지니기에 기존 논의의 연구자들은 사설시조를 근대로 가는 길목에서 발현된 장르로 평가하였다고 판단된다.

그런데 〈어이려뇨 ~〉를 유교 질서에 대한 반항으로 읽고 그 의의를 파악할 수도 있지만, 동시에 일상적 삶 속에서 포착된 한 장면을 극적 구성으로 꾸며 가볍게 웃고 즐길 수 있도록 형상화한 작품으로

---

3) 최재서, 「'천변풍경'과 '날개'에 관하여-리얼리즘의 확대와 심화」, 『최재서평론집』, 청운출판사, 1961, 312~323면.

이해하고 그 가치를 평할 수도 있다. 기존 선행 연구가 전자에 입장이라면, 본 연구는 후자의 입장에 서 있다. 본 연구의 입장을 최재서의 용어로 표현하면, 〈어이려뇨 ~〉를 '리얼리즘의 심화'가 아닌 '리얼리즘의 확대'로 보고자 하는 것이다. 즉 무언가를 말하기 위한 가상현실이 아닌, 그 당대의 실제 현실에 바탕하여 형상화한 작품으로 이해하고 그 가치를 평가하자는 것이다.

본 연구는 〈어이려뇨 ~〉 비롯한 '샛서방' 등장 사설시조는 현실에 기반을 둔 일상적 삶을 가벼운 어조로 풀어낸 노래이고, 종래의 규범적 세계에서 벗어나 일상적 인간의 모습·욕망·갈등 등을 있는 그대로 표현하였다는 점에서 문학사적 가치가 있음을 밝히는 데에 목적을 두고 있다.

이 목적을 온전히 수행하기 위해, 정조 때 사형(死刑)에 대한 판결을 모아 놓은 『심리록(審理錄)』를 중심 대상으로 하여 논의를 진행하고자 한다. 『심리록(審理錄)』의 분석을 통해 '샛서방'과 여타 불륜 상대남의 신분적 위상차를 알아봄으로써 〈어이려뇨~〉가 당대 실제 삶의 한 단면을 그대로 드러낸 사설시조일 가능성이 있음을 개진하려 한다.

결론부터 말하자면, '샛서방'은 법적으로 인정된 남편은 아니지만, 단순히 일회적인 성적(性的) 상대도 아닌 듯하다. 애매하지만 남편과 부인 사이에 위치하는 존재였던 듯한데, 그래서 간부(間夫)로 불렸는지도 모르겠다. '샛서방'의 신분적 위상을 밝히고, 〈어이려뇨 ~〉의 배경이 당대 실제 삶에 기반을 두고 있을 가능성을 크다면, 〈어이려뇨 ~〉의 문학사적 가치 혹은 시가사적 의의도 선행 연구와는 다르게 파악될 것으로 판단된다. 이렇게 되면 사설시조에 대한 시학적 면모를 입체적으로 이해하는 데에 적잖은 도움을 줄 것으로 기대한다.

2. 조선 후기 문학 속 '샛서방'의 존재와 그 위상

샛서방이 등장하는 사설시조는 불륜임에도 불구하고, 시적 화자는 숨기려고 하지 않는 경향을 보였다. 그 이유를 '샛서방'의 존재와 그 위상을 통해 찾으려고 한다. 본고는 조선 시대에 남자에게 첩이 있듯, 여자에게는 '샛서방'이 존재하고 있었던 것은 아닌지 하는 다소 거친 의문에서 비롯되었다. 그 실상을 알아보려고 하는데, 우선 2장에서는 조선 후기 문학 속에 등장하는 '샛서방'의 존재와 그 위상을 가늠해보려고 한다. '샛서방'은 '소대남진, 뒷남편[後夫], 간부(間夫)' 등 여러 이름으로 불리는데, 〈어이려뇨~〉 외에 3편의 사설시조에 등장한다.

밋남편 廣州ㅣ ᄊᆡ리뷔 쟝ᄉᆞ
쇼대난편 朔寧이라 닛뷔 쟝ᄉᆞ
눈경의 거론 님은 ᄯᅮ딱 ᄯᅮ두려 방망치 쟝ᄉᆞ
돌호로 가마 홍도ᄭᆡ 쟝ᄉᆞ 빙빙 도라 물레 쟝ᄉᆞ
우물젼에 치다라 ᄌᆞ댕ᄌᆞ댕 ᄒᆞ다가
위렁충창 풍 ᄲᅡ져 물 ᄃᆞᆷ복 ᄯᅥ너는 드레곡지 쟝ᄉᆞ
어듸 가 이 얼골 가지고 죠릐 쟝ᄉᆞ를 못 어드리

-『진본 청구영언』

이제껏 상대한 남자로 여섯 장사치를 거론하였다. 그런데 본남편과 샛서방 그리고 눈짓에 맺은 임으로 나눈 것으로 봐서, 이 여섯을 같은 위상을 갖고 있는 존재로 여기지는 않는 듯하다. 특히 본남편과 샛서방은 특정 지역인 "광주"와 "삭령"을 언급하고 있다는 점에 주목한다면, "눈경에 거론 님"과 다른 위상을 가진 존재로 여길 수 있다. 즉 '샛서방'은 본남편은 아니지만, 거주지가 거론되는 것으로 봐서 남다른 관계임을 드러낸다고 볼 수 있겠는데, 적어도 하룻밤으로 관계를 끊어버리는 눈짓으로 맺은 임과는 다르다 할 수 있겠다. '샛서방'의 위상을 가늠할 수 있는 단서를 제공한다는 점에서 주목하였다.

> 밋남진 그 놈 자총 벙거지 쁜 놈
> 소딕 서방 그 놈은 삿벙거지 쁜 놈 그 놈
> 밋남진 그 놈 자총 벙거지 쁜 놈은
> 다 뷘 논에 졍어이로되
> 밤中만 삿벙거지 쓴 놈 보면 실별 본 듯 ᄒᆞ여라
>
> -『육당본 청구영언』

본남편과 샛서방의 성기를 비교하고 있는 민망한 노래다.4) 일회성

4) "밋남진 그 놈"에서 "놈"을 "밋남진[본남편]"을 지칭하는 것으로 봐서, "비칭(卑稱)을 써서 냉소적 거리"를 유지하는 것으로 해석한 논의가 있다. 이 논의 역시 대개의 기존 논의가 그렇듯, 사설시조를 중세에 대한 비판의식의 발로로 해석하려는 경향을 띠고 있다. 본고는 이 견해에 동의하지 않는다. "놈"은 본남편이 아닌 '본남편의 성기'를 가리키는 것으로 보는 것이 온당하다고 보기 때문이다. 구체적인 논의는 아래 논문을 참고하길 바란다.

이형대, 「사설시조의 여성주의적 독법」, 정출헌 외, 『고전문학과 여성주의적 시각』, 소명출판, 2003, 304~306면.

이수곤, 「'결혼 후 찾아온 사랑'에 대한 인식의 시대적 변전 양상 고찰」, 『국제어문』 58집, 국제어문학회, 2013, 387~388면.

만남이라도 남편과 비교하는 것이 불가능하진 않겠지만, “삿벙거지 쓴 놈”을 보면 샛별 같다고 한 것을 보면 일회적인 만남은 아니다. 샛서방은 본남편과 성기를 비교할 만큼 지속적인 관계를 맺고 있었던 상대이다. 샛서방은 사회적으로 표면화된 존재는 아니다. 그래서 실제로 샛서방이 어느 정도의 위상을 가진 존재인지는 명확하게 단정하여 말하기 곤란하다. 다만 일회적이고 찰나적 쾌락을 위해 만나는 부류는 아니었음은 추측 가능하다. 아래 사설시조는 위에 거론한 사설시조보다 샛서방의 위상을 좀 더 명확히 알 수 있다.

> 각시ᄂᆡ 내 妾이 되나 내 각시의 後ㅅ난편이 되나
> 곳 본 나뷔 물 본 기러기
> 줄에 조츤 거믜 고기 본 가마오지
> 가지에 젓이오 슈박에 족술이로다
> 각시ᄂᆡ ᄒᆞ나 水鐵匠의 ᄯᆞᆯ이오 나 ᄒᆞ나 짐匠이로
> ᄉᆞᆺ 지고 나믄 쇠로 가마 질가 ᄒᆞ노라. —『진본 청구영언』

천생연분임을 뒤늦게 깨달은 것인지 한때 호기심의 발로인지는 모르겠지만, 모두 기혼자임에도 불구하고 구애하고 있다. 각시가 내 첩이 되거나 내가 각시의 “後ㅅ난편”이 되겠다고 한다. 이로 보건대, 확언할 수 없고 또 완전하게 일치하지는 않겠지만, 첩과 ‘뒷남편[後夫]’은 엇비슷한 위상을 가진 존재로 볼 수도 있겠다. 사설시조는 문학이니 뒷남편의 위상을 현실과는 무관한 존재로 볼 수 있고, 그래서 철저히 상상력의 소산으로만 단정할 수 있을까? 문학적 상상력은 어떠한 형식으로든 간에 현실과 연결되어 있게 마련이라는 것이 본고

의 기본 입각점이다. 다만 관련 양상의 정도 차이가 있을 뿐이라고 생각한다.

'샛서방'의 위상을 사설시조보다 좀 더 명확하게 보여주는 근거가 몇몇 산문 문학에 보인다. 조선 후기 야담집인 『기이재상담(紀伊齋常談)』과 『유년공부(酉年工夫)』가 그것이다. 못난 신발도 예쁘게 고치는 갖바치를 부러워하던 처녀가 "못난 얼굴을 고치는 모형은 없나요?"라고 묻자, 갖바치는 송이버섯같이 생긴 것을 대면 얼굴이 예뻐진다고 속여 처녀와 성관계를 맺는다. 이를 처녀의 아버지가 알게 되고, 복수를 위해 갖바치의 아내를 범할 계획을 세운다. 처녀의 아버지는 임신한 갖바치 아내에게 아래와 같이 말한다.

> "갖바치의 아내는 남편을 둘 두지 않으면 귀 없는 아기를 낳지. 갖바치는 아기는 잘 만들지만 귀는 못 만들거든. 내 그대가 다른 남편[後夫]이 없다는 것을 알기에, 뱃속의 아기도 귀가 없다는 것을 알 수 있지."

남편을 둘 두지 않으면 귀가 없는 아이가 태어날 것이라는 터무니없는 말을 하였다. 이에 대해 갖바치 아내는 "귀 없는 아기를 낳느니 다른 남자와 자더라도 온전한 아기를 낳겠어요."라고 하였다. 남편을 둘 두어야 한다는 갖바치 말도, 이에 거부반응을 보이지 않는 갖바치 아내의 태도 모두 의아하다. '後夫'의 존재에 대해 별다른 반응을 보이지 않는다는 점에서 그렇다. 『유년공부』에 전하는 이야기에서도 비슷한 양상을 보인다. 한 계집이 자신의 집에서 샛서방과 방사를 벌이다 본남편에게 들키자, 본남편을 마구 때린 이야기가 그것이다.[5]

---

5) 정병설, 『조선의 음담패설』, 예옥, 2010, 152면.

이상과 같이 사설시조 4수와 몇몇 야담을 보았을 때, 문학 작품이란 점을 감안하더라도 '샛서방'의 위상은 여타의 불륜 상대남과는 다른 듯 보인다. 어느 정도 공인된 존재로 보이긴 하는데, 이때 '어느 정도'에 대한 구체적인 실상을 파악하기는 매우 곤란하다. 외적으로 표면화되지 않았기 때문이다. 즉 남성에 대한 첩의 성격을 지니고 있지만, 첩같이 겉으로 드러난 존재로서의 위치는 아닌 듯싶다.

실제 조선 후기 일상적 삶의 모습 중에 샛서방의 존재 여부를 확인하고 그 위상을 살펴볼 수 있는 문학 외적 자료－사회 역사 자료는 없는가? 앞서 말한 대로 외적으로 표면화된 존재가 아니기에 명확하게 단정하여 말할만한 단서를 찾아내기는 쉽지 않아 보인다. 그런데 흥미로운 연구결과가 있다. 일부일처제와 같은 제도나 정조(貞操)와 같은 유교적 관념은 양반 사회에서는 지켜졌을지 몰라도, 양인이나 노비에게까지 영향력을 미치고 있지는 않다는 주장이 그것이다.

조선 후기의 인물 박의훤은 양인(良人)인데, 다섯 명의 처를 두었다. 마지막 맞이한 처 여배를 제외하고 모두 다른 남자와의 관계로 박의훤의 곁을 떠났다. 가령 넷째 처인 가질금은 5~6명의 남자와 음행을 저질렀다고 한다. 이는 "상도(常道)를 벗어난 현상이었다기보다는 유교적 교양에 매몰되지 않았던 당시 양인의 일반적 삶의 양상이라고 보아도 무방할 것"이라고 하였다.[6]

노비의 경우는 양인과 비슷하거나 더 일반적인 현상이었던 듯하다. 막정이란 노비는 아내가 부정한 행위를 한 후 돌아왔는데, 그 전의 행위는 아랑곳하지 않고 기뻐하며 맞이했다고 한다.[7] 그러면서 "노

6) 문숙자, 「양인의 혼인과 부부생활」, 한국고문서학회, 『조선시대 생활사2』, 역사비평사, 2009, 97면.

비와 평민의 세계에서 성윤리는 의외로 자유분방하였으며, 그만큼 일부일처제 윤리와 그에 상응하는 가족형태는 유동적이었다."라는 견해를 내놓았다.[8] 실제로 하층 여성들이 두 남편을 두는 일이 흔히 있다고 한다.[9] 하층으로 내려 갈수록 남정네의 숫자가 절대적으로 부족했기 때문이다.[10]

3. 『심리록(審理錄)』을 통해 본 '샛서방'의 존재와 그 위상

유교의 나라인 조선은 미혼 간 합의하에 이루어진 관계도 화간(和姦)으로 처벌의 대상이 될 만큼 성 관련 통제는 심했다.[11] 그러나 앞서 언급했듯, 이 통제가 하층민에게까지 영향력을 행사한 것 같지는 않다. 평민을 포함한 하층민 사이에서 성문화는 상당히 개방적이었던 것으로 여겨진다.[12] 이영훈의 보고에 따르면, 노비는 일부일처제의 비율이 그리 높지 않았고,[13] 심지어 남편과 아내를 모르는 경우도 있었다고 한다. 그래서 그런지 하층민을 중심으로 성 관련 사건이 빈번하였다. 정조 때 일어났던 사형 범죄를 기록한 『심리록(審理錄)』을 통해 그 구체적인 실상을 살펴보겠다.

총 1,112건의 사형범죄 중 인명사건[살인]은 1,004건이었다. 이 중

7) 이영훈, 「노비의 혼인과 부부생활」, 위의 책, 110면.
8) 위의 글, 113면.
9) 정병설, 앞의 책, 66면.
10) 이영훈, 앞의 글, 113면.
11) 심재우, 『조선후기 국가권력과 범죄 통제』, 태학사, 2009, 54면.
12) 정병설, 앞의 책, 128~129면.
13) 이영훈, 앞의 글, 117면.

양반층을 제외한 평민과 천민 사이에서 벌어진 살인사건이 86.2%를 차지했다. 성관계가 원인이 된 인명사건은 119건으로 '갈등·우발'과 재물에 이어 세 번째로 많았다. 119건 중 평민층과 천민층이 차지하는 수는 각각 99건과 12건으로 절대다수를 차지한다. 이 당시 성은 살인을 초래할 만큼 갈등의 핵심에 놓여 있으며, 주로 평민층과 천민층을 중심으로 일어났다는 사실을 알 수 있다.[14] 성 관련 사건의 구체적인 실상을 살펴서 '샛서방'의 존재를 확인하고 그 위상을 알아보겠다.

> 이득표의 처 안 여인이 임덕중과 몰래 정을 통하다가 붙잡히자 임덕중이 도망쳤다. 이득표가 쫓아가 임덕중을 칼로 찔렀는데, 바로 그날 죽었다.[15]

임인년(1728) 평안도 용강에서 일어난 사건이다. 임덕중의 귀와 코가 베여 떨어져 나갔고, 뒤통수와 오금은 칼에 찔린 상처가 뼈 있는 데까지 났다고 하니 상처가 꽤 깊었다. 정조는 이득표를 즉시 풀어주라고 판결을 내린다. 상해한 장소가 간통한 현장에서 직접 붙잡은 것과 다름이 없었기 때문이다. 『대명률』에 의거한 조치였다. 안 여인에게는 세 차례 형신을 한 뒤 절도에 죽을 때까지 종으로 삼으라고 분부하였다.

정조의 판부에는 이 사건에 대한 심정이 서술되어 있다. "안 여인이

14) 심재우, 앞의 책, 155면.

15) 민족문화추진회 역, 『국역 정조 심리록』 9권, 한국학술정보, 2010. 평안도 용강 이득표의 옥사.

이득표와 혼인하여 함께 살면서 아들도 낳고 딸도 낳았는데, 갑자기 도망가 임덕중에게로 간 것은 그 정상이 너무나도 통분스럽다."고 하였다. 상식적으로는 이해가 안 간다는 술회이다. 다음 사건을 보자.

> 황용금의 처 도 여인이 김만익과 함께 도망치자 황용금이 수소문하여 찾아서 도 여인을 붙잡아 모난 몽둥이로 때렸는데, 그 자리에서 죽었다.[16]

이 사건 역시 임인년에 벌어졌다. 도 여인은 김만익과 3년이나 살고 있었다. 도 여인을 찾고 나서는 정수리가 찢어지고, 머리가 깨져 뼈가 드러날 정도로 잔혹하게 죽였다. 간통 현장이나 다름없는 곳에서 살인했지만, 『대명률』의 적용을 받지 못했다고 한다. 도 여인이 간통을 행하고, 그것도 모자라 급기야는 도망까지 불사하게 된 이유는 어디에 있는가?

> 황용금은 지극히 궁박하고 지극히 가난한 무뢰한으로 어렵게 처 하나를 얻었다가 갑자기 잃고서 배고파도 끓일 밥이 없고 추워도 입을 옷이 없었으니, 돌아보건대 어찌 일찍이 하루라도 마음이 왔다 갔다 하지 않았겠는가.

정조 판부의 일부분이다. 경제적으로 무능한데다가, 성품도 막되어 불량한 짓을 하며 돌아다니는 무뢰한이라고 설명하고 있다. 부인을 잃고서도 아직 정신을 차리지 않았다. 구제불능이란 소리인지도

16) 『심리록』 9권 경상도 청하 황용금의 옥사.

모르겠다. 한마디로 변변치 못한 남편이다. 도 여인이 성적 욕망이 강한 여인일 수도 있겠지만, 남편의 무능함과 무례함이 김만익과 도망가는 데에 적잖이 영향을 주었을 것으로 생각할 수도 있겠다.

> 윤형부가 김영세의 처 이 여인(李女人)을 몰래 간통하였는데, 이 여인이 또 김악남과 사사로이 정을 통하였다. 김영세가 김악남과 싸움을 벌여 다투자 윤형부가 김악남을 죽이고자 음식에 독을 넣어 다음 날 죽게 하였다. 처음에는 김영세가 고발당하였으나 나중에는 윤형부가 원범이 되었다.[17)]

을사년(1785) 평안도 삼등에서 벌어진 살인사건이다. 김영세의 처 이 여인은 윤형부와 몰래 간통을 하고서도 또 김악남이란 자와 사통했다. 상황이 이렇게 된 데에는 이 여인의 성적 욕망에서 비롯된 것이라 할 수도 있겠다. 한 남자로는 만족한 성생활이 불가능한 여인 같아 보인다. 그런데 이 사건 역시 본남편 김영세의 능력이나 인물 됨됨이가 문제이다. 즉 별 볼 일 없는 인사였던 것이다. "김영세란 자는 혼자서 생활을 꾸려 가지 못하고 구걸하는 자로 지금까지 살아 있는지도 기필할 수가 없다."라는 구절이 이를 입증한다.

윤형부와 김악남 둘 다 어차피 본남편이 아닌 간부(奸夫)일 텐데, 윤형부가 김악남을 죽인 이유가 의문이 아닐 수 없다. 김영세를 체포하라는 명령이 내려졌지만 여러 해가 지나는 동안에 예전부터 떠돌아다니는 거지라고 핑계를 대면서 찾으려 들지 않았다는 기록이 있다. 이로 판단해 보건대, 간혹 집에 들어올 뿐 남편 구실을 제대로

---

17) 『심리록』 16권 평안도 삼등 윤형부의 옥사.

하는 사람은 아니었던 듯하다. 그런 가운데 윤형부는 이 여인과 몰래 간통을 하였다.

그렇다면 굳이 멀리 살고 있는 또 다른 간부 김악남을 죽일 필요가 있었을까? 이 여인과 잠자리를 약속하고 서로 편리할 때 만나면 되는 것 아닌가. 갑자기 군중들이 모여 있는 속에서 남의 손을 빌려 독약을 먹여 죽일 꾀를 내었겠는가. 왜 죽였을까? 단순 시기심의 발로인가, 같은 간부이지만 위상 면에서는 다소의 차이를 갖고 있었던 것인가?

> 김영세는 이 소사의 본남편이고 김악남은 이 소사의 간부(奸夫)이다. 윤형부가 과연 최후에 간음하고서 그의 남편을 제거하고자 하는 뜻이 있었다면 이치상 의당 김영세가 먼저이고 김악남이 그 다음이었을 것이다. 또 만일 김영세가 하잘 것이 없어 그대로 두고 김악남에게 노여움이 사무쳤다면, 자기에게 마음이 쏠려있는 음탕한 부인네와 은밀하게 꾀를 내어 해치우더라도 (하략)

"자기에게 마음이 쏠려있는 음탕한 부인네와 은밀하게"라는 구절을 보건대, 김영세는 본남편이지만 하잘것없는 존재이고, 이에 윤형부의 위상이 남편에 버금가는 존재로 된 것이 아닌가 하는 조심스런 추측이 가능하다. 분명 김악남과는 위상차가 있었음을 알리는 지표로 여길 수 있겠다. 이런 의미에서 계축년(1793) 개성부에서 벌어진 음세형의 옥사를 주목할 필요가 있다.

> 음세형이 화처인 순량이 주지현과 몰래 간통하자, 주지현을 때리고 발로 차서 이튿날 죽게 하였다.[18]

화처는 노리개첩이다. 첩 순랑이 주지현과 간통을 하였다. 그런데 "순랑과 간부(間夫) 주지현의 낭자한 음행은 모든 사람이 다 알았는데, 음세형이란 자는 어리석기가 이루 말할 수 없어 여러 차례 간음하는 현장에 갔으면서도 적반하장의 봉변을 당할까 두려워하였다."고 하였다. 음세형이란 자는 그렇게 모자란 사람이었다. 그런데 화처인 순랑은 취하는 남자마다 거처도 있고 그 거처도 근본이 있다 하면서, "정처 없이 떠돌아다니며 음행을 저지르는 것과는 판이하여, 어떤 남정네와도 관계를 맺는 부류와는 다른 듯하다."고 하였다. 주지현은 신원이 확실한 사람이었으며, 순랑과의 관계는 누구나 다 알고 있었다는 말이다. 즉 주지현은 그냥 욕구를 채우기 위한 그저 스쳐 지나가는 일회적인 상대가 아니라는 뜻으로 해석 가능할 듯하다.

이와 관련하여 정미년(1787) 영암에서 벌어진 천업봉 옥사는 의미가 심장하다.[19] 천업봉의 아우 계동이 문가(文哥)의 첩에게 장가를 들었는데, 문가가 돌려 달라고 요구했는데 계동이 듣지 않았다고 한다. 이 기록에서 "첩에게 장가를 들었다."는 것을 무엇을 의미하는 것일까. "후부(後夫)"의 위상이 명확하게 되었다는 것일까. 다음의 기록을 보자.

> 이명홍이 일찍이 사비(私婢) 일색(一色)을 간통하고서 소원하게 버려두었는데, 박동금이 또 간통하니 박동금을 질질 끌고 구타하여 3일 만에 죽게 하였다.[20]

18) 『심리록』 23권 개성부 음세형의 옥사.
19) 『심리록』 17권 전라도 영암 천업봉의 옥사.
20) 『심리록』 20권 평안도 정주 이명홍의 옥사.

이명홍이 정식으로 결혼하지는 않았지만, 일색은 4년 동안 남편으로 받들었다고 하였다. 그러나 일색과는 달리 이명홍은 몇 달에 한 번씩 집에 갈 정도로 소원하였다. 일색은 상대를 박동금으로 바꾸었다. 이웃 마을에서도 아는 사실이라고 했다. 그러는 가운데 이명홍이 박동금을 죽인 것이다. 기록대로 "갑자기 시기심이 발동하여 멋대로 차고 때렸"다. 그런데 "이명홍과 박동금이 모두 지아비이다."라고 하면서, "비록 정이 새 남자에게 옮아갔다고 하더라도 의리상 옛 남자를 차마 잊을 수 있는가."라는 진술이 기록 끝에 보인다. 정조는 박동금을 지아비로 간주하였다.

위에 살핀 자료를 갖고 '샛서방'의 존재와 위상을 단언하기에는 다소 부족하지만, 추측의 신뢰성을 보장할 수 있는 방증으로서의 성격을 지니고 있다고 판단하였다. 샛서방은 본남편이 아닌, 불륜의 상대남이다. 그렇다고 하여 일회적이고 찰나적인 쾌락을 즐기려는 의도에서 만나는 상대는 아니었다는 것이 본고의 판단이다. 즉 본남편도 아니고, 단순한 불륜 상대남도 아닌 다소 애매한 위치에 놓여 있는 존재가 '샛서방'이다. 위상이 이렇기에 '샛서방'은 다소 특이하고 특별한 대우를 받았던 것으로 짐작된다. 남자에게 있어서 첩과 같은 존재로까지는 아니더라도, 여인에게는 그에 버금가는 존재로 여겨졌을 가능성이 충분히 있으며, 일종의 '공공연한 비밀' 정도로 이해할 수도 있을 듯하다.

4. '샛서방' 등장 사설시조의 문학사적 의의에 대한 재검토

『심리록(審理錄)』의 기록을 하나 더 본 후 〈어이려뇨~〉에 대한 기존의 해석을 검토하고, 이에 기반하여 문학사적 의의 혹은 가치에 대한 본고의 견해를 개진하고자 한다.

> 최 여인이 남편의 당질인 조광신과 몰래 간통하다 며느리 박 여인이 자신의 추한 소문을 퍼뜨릴까 겁이 나 목을 조르고 이어 칼로 찔러 그날로 죽게 하였다.[21]

최 여인[최아기]을 음욕으로 가득 찬 여인으로 기록하고 있다. 음욕 즐기기가 버릇이 되어버린 최 여인에게 박 여인은 시집온 첫날부터 눈엣가시였다. 어떤 식으로든 입을 막아야겠다는 하나의 생각으로 며느리를 대했고, 결국 사건이 벌어지고만 것이다. 최아기는 남편의 사촌 형제의 아들 즉, 사촌 조카와 계묘년에서 을사년까지 3년이란 오랜 세월 동안 간통을 해왔다. 통상적으로 일어나기 어려운 사건임은 분명하지만, 엄연히 일어난 사건이었다. 을사년(1785) 평산 최아기의 옥사 관련 기록이다.

이제까지 살펴본 기록을 통해 보건대, 〈어이려뇨~〉의 등장인물을 현실적 존재가 아니라고 단정하여 말할 수 없다. 본남편은 아니지만 그에 버금가는 위상을 가졌던 것으로 여겨지는 '샛서방', 샛서방의 밥을 담다가 주걱을 부러뜨리고 그 걱정을 시어머니에게 토로하는 '며느리', 며느리의 걱정은 나 역시 젊었을 적에 많이 겪었던 일이라며

21) 『심리록』 15권 황해도 평산 최아기의 옥사.

위로하는 '시어머니'는 조선 후기 사회에서 존재할 수도 있는 인물임을 알 수 있었다. 다소 극단적인 성격을 가진 인물이긴 하지만 그렇다고 하여 현실성 없는 얼토당토않은 인물이 아님은 위 기록들이 말해주고 있다는 해석이 가능하지 않을까 조심스럽게 추측해본다.

"불가능한 대화를 억지로 연출한 희극적 가상"[22]이라는 판단은 재고의 여지가 있으며, "적대적이었던 시어머니들과 며느리들이 남성으로부터 억압당하고 배제당하던 여성으로서 연대하여 가부장과 가부장의 권력을 정당화하는 유교 이데올로기 및 훈육체계를 전면으로 거부하며 그들의 권력 기반인 가족질서와 재력에 균열을 가하겠다는 선언"으로 본 시각 역시 다시 한 번 살필 필요가 있다고 생각한다.[23]

사설시조의 장르적 특성을 하나로 규정할 수는 없다. 왜냐하면 기존 논의와 달리 사설시조에는 일상적이고 찰나적인 즐거움을 추구하는 경향 또한 자리하고 있기 때문이다. 사설시조는 주로 기생방을 중심으로 향유되었음을 주목할 필요가 있다. 그렇기에 진지한 어조와 함께 가벼운 말놀이로서의 성격이 공존하고 있음을 간과해서는 사설시조의 사설시조다움에 결코 다가갈 수 없다는 것이 본 연구자의 기본 시각이다.

〈어이려뇨~〉 등 샛서방이 등장하는 사설시조를 유교 질서에 대한 반항으로 읽고 그 의의를 파악할 수도 있지만, 동시에 일상적 삶 속에서 포착된 한 장면을 극적 구성으로 꾸며 가볍게 웃고 즐길 수 있는 작품으로 형상화하고 있다고 파악하여 그 가치를 평가할 수도 있다. 기존 선행 연구가 전자에 입장이라면, 본 연구는 후자의 위치에 서

22) 김흥규, 앞의 책, 200면.

23) 이도흠, 앞의 논문, 109~110면.

있다. 이 두 입장에 입각한 연구가 각각 꾸준히 그리고 균형적으로 수행되어 상보적 관계를 형성할 때, 사설시조의 참모습이 드러날 것으로 기대한다.

5. 결론

현실과 예술이 같은 방향을 가리키지는 않는다. 정반대일 수도, 방향성을 알 수 없을 정도로 관련 없는 것처럼 비쳐지기도 할 것이다. 둘의 방향이 어떻든 간에, 어떤 식으로든 관련을 맺게 마련이다. 아니 맺고 있을 수밖에 없다는 것이 본 연구자의 견해이다. 그럼에도 불구하고 문학과 현실의 관련 양상을 살피는 작업은 신중해야 할 필요가 있는 까다로운 성격을 지닌다.

이에 본고에서 살펴본 몇 편의 고전 산문 기록과 『심리록(審理錄)』만의 분석을 갖고 단정 지어 말할 수는 없다. 양적인 면에서 턱없이 모자란 것은 물론, 설혹 다량의 자료를 분석하였다손 치더라도 단정 짓는 작업은 여전히 조심스럽다. 왜냐하면 '샛서방'의 존재가 표면화될 성격의 존재가 아니기 때문이다. 그러기에 본고는 시론적(試論的) 성격을 지닐 수밖에 없었다.

사설시조를 진지한 문학으로 바라보는 기본 시각 자체와 그 시각으로 문학사적 의의를 논하려는 경향성을 지니고 있다는 점에서 기존 논의를 비판하였다. 그러나 본고 역시 단정이나 확정보다는 추측성 발언으로 일관한, 시론적 고찰에 머무를 수밖에 없다는 점에서 부족한 논의가 되고 말았음을 인정하지 않을 수 없겠다. 막연하지만, 『조선왕조실록』, 정약용의 『흠흠신서(欽欽新書)』, 『일성록(日省錄)』, 『무원록(無冤錄)』, 『추관지(秋官志)』 등의 분석 작업이 온전히 이루어지면 본 논의가 더 타당해질 것이라는 기대를 해본다.

참고문헌

16세기 사대부의 자연 인식 양상

김명희, 「권호문론」, 『고시조작가론』, 백산출판사, 1986.

김문기, 「권호문의 시가 연구」, 『한국의 철학』 제14호, 경북대학교 퇴계연구소, 1986.

김창원, 「신흠시조의 특질과 그 의미」, 『고전문학연구』 16집, 한국고전문학회, 1999.

김혜숙, 「<高山九曲歌>와 정신적 높이」, 『한국고전시가작품론2』, 집문당, 1992.

김흥규, 「16, 17세기 강호시조의 변모와 田家時調의 형성」, 『욕망과 형식의 시학』, 태학사, 1999.

______, 「<어부사시사>에서의 '興'의 性格」, 『한국고전시가작품론2』, 집문당, 1992.

______, 「강호자연과 정치 현실」, 김학성 · 권두환 편, 『古典詩歌論』, 새문사, 1984.

______, 「평시조 종장의 율격 · 통사적 정형과 그 기능」, 『어문논집』 19. 20 합집, 1977.

신영명, 「16세기 강호시조의 연구」, 고려대학교 박사학위논문, 1990.

우응순, 「16세기 정치 현실과 시가문학」, 『민족문학사강좌 상』, 창작과비평사, 1995.

이기백, 『韓國史新論』 신수판, 일조각, 1990.

정요일, 「선비精神과 선비精神의 文學論」, 『한문학의 연구와 해석』, 일조각, 2000.

조윤제, 『조선시가사강』, 동광당서점, 1937.

최동원, 「조선전기(15C~17C) 시조문학의 특성과 시대적 전개」, 『인문논총』 21, 부산대학교, 1982.

최신호, 「<도산십이곡>에 있어서의 '언지'의 성격」, 『한국고전시가작품론2』, 집문당, 1996.

최진원, 『국문학과 자연』, 성균관대학교 출판부, 1986.

______, 『한국고전시가의 형상성』, 성균관대학교 대동문화연구원, 1996.

〈정읍사〉의 여성 화자 태도

김대행, 「문학의 화자와 여성」, 한국고전여성학회 편, 『고전문학과 여성화자, 그 글쓰기의 전략』, 월인, 2003.

김용찬, 「시조에 구현된 여성적 목소리의 표출 양상」, 『한국고전여성문학연구』 4집,

2002.
남기심 · 고영근, 『중세어 자료 강해』, 집문당, 2002.
롤랑 바르트, 김희영 옮김, 『사랑의 단상』, 동문선, 2004.
박병채, 『고려가요 어석연구』, 반도출판사, 1992.
박애경, 「사설시조의 여성화자와 여성 섹슈얼리티」, 한국고전여성학회 편, 『고전문학과 여성화자, 그 글쓰기의 전략』, 월인, 2003.
박혜숙, 「고려속요의 여성화자」, 한국고전여성학회 편, 『고전문학과 여성화자, 그 글쓰기의 전략』, 월인, 2003.
신경숙, 「고전시가와 여성」, 『한국고전여성문학연구』 창간호, 한국고전여성문학회, 2000.
양주동, 『여요전주』, 을유문화사, 1992.
이사라, 「정읍사의 정서 구조」, 김대행 외, 『고려시가의 정서』, 개문사, 1990.
이현희, 「악학궤범의 국어학적 고찰」, 진단학회 편, 『악학궤범』, 일조각, 2001.
이형대, 「사설시조와 여성주의적 독법」, 『시조학논총』 16집, 한국시조학회, 2000.
정종진, 『한국고전시가와 돈호법』, 한국문화사, 2006.
조동일, 『한국문학통사』 1권, 지식산업사, 1994.
지헌영, 「정읍사 연구」, 국어국문학회 편, 『고려가요연구』, 정음문화사, 1988.
최미정, 「고려속요의 수용사적 연구」, 서울대학교 박사학위논문, 1990.

〈정과정〉의 창작 성격

김선기, 「고려사악지의 속악가사에 관한 종합적 고찰」, 『한국시가연구』 제8집, 2000.
김열규 · 신동욱 편, 『고려시대의 가요문학』, 새문사, 1992.
김준오, 『시론』, 삼지사, 1995.
김학성 · 권두환 편, 『고전시가론』, 새문사, 1995.
______, 『국문학의 탐구』, 성균관대학교 출판부, 1987.
김홍규, 『한국문학의 이해』, 민음사, 1995.
남기심 · 고영근, 『중세어 자료 강해』, 집문당, 2002.
박노준 편, 『고전시가 엮어 읽기 상』, 태학사, 2003.
______, 『고려가요의 연구』, 새문사, 1998.
박병채, 『고려가요의 어석연구』, 반도, 1992.
성기옥 외, 『한국시의 미학적 패러다임과 시학적 전통』, 소명, 2004.
성대 인문과학연구소 편, 『고려가요 연구의 현황과 전망』, 성균관대학교 인문학연구소, 1996.

성호경, 『제2판 한국시가의 유형과 양식 연구』, 영남대학교 출판부, 1997.
______, 『한국 고전시가 연구』, 서강대학교 교육대학원, 2002.
신은경, 『고전시가 다시읽기』, 보고사, 1997.
안병희 · 이광호, 『중세국어문법론』, 학연사, 1990.
양주동, 『여요전주』, 을유문화사, 1992.
양태순, 『고려가요의 음악적 연구』, 이회, 1997.
유동석, 「고려가요 <정과정>의 노랫말에 대한 새 해석」, 『한국문학논총』 제26집, 2000.
이기문, 『국어사개설』, 태학사, 1998.
장덕순 외, 『구비문학개설』, 일조각, 1995.
조동일, 『제3판 한국문학통사2』, 지식산업사, 1994.
최미정, 『고려속요의 전승연구』, 계명대출판부, 1999.
한국어문학회 편, 『고려시대의 언어와 문학』, 형설출판사, 1975.

〈진달래꽃〉의 전통성 교육에 대한 반성적 검토

고등학교 『국어(상)』 교사용 지도서, 교육인적자원부, 교학사, 2007.
고등학교 『국어(하)』, 교육인적자원부, 두산, 2002.
권정우, 「근대적 사랑의 탄생」, 『한국언어문학』 제26집, 2007.
김대행, 『우리 시의 틀』, 문학과비평사, 1989.
김명준 편저, 『고려속요집성』, 다운샘, 2002.
______, 「<서경별곡>의 구조적 긴밀성과 그 의미」, 『한국시가연구』 8집, 2000.
김열규, 「소월시의 아이러니」, 김열규 · 신동욱 편집, 『고려시대의 가요문학』, 새문사, 1992.
김장동, 「<진달래꽃> 신고」, 『새국어교육』 37집, 한국국어교육학회, 1983.
남기심 · 고영근, 『중세어 자료 강해』, 집문당, 2002.
박호영, 「현대시 해석 오류에 관한 문학교육적 고찰」, 『국어교육』 99집, 한국어교육학회, 1999.
양주동, 『여요전주』, 을유문화사, 1992.
오세영, 「김소월의 진달래꽃」, 정한모 · 김재홍 편저, 『한국대표시평설(증보판)』, 문학세계사, 1995.
유동석, 「고려가요 <정과정>의 노랫말에 대한 새 해석」, 『한국문학논총』 제26집, 2000.
유종호, 「임과 집과 길」, 김학동 편, 『김소월』, 서강대학교 출판부, 1995.
이명재, 「<진달래꽃>의 짜임」, 김열규 · 신동욱 편, 『김소월 연구』, 새문사, 1982.
이사라, 「정읍사의 정서구조」, 김대행 외, 『고려시가의 정서』, 개문사, 1990.

이수곤, 「<정읍사>의 여성 화자 태도와 그 의미에 대한 시론적 고찰」, 『한국고전여성문학연구』 14집, 2007.
이인경, 『열녀설화의 재해석』, 월인, 2006.
전규태, 「<서경별곡> 연구」, 김열규 · 신동욱 편, 『고려시대의 가요문학』, 새문사, 1992.

사설시조 속 '노년'의 형상화 양상

김열규, 『노년의 즐거움』, 비아북, 2009.
김홍규, 「사설시조의 시적 시선 유형과 그 변모」, 『한국학보』 68, 일지사, 1992.
______, 「한국 고전시가 연구와 주제사적 탐구」, 『한국시가연구』 제15집, 2004.
______, 『한국문학의 이해』, 민음사, 1998.
류정월, 『오래된 웃음의 숲을 노닐다』, 샘터, 2006.
박노준, 『신라가요의 연구』, 열화당, 1982.
성기옥, 「<헌화가>와 신라인의 미의식」, 『한국고전시가작품론1』, 집문당, 1992.
송요섭, 『초월의 기호학』, 소나무, 2002.
송효섭, 『문화기호학』, 민음사, 1997.
______, 『설화의 기호학』, 민음사, 1999.
신승운 외 옮김, 『고전읽기의 즐거움』, 솔, 1997.
윤영옥, 「시조에 타나난 노인의 모습」, 『한민족어문학』 제39집, 2001.
이철우, 「노인관의 변화와 대응방안 모색」, 『한국사회』 제1집, 1998.
임헌규, 「노년문제에 대한 동양철학적 접근(1)」, 『철학연구』 제108집, 대한철학회, 2008.

Jack Myers and Michael Simms, *Longman Dictionary and Handbook of Poetry* (NewYork : Longman), 1985.
M. 칼리네스쿠 지음, 이영욱 외 3 옮김, 『모더니티의 다섯 얼굴』, 시각과 언어, 1994.
시몬느 드 보부아르, 홍상희 · 박혜영 옮김, 『노년』, 책세상, 2002.
아놀드 하우저, 황지우 역, 『예술사의 철학』, 돌베게, 1983.
앙리 베르그송 저, 정연복 옮김, 『웃음-희극성의 의미에 관한 시론』, 세계사, 1992.
츠베탕 토도로프 · 베르나르 포크볼 · 로베르 르그로 저, 전성자 역, 『개인의 탄생』, 에크리, 2006.
한테로테 슐라퍼, 김선형 옮김, 『노년의 미학』, 경남대학교 출판부, 2005.

'불륜담'의 시대적 변전 양상

권지예, 「뱀장어 스튜」, 『2002년 이상문학상 수상작품집』, 문학사상사, 2002.

김경미 · 조혜란 역주, 『19세기 서울의 사랑 절화기담, 포의교집』, 여이연, 2003.
김경미, 「서울의 유교적 공간 해체와 섹슈얼리티의 공간화」, 『고전문학연구』 제35집, 한국고전문학회, 2009.
김미정, 「불가능한 사랑, 영원히 도주하는 타자들에 대해서」, 『문학동네』 41호, 2004 겨울호.
김흥규 역주, 『사설시조』, 고려대학교 민족문화연구소, 1993.
김흥규, 「사설시조의 시적 시선 유형과 그 변모」, 『한국학보』 68집, 일지사, 1992.
_____, 「조선 후기 시조의 '불안한 사랑' 모티프와 '연애 시대'의 前史」, 『한국시가연구』 제24집, 한국시가학회, 2008.
_____, 「한국 고전시가 연구와 주제사적 탐구」, 『한국시가연구』 제15집, 한국시가학회, 2004.
_____, 『한국문학의 이해』, 민음사, 1986.
류정월, 『오래된 웃음의 숲을 노닐다』, 샘터, 2006.
문학사상자료연구실편, 이어령 교주, 『이상수필전작집』, 갑인출판사, 1977.
서대석, 「한국 전통 소화에 나타난 웃음의 성격 - 性笑話를 중심으로」, 『한국의 웃음문화』(김유정탄생100주년기념사업추진위원회 편), 소명, 2008.
성기옥 외, 『한국시의 미학적 패러다임과 시학적 전통』, 소명출판, 2004.
성호경, 『한국시가 연구의 과거와 미래』, 새문사, 2009.
송효섭, 『문화기호학』, 민음사, 1997.
안남연, 「한일 불륜소설 연구」, 『한국문예비평연구』 제19집, 한국현대문예비평학회, 2006.
이우성 · 임형택 역편, 『이조한문단편집 상』, 일조각, 1996.
이재선, 『한국문학 주제론』, 서강대출판부, 2009.
_____, 『현대소설의 서사주제학』, 문학과지성사, 2007.
이택광, 『인문좌파를 위한 이론가이드』, 글항아리, 2010.
조혜란, 「<포의교집> 여성주인공 초옥에 대한 연구」, 『한국고전여성문학연구』 제3집, 한국고전여성문학회, 2001.
최규수, 「고시가 연구의 '현재적' 위상과 '미래적' 전망」, 『한민족어문학』 제38집, 2001.
게르티 젱어, 함미라 옮김, 『불륜의 심리학』, 소담출판사, 2009.
디트리히 슈바니츠, 인성기 외 옮김, 『사람이 알아야 할 모든 것, 교양』, 들녘, 2001.
J. 호이징하, 김윤수 옮김, 『호모 루덴스』, 까치, 1981.
M. 칼리니스쿠, 이영욱 외 옮김, 『모더니티의 다섯 얼굴』, 시각과 언어, 1994.

사설시조의 거리두기 양상

김준오, 『시론』, 삼지사, 1995.
김학성, 「사설시조의 미의식 연구」, 서울대학교 석사학위논문, 1971.
______, 「사설시조의 장르 형성 재론」, 『대동문화연구』 20집, 대동문화연구소, 1986.
김학성 · 권두환 편, 『고전시가론』, 새문사, 1984.
박애경, 「조선후기 시조의 통속화 과정과 양상 연구」, 연세대학교 박사학위논문, 1997.
박철희 · 김시태 편역, 『문학의 이론과 방법』, 이우출판사, 1986.
신은경, 『사설시조의 시학적 연구』, 개문사, 1995.
장순조, 「사설시조의 통속문학적 특성에 관한 연구」, 숙명여자대학교 박사학위논문, 1999.
조규익, 『만횡청류』, 보고사, 1996.

사설시조의 미적 기반

김홍규, 「사설시조의 시적 시선 유형과 그 변모」, 『한국학보』 68집, 일지사, 1992.
성기옥 외, 『한국시의 미학적 패러다임과 시학적 전통』, 소명, 2004.
정 민, 『한시미학산책』, 솔, 1996.
오세영 · 장부일, 『시창작론』, 한국방송통신대학교 출판부, 1994.
최윤정, 「박용래 시 연구」, 서강대학교 석사학위 논문, 1997.
강명관, 『조선시대 문학예술의 생성공간』, 소명, 1999.
김홍규, 『한국 고전문학과 비평의 성찰』, 고려대학교 출판부, 2002.
남정희, 「18세기 경화사족의 시조 향유와 창작 양상에 관한 연구」, 이화여자대학교 박사학위논문, 2002.
장사훈, 『국악총론』, 정음사, 1976.
김대행, 『한국시의 전통 연구』, 개문사, 1980.
필립 휠라이트 저, 『은유와 실재』, 김태옥 역, 한국문화사, 2000.
미카엘 리파떼르, 『시의 기호학』, 유재천 역, 민음사, 1993.
Geoffrey N. Leech, *A Linguistic Guide to English Poetry*. Longman, 1969.
Jonathan Culler, *Structuralist Poetics*. Cornell University Press, 1975
Peter Barry, *Beginning Theory*. Manchester University Press, 1995.

'샛서방' 등장 사설시조의 특징

김경미, 「서울의 유교적 공간 해체와 섹슈얼리티의 공간화」, 『고전문학연구』 제35집, 한국고전문학회, 2009.

김홍규, 「사설시조의 애정과 성적 모티프에 대한 재조명」, 『한국시가연구』 제13집, 한국시가학회, 2003.
______, 「조선 후기 시조의 '불안한 사랑' 모티프와 '연애 시대'의 前史」, 『한국시가연구』 제24집, 한국시가학회, 2008.
______, 『사설시조의 세계』, 세창출판사, 2015.
______, 『한국 고전문학과 비평의 성찰』, 고려대학교 출판부, 2002.
류해춘, 「상행위를 매개로 한 사설시조의 성담론」, 『우리문학연구』 22집, 2007.
이도흠, 「사설시조 담론 주도층의 사회문화적 맥락과 예술적 지향성」, 『한국시가연구』 제36집, 한국시가학회, 2014.
이수곤, 『조선 후기 탈중세적 징후들』, 서강대학교 출판부, 2014.
이형대, 「사설시조와 성적 욕망의 지층들」, 『민족문학사연구』 17권, 민족문학사학회, 2000.
______, 「사설시조와 여성주의적 독법」, 정출헌 외, 『고전문학과 여성주의적 시각』, 소명출판, 2003.
정병설 풀고 씀, 『조선의 음담패설』, 예옥, 2010.

'샛서방' 등장 사설시조의 문학사적 의의

김홍규, 『사설시조의 세계』, 세창출판사, 2015.
문숙자, 「양인의 혼인과 부부생활」, 한국고문서학회, 『조선시대 생활사2』, 역사비평사, 2009.
민족문화추진회 역, 『국역 정조 심리록』 1~5, 한국학술정보, 2010.
심재우, 『조선후기 국가권력과 범죄 통제』, 태학사, 2009.
이도흠, 「사설시조 담론 주도층의 사회문화적 맥락과 예술적 지향성」, 『한국시가연구』 제36집, 한국시가학회, 2014.
이수곤, 「'결혼 후 찾아온 사랑'에 대한 인식의 시대적 변전 양상 고찰」, 『국제어문』 58집, 국제어문학회, 2013.
______, 「'소대남편[샛서방, 間夫] ' 등장 사설시조의 특성 고찰」, 『한국고전연구』 33집, 한국고전연구학회, 2016.
이영훈, 「노비의 혼인과 부부생활」, 한국고문서학회, 『조선시대 생활사2』, 역사비평사, 2009.
이형대, 「사설시조의 여성주의적 독법」, 정출헌 외, 『고전문학과 여성주의적 시각』, 소명출판, 2003.

정병설, 『조선의 음담패설』, 예옥, 2010.
최재서, 「'천변풍경'과 '날개'에 관하여-리얼리즘의 확대와 심화」, 『최재서평론집』, 청운출판사, 1961.

찾아보기

이수곤(李秀坤)

서강대학교에서 공부했다. 「사설시조의 통속문학적 성격 연구」로 박사학위를 받았다. 서강대학교에서 대우교수와 서울과학기술대학교에서 기금조교수를 거쳐 지금은 홍익대학교(세종캠퍼스)에서 교양과 소속 강의전담 조교수로 있다. 단독저서로 『조선후기의 탈중세적 징후들』, 공동저서로 『고전문학과 바다』·『대학 글쓰기와 커뮤니케이션』·『말하는 디자인』이 있다. 논문으로는 「문장 첨삭의 대안적 기준과 방식 고찰」·「'결혼 후 찾아온 사랑'에 대한 인식의 시대적 변전 양상 고찰」 등 다수가 있다.

한국시가문학연구총서 25

국문시가의 생산적 논의를 위한 새로운 시각

2017년 4월 7일 초판 1쇄 펴냄

저　자 이수곤
발행인 김흥국
발행처 도서출판 보고사

등록 1990년 12월 13일 제6-0429호
주소 경기도 파주시 회동길 337-15 2층
전화 031-955-9797(대표)
02-922-5120~1(편집), 02-922-2246(영업)
팩스 02-922-6990
메일 kanapub3@naver.com
http://www.bogosabooks.co.kr

ISBN 979-11-5516-656-7 93810

정가 16,000원